KB271251

칠대천마

七代天魔

FANTASTIC ORIENTAL HEROES

칠대천마 1

김운영 新 무협 판타지 소설

초판 1쇄 찍은 날 § 2007년 5월 14일
초판 1쇄 펴낸 날 § 2007년 5월 24일

지은이 § 김운영
펴낸이 § 서경석

편집장 § 김대식
편집책임 § 조수희
편집 § 이환진

펴낸곳 § 도서출판 청어람
등록번호 § 제1081-1-89호
등록일자 § 1999. 5. 31
어람번호 § 제2-1195호

주소 § 경기도 부천시 원미구 심곡1동 350-1 남성B/D 3F (우) 420-011
전화 § 032-656-4452 팩스 § 032-656-4453
http://cyworld.nate.com/bluebook_
E-mail § blue_book@hanmail.net

ISBN 978-89-251-0690-8 04810
ISBN 978-89-251-0689-2 (세트)

代魔七天

칠대천마

대마

1

활선복마(活仙伏魔)

김운영

新무협 판타지 소설

FANTASTIC ORIENTAL HEROES

BLUE BOOK K

도서출판 청어람

目次

작가서문 /6

序章　　**유서를 쓰는 자** /9
나이 이십오 세에 피할 수 없는 죽음에 직면했다

第一章　　**활선문규(活仙門規)** /19
부유한 자에게는 이익을 취하고 가난한 자에게는 인술을
펼친다

第二章　　**명암불이(明暗不二)** /47
밝음과 어두움은 따로 나눌 수 없는 것이니 오직 사람의
마음에 따라 구분된다

第三章　　**천마지재(天魔之材)** /91
성스러운 불꽃이 천마신교를 보우하사 이대에 걸쳐 신
인을 내리셨다!

第四章　　　　사형사매(師兄師妹) / 123
이 집안은 완전히 콩가루군

第五章　　　　무공수련(武功修鍊) / 163
천마의 무공은 하나같이 최고다

第六章　　　　자격심사(資格審査) / 199
해답 없는 문제를 푼다

第七章　　　　청운전병(菁雲戰兵) / 251
한신이 말했다. '다다익선!'

第八章　　　　활선비원(活仙秘願) / 287
중원의 역사에는 단 두 명의 의원만이 존재한다

작가
서문

　학생들에게 수학을 가르치다 글을 쓰기 시작한 것이 바로 엊그제 같습니다. 그런데 문득 정신을 차려 뒤를 돌아보니 다섯 질의 소설을 완결했다는 것을 새삼 느낄 수 있었습니다.

　하지만 이런 시간의 흐름 속에서 과연 나는 발전을 했는가?

　스스로에게 물어봐도 쉽게 대답을 하지 못합니다. 확실히 좋아진 부분도 있지만, 반면에 점점 약해지는 면도 적지 않은 듯합니다. 실제로 시장에서도 성공과 실패를 거듭하면서 많은 고민을 해 왔습니다.

　이번에 무협을 쓰기로 하면서 제가 지금까지 쓴 글을 다시 읽어 보았습니다. 그리고 결심했습니다.

　첫 글과 같은 테마로 글을 써 보자. 그래서 스스로 그보다 더 발전했는지를 평가하자.

　제 첫 글은 [신마대전]이라는 게임 소설인데, 말이 게임소설이지 사기와 처세술, 사업, 정치 등등을 중점적으로 다루었습니다.

　사람들이 말하기를 대부분의 작가들은 첫 글에서 본인이 가장 좋아하고, 잘하는 테마를 다룬다고 합니다. 저 역시 그런지도 모릅니다.

그렇다고 해서 제가 사기와 모략을 잘 치는 건 아니고, 그냥 좋아할 뿐입니다!

어쨌거나 칠대천마를 쓰면서 많은 공부를 해야 했습니다. 어렸을 때부터 무협을 보아 왔지만, 보는 것과 쓰는 것이 전혀 다르다는 것쯤은 알고 있었습니다. 나름대로 대비를 하고 썼는데, 쓰다가 봉인하고 일여 년간 다시 자료를 찾고 공부를 하게 되더군요.

무협에 있어서 저는 그야말로 초보 작가인 셈입니다.

역시 쉬운 일은 없는 것 같습니다.

그나마 주변에 좋은 선후배들, 특히나 거의 인간 무협사전 같은 분들이 전후좌우를 둘러싸고 있기에 어찌어찌 글을 진행시켜 나갈 수 있었습니다.

시시때때로 질문을 통해 귀한 시간을 빼앗은 저에게 성심성껏 대답해 주신 분들께 감사의 말씀을 드립니다.

이글은 주인공인 소운을 중심으로 진행됩니다. 그가 어떻게 뜻을 가지고 어떠한 행동을 하는가, 그리고 그로 인해 세상이 어떻게 변하는가 하는 내용입니다.

별로 착한 주인공은 아닙니다만, 제 소설의 주인공이 가지는 공통적인 장점을 그 역시 가지고 있습니다.

바로 욕심이 많고 그것을 이루기 위해 부지런하다는 것입니다. 소운은 항상 바쁘게 뛰어다닙니다. 그리고 열심히 궁리합니다.

그런 사람이 세상을 바꿀 수 있지 않나 하고 저는 생각합니다.

아무튼 이번 소설에서는 소운이 주인공입니다!

그가 과연 세상의 흐름에 얍삽하게 붙어서 끝까지 살아남는가? 그리하여 마침내 세상의 대의를 자기 뜻대로 바꾸는 경지에 도달할 것인가?

그것은 작가인 저 혼자만이 결정할 수 있는 문제가 아닙니다. 제가 아무리 주인공이 천재라고 우겨도, 독자분들이 납득을 하지 못하면 소용이 없기 때문입니다.

저는 그저 성심성의껏 사건을 만들고 그 안에서 소운을 성장시킬 뿐, 평가를 해주시는 것은 칠대천마를 읽으시는 여러분이십니다.

2007년 봄 김운영 배상.

유서를 쓰는 자

나이 이십오 세에 피할 수 없는 죽음에 직면했다

說南斗延壽保爾時老君告天師曰

天八會之真文三洞三清之上

所稟道元始天尊昔經歷于億萬刼天地始修

太上說南斗延壽保爾

安真經太上說南斗

此經乃九天八

熙衰而人倫五運遷變萬彙

유서를 쓰는 자

나이 이십오 세에 피할 수 없는 죽음에 직면했다

나는 죽는다.

하얀 백지에 섬뜩한 말이 쓰여 졌다. 붓은 자신이 쓴 글귀
의 의미를 알지 못한 채 검은 먹물을 단정하게 흘려냈다.

미약하지만 확실히 눈에 보일 정도로 손이 떨리고 있었다.

"후우, 후우."

소운은 마음을 가라앉히기 위해 호흡을 조절했다. 그래도
일파의 문주가 아닌가? 죽음 앞에서 무너지는 모습을 마교의
무리들에게 보일 수는 없다.

육 세 이후로 끊임없이 수련해 온 내공과 정신력은 그런 그

의 의지를 도왔다. 어느새 손은 떨림을 멈추고 다시 소운이
원하는 대로 백지에 글을 쓰기 시작했다.

혈장천마, 천하에 적수가 없다는 마교의 교주가 주화입마에
걸리다니! 십대 장로 중 세 명이 나를 납치한 이유가 그것이라는
것을 들었을 때, 나는 내 인생이 이미 끝났다는 것을 알았다.

'빌어먹을.'
붓이 들려 먹물을 가득 갈아놓은 벼루 위로 옮겨졌다. 소
운은 다시 흔들리는 정신을 가다듬으며 주변을 둘러보았다.
꽤 넓고 단정한 방, 침상도 책상도 고급품이고 벽지도 정갈
하다.
한쪽 벽에는 수묵화가 걸려 있고, 책상 한쪽에는 난초가 꽂
힌 꽃병도 있다. 삼 일 전과 전혀 변한 것은 없다.
단지 변한 것은 납치된 이유를 안 자신의 마음뿐.

오늘 수석장로 전홍이 혈장천마의 독문기공인 묵혈신마공의
운기서를 가져왔다. 내공심법이 워낙 독특하여 그 요결을 알아
야 치료가 가능하기 때문이다.
마교 삼대 기공 중 하나인 묵혈신마공. 장로라고 해도 교주의
허락 없이는 볼 수 없는 비전무공이 아닌가?
가장 강한 무공의 요결을 볼 수 있다는 것은 무인으로 태어나

행운이라고 할 수 있지만, 그 대가는 바로 나의 목숨이다.

　'무인으로서 행운? 잘도 쓰는군.'
　붓이 멎었다.
　죽음에 앞서 기개를 보이려 했지만 마음에도 없는 말을 쓰려니 정말로 괴로웠다.
　사실 소운은 아직까지 목숨을 걸고 싸워본 일이 없었다. 그런데 목숨을 거는 정도가 아니라 그냥 죽음이 확정된 상황이 닥치니 견디기 힘들었다.
　'나는 무인이 아니다! 의원일 뿐이다!'
　소운은 속으로 그렇게 울부짖었다. 하지만 그게 중요한 것은 아니다. 지금은 활선문의 삼대 문주로서 사라진 자신을 걱정하고 있을 문의 사람들에게 진실을 알리는 유서를 남겨야 한다.
　소운은 이를 악물고 붓을 들어 단숨에 글을 써내려가기 시작했다.

　마교의 장로들은 내가 교주의 주화입마를 고치면 향후 삼십 년간 활선문의 사람들이 마교에 죄를 지어도 양보하겠다고 약속했다. 하지만 아무도 나를 살려서 문으로 돌려보낸다고는 말하지 않았다.
　믿을 수 없는 자들이다.

하지만 스스로의 입에서 나오는 말의 무게를 알고 신용을 지키니 과연 대문파의 장로라고 할 만하다.

활선문의 형제들은 이 글을 보면 즉시 조사전에 향을 피우고 새로운 문주를 선출해야 한다.

비록 문의 비전침술인 활혼금침대법의 구결을 전할 수는 없지만, 그 기본 원리는 내당당주인 능아연 소저가 알고 있으니 문의 형제들은 그녀를 사대 문주로 삼아 금침대법을 재연구하는 것이…….

붓이 멎었다.

글이 끝날 때까지 다시는 멈추지 않으려 했지만 쓰다 보니 도저히 참을 수 없는 분노가 그의 가슴 깊은 곳으로부터 활활 타오르기 시작했다.

갑자기 눈동자가 뜨거워지는 것을 느꼈다.

억울했다!

울고 싶을 정도로 억울했다!

그러나 남아로서 눈물을 흘릴 수는 없다. 소운은 눈을 부릅뜨고 다시 호흡을 가다듬으려 했다.

냉정함을 유지하려 했건만 오히려 그의 머릿속에는 과거의 고생과 그 결과 찾아온 화려한 영광이 주마등처럼 스쳐 지나갔다.

육 세 때 사부인 천부선의의 제자가 되었다. 자질을 인정받은 것이라기보다는 운이 좋았다고 봐야 했다.

하지만 그 후에 철이 들면서 행한 노력은 정말로 뼈를 깎는 고통을 수반했다. 천하제일의라는 사부의 후계자가 되기 위해 어떤 수련도 마다하지 않았다.

그 결과 후기지수 중 가장 뛰어난 자를 일컫는 강호구룡에 속하게 되었을 때의 기쁨이란!

세상 넓은 줄 모르고 지냈던 일들이 지금도 바로 어제의 일처럼 선명하게 떠오른다.

석 달 전, 늙은 사부가 돌아가시고 그의 뒤를 이어 천하제일 의문인 활선문의 문주가 되었을 때에는 부귀와 영화가 일생 자신의 곁에서 떠나지 않으리라 확신했다.

그러면서도 비록 젊지만 문주가 된 이상 끊임없이 노력하여 활선문을 더욱 키우리라 결심하기도 했다.

그런데 하필이면 천마가 주화입마에 빠지고 마교의 장로들이 셋이나 몰려와서 납치를 하다니!

뚝, 뚝.

들어 올려진 붓이 머금고 있던 먹물이 결국 참지 못하고 종이 위에 떨어졌다.

남자의 자존심으로…….

일파의 문주의 체면으로 결코 울지 않으려 했는데, 붓이…… 붓이 그를 대신해서 눈물을 떨구고 있는 것 같았다.

부드득.

이가 저절로 갈렸다.

"으아아아!"

와락, 부욱부욱.

소운은 붓을 던지듯 내려놓고 먹물이 번지고 있는 자신의 유서를 집었다. 그리고 그것을 사정없이 구겨 갈기갈기 찢었다.

극한에 다다른 그의 심경은 공포에서 벗어나 광기 어린 집념으로 변하기 시작했다.

차가운 눈빛. 방 안의 기운을 얼어붙게 만들 정도의 눈빛이 소운의 눈에서 흘러나왔다.

"마교가 다 무어냐! 너희들이 무슨 권리로 나의 일생을 망치는 거냐!"

목구멍 깊은 곳으로부터 흘러나오는 소운의 목소리는 악귀의 절규와도 같았다.

그는 이미 조각이 된 자신의 유서를 그릇에 담아 초로 불을 붙였다. 먹물이 채 마르지 않은 종이는 불의 힘에 의해 재로 변해갔다.

그 모습은 마치 하나의 경건한 의식과도 같았다.

이윽고 불이 완전히 종이를 태우고 꺼졌을 때, 소운은 무표정하게 변한 얼굴로 중얼거렸다.

"이대로는 끝나지 않는다. 내 사문의 마지막 금기만은 깨지 않으려 했지만……."
　몸에서 뿜어지는 차가운 기운과는 다르게 그의 가슴속은
용광로처럼 타오르고 있었다.

第一章

활선문규(活仙門規)

부유한 자에게는 이익을 취하고 가난한 자에게는 인술을 펼친다

南斗延壽保命時老君告天師曰

人八會之真文三洞三清之上

稟道元始天尊昔經歷于億萬劫天地始修

太上說南斗延壽保命

安真經太上說南斗

此經乃九天八會道

興衰而人倫五運遷變萬稟道

활선문규(活仙門規)
부유한 자에게는 이익을 취하고 가난한 자에게는 인술을
펼친다

"고칠 수 있소!"

소운은 단호한 목소리로 선언했다.

주화입마 정도는 자신에게 있어 이마에 난 가벼운 종기에 금창약을 바르는 것과도 같다는 투였다. 너무나도 딱 부러지는 소운의 말투에 세 명의 마교장로들은 순간적으로 말을 잊었다.

정적이 흘렀다.

소운은 딱 그 한마디를 내뱉고는 입을 굳게 다물었다.

문파의 수장으로 내정되고 나서 대화술과 거래술에 대해서도 남다른 훈련을 쌓았다.

가장 중요한 내용을 전했으니 다른 자잘한 설명은 전혀 필요가 없다. 궁금한 것은 저들이지 자신이 아니기 때문이다.

"그, 그게 정말이냐?"

제이장로인 독심약왕 무준이 겨우 입을 열어 물었다.

이상하게도 그는 상대가 교주의 주화입마를 고칠 수 있다는 말을 듣자 인상을 사정없이 구겼다. 입술도 부들부들 떨리고 있었다.

마교의 장로라면 구대문파의 장문인과 우열을 가리기 어려울 정도의 절정고수이다. 독심약왕은 자신도 모르게 전신에서 무서운 기세를 뿜어대고 있었다.

그러나 소운은 끄떡도 하지 않았다. 그저 오만할 정도로 당연하다는 표정을 유지한 채 천천히 고개를 끄떡일 뿐이었다.

"어떻게 치료를 할 생각이냐? 설명해 봐라."

독심약왕은 다시 인상을 찡그리며 따지듯 물었다. 다른 두 장로도 독심약왕의 심정을 이해하겠는지 얼굴을 살짝 돌리고 모른 척하고 있었다.

독심약왕은 소운을 죽일 듯이 노려보며 그의 대답을 기다렸다. 그러면서 속으로는 자신의 인생을 한탄했다.

'으으으, 평생 이인자로 불려온 것도 서러운데, 이제 젊은 놈에게도 자리를 양보해야 한단 말인가?'

인정하기 싫었다.

사실 그는 마교제일의다.

무림제일신의로 인정받은 활선문의 이대문주인 천부선의
유문에 다음가는 명성을 얻었다. 그러나 정작 독심약왕 본인
은 자신이 천부선의보다 의술이 떨어진다는 것을 인정하지
않았다.

틈날 때마다 정파 놈들이 마교 소속인 자신을 깎아내리기
위해 억지로 수작을 피운다고 주장했다.

그러나 혈장천마가 주화입마에 빠지고, 독심약왕 자신이
스스로의 능력으로는 천마를 치료할 수 없다고 선언하고야
말았다. 그는 결국 수석장로와 제삼장로의 의견대로 천부선
의를 납치하는 데 찬성할 수밖에 없었다.

내심 정말로 천부선의가 교주의 주화입마를 치료할 수 있
는가 두고 보자는 속셈도 있었기에 그는 그들과 함께 친히 활
선문으로 향했다.

그러나 그들이 활선문에 도착했을 때, 천부선의는 이미 늙
어 죽었고, 새로운 문주로 강호구룡 중 한 명인 소운이 되어
있는 상황이었다.

겨우 몇 달의 차이였다.

어쩔 수 없이 그를 납치해 왔지만 독심약왕도 다른 두 장로
도 천마의 치료를 거의 포기하고 있던 상황이다. 이제 약관을
겨우 넘긴 젊은 의원이 무엇을 할 수 있겠는가?

그런데 치료를 할 수 있다니!

이것을 기뻐해야 하는가? 평생을 지켜온 자존심을 꺾고 자

신의 의술이 활선문의 아래에 있음을 인정해야 하는가?

독심약왕은 스스로의 기분을 알 수 없는 심정이 되었다. 당장이라도 발광을 하여 눈앞의 젊은 애송이 의원을 때려죽이고 싶었다.

그런 그의 이성을 유지시키는 것은 오직 하나, 주화입마를 치료할 수 있는 방법이었다.

"말해라!"

독심약왕은 다시 한 번 소운을 재촉했다. 이번에는 목소리에 내력을 실어 소운을 공격했기에 소운은 살짝 얼굴을 찡그렸다.

'대단한 내공이다. 독심약왕이 수십 년 동안 독초와 약초를 장복하여 혈장천마를 제외하고는 가장 내공 수위가 높다는 것이 사실일지도 모르겠군.'

목소리에 실린 기운만으로 가슴에 통증을 느꼈으니 정말로 손을 쓰면 십 초도 버티기 어려울 것 같았다.

하지만 지금 필요한 것은 무공이나 내공의 강함이 아닌 의술이 아닌가?

소운은 억지로 평정을 유지하며 유유히 손을 움직여 소매 속에서 한 장의 종이를 꺼내 탁상 위에 놓았다.

턱.

"처방문이오. 일단 이 목록대로 약재를 구해오면 교주의 주화입마를 치료할 수 있소."

어떻게 치료하는가는 말하지 않았다. 치료방법을 말하고 말하지 않고는 어디까지나 의원의 고유 권한, 상대가 사정하는 것도 아닌데 말해줄 마음은 없었다.

독심약왕은 그런 소운을 죽일 듯이 노려보다가 살짝 손을 흔들었다.

손에서 흘러나온 경기가 허공을 격하고 교묘하게 움직이자 탁상 위의 처방문은 마치 살아있는 것처럼 떠올라 그의 손에 들어갔다.

소운은 그가 여전히 자신을 협박하려 한다고 생각하며 속으로 중얼거렸다.

'훗! 그래, 너 고수다. 그런데 왜 교주를 못 구하고 나를 납치하지? 그러고도 독심약왕이라는 칭호를 달고 다녀? 나 같으면 자살한다.'

비록 겉으로 말하지는 못해도 마음속으로나마 그렇게 욕을 해대니 가슴속이 어느 정도 시원해지는 것 같았다.

머리가 조금은 차가워진 소운은 다시 마음을 가다듬으며, 흥분하지 말고 냉정하게 모든 것을 행해야 한다고 다짐했다.

그런데 그때, 독심약왕은 소운이 꺼낸 처방문을 읽다가 신경질적으로 그 종이를 와락 구기며 외쳤다.

"이놈! 그래도 활선문의 문주라고 대우를 해줬더니 감히 이런 시답지도 않은 사기를 치려고 하다니!"

"사기라고?"

소운의 눈에서 날카로운 빛이 번뜩였다. 그는 자존심에 크게 상처를 입은 얼굴로 독심약왕에게 따졌다.

"아무리 그대가 독심약왕이라고 해도 감히 활선문의 문주가 친히 낸 처방을 사기라 하다니. 차라리 날 무공으로 무시한다면 모를까 이러한 모독은 참기 어렵소!"

"뭐라고? 감히라고? 아직 서른 살도 되지 않은 네놈이 감히 육십 년간 의술을 연구한 나를 무시해? 이놈아, 봐라!"

탁.

독심약왕은 얼굴이 불이라도 난 것처럼 붉어진 채 소운의 약 처방을 다시 탁상 위에 펼쳤다.

다른 두 장로는 지난 십 년 동안 독심약왕이 이렇게까지 화내는 것을 본 적이 없었다. 하지만 두 의원의 목숨과 명예를 모두 건 자존심 싸움이니만큼 말릴 수는 없었다.

수석장로와 제삼장로는 서로의 눈을 보며 조용히 고개를 끄떡였다.

어쨌거나 교주의 목숨이 걸려 있으니 아무리 성미가 급한 독심약왕이라고 해도 저놈을 쳐 죽이지는 않으리라 판단했다. 일단은 안심하고 사태의 추이를 지켜봐도 문제가 될 것은 없었다.

"네놈이 요구한 약재 중에 이 천왕보심단이나 천산화혈삼, 그리고 빙옥화리의 내단 등은 모두 몸 안의 기를 돋우고 체질을 강하게 하는 데 신묘한 힘을 발휘하는 약재가 아니냐? 특

히 무공을 수련하는 자는 내공을 급증시킬 수 있으니 돈을 주
고도 구할 수 없는 보물이라고 할 수 있지.”
　‘암, 그렇지. 아마 마교가 보유한 약재 중 가장 귀한 것들
중에 속할걸?’
　소운은 속으로 비아냥거리면서 태연하게 대답했다.
　“그렇소. 과연 독심약왕답게 약재의 성질에 대해서 잘 알
고 있구려.”
　“흥! 웃기지 마라. 주화입마에 걸린 교주는 그렇지 않아도
전신의 기가 들끓는데 이걸로 기를 강화한다고? 이 약재 중에
하나라도, 아니 한 조각이라도 복용하면 그 즉시 전신의 혈맥
이 터져 버린다는 데 내 전 의술을 걸겠다!”
　“뭐라고? 독심약왕, 그게 정말이오?”
　수석장로 전홍은 그 말에 크게 놀라며 물었다. 동시에 그의
얼굴과 손이 하얗게 변하기 시작했다.
　마음속에 살기가 일어나면 특이하게도 혈색이 나빠지는
체질을 가져 백면살마라는 별호를 가진 그다. 성격 역시 평소
에는 침착하지만 일단 흥분하면 마교 내에서도 둘째가라면
서러울 정도로 흉포하다.
　백면살마는 독심약왕이 차갑게 웃으며 다시 고개를 끄떡
여 자신만만하게 주장하는 것을 보고는 천천히 고개를 돌려
소운을 보았다. 동시에 형체가 없는 살기가 거미줄처럼 소운
을 감아 움직이지 못하게 꽁꽁 옭아매기 시작했다.

'으윽, 장난이 아니군.'

소운은 급히 내공을 끌어올려 상대의 살기에 대항하는 한편, 깊게 숨을 들이쉬고는 전력을 다해 크게 웃었다.

"아하하하하! 하하하하하!"

"왜 웃는 것이냐? 설마 내 말이 틀렸다는 것은 아니겠지?"

독심약왕은 왠지 모르게 불안한 마음에 소운이 웃음을 그치도록 목소리에 내력을 실어 외쳤다.

과연 소운은 목소리의 압력에 충격을 받았는지 입을 다물고 굳은 얼굴로 독심약왕을 노려보았다.

'이놈이 미쳤나?'

독심약왕은 정말로 불안해지기 시작했다. 말은 안 했어도 그는 자신이 살아날 수 없다는 것을 잘 알고 있을 것이다. 어제 아침에 교주의 주화입마에 대한 이야기를 했을 때에 변했던 안색이 그것을 증명한다.

그런데 하루 만에 이렇게 자신만만하게 자신들을 대할 수 있다니? 마교의 장로 세 명이면 구대문파 중 하나에 필적하는 무게가 아닌가? 그런 자신들의 살기를 받고도 태연할 수 있다면 이미 반쯤 미쳤다고 봐야 할지도 모른다.

'어쩌면 이놈이 교주를 치료하는 척하고, 오히려 죽이려는 것이 아닌가?'

스스스스.

그런 생각이 들자 자신도 모르게 몸에서 거센 살기가 흘러

나왔다. 아까 자존심이 상했을 때와는 비교도 할 수 없는 진
짜 살기였다.

독심약왕이 아무리 의원으로서의 명성에 자존심을 걸고
있다고 해도 그의 신분은 마교의 제이장로, 교주에 대한 충성
심은 개인의 자존심에 비할 것이 아니었다.

'만약 그렇다면 네놈을 가장 잔인하게 죽일 것이다!'

독심약왕은 속으로 그렇게 외쳤다. 다소 거칠게 손을 쓰더
라도 이놈을 고문하여 치료방법에 대한 납득할만한 설명을
들어야겠다고 결심했다.

그 순간 소운이 무겁게 닫혀 있던 입을 열어 독심약왕에게
말했다.

"그 약재를 누가 교주에게 복용시킨다고 말했소?"

"뭐라고?"

"그것들은 바로 본인이 먹을 것이오!"

그. 것. 들. 은. 바. 로. 본. 인. 이. 먹. 을. 것. 이. 오!

분명하게 장로들은 그렇게 들었다.

"뭐, 뭐라고? 그게 무슨 때려죽일 망발이냐!"

장내의 분위기가 일변했다.

독심약왕은 자신의 귀를 의심하는 듯 손가락으로 귀를 눌
러 탁탁 튀기기 시작했고, 다른 두 장로들도 살기를 발할 마
음도 들지 않는 듯 두 눈만 크게 뜨고 소운을 보았다. 입도 살
짝 벌어져 있는 것이 상당한 정신적 충격을 받은 듯했다.

‘흐흐, 무림고수 열 명에게 기습을 당해도 안색 하나 변하지 않았다던 무언교수 갈웅마저 놀라는군.’

소운은 내심 이들의 반응에 만족해했다. 그러나 겉으로는 당연하지 않느냐는 듯 이야기를 계속했다.

상대가 제정신을 차리고 뭐라고 말을 하기 전에 납득을 시켜야 한다고 판단한 이상 잠시도 멈출 수 없었다.

“그러니까 이 약재 목록 중 전반부에 나오는 것들은 내가 복용하여 내력을 강화하는 데 쓸 것들이오.”

“내력을 강화한다고? 어째서?”

어째서란다. 설명을 들을 마음이 되었다는 소리가 아닌가? 듣고자 하는 자들에게는 말을 해주는 것이 좋다.

“독심약왕, 그대는 평생을 독술과 의술에 바친 마도제일의로서 그 의술은 이 넓고 넓은 천하에서도 제일이라고 할 수 있소. 그렇지 않소?”

아부는 대화의 기본.

“흥! 활선문은 빼고겠지.”

독심약왕은 소운이 갑자기 자신에게 아부를 하자 웃기지도 말라는 듯 콧방귀를 꼈다. 그러나 아무리 입에 발린 소리라고 해도 기분이 나쁘지는 않았다.

소운은 그런 독심약왕을 정색을 하며 보았다.

거짓이 아니라 그가 아무리 활선문의 삼대 문주라고 해도 독심약왕보다 의술에 뛰어나다고 할 수는 없다. 살아온 세월과 경험이 다르기 때문이다.

그는 천천히 고개를 저으며 말했다.

"아니, 활선문은 한 번도 스스로의 의술을 천하제일이라고 생각해 본 적이 없소. 단지 활선문에 천하제일이라고 할 것이 하나 있는데 아마 그건 독심약왕도 부인하지 못할 거요."

"금침만통. 활선문의 금침은 신묘함이 인간의 경지를 넘어서서 활선이라는 이름에 부끄럽지 않다고 하더군."

독심약왕은 순순히 동의했다. 아무리 그가 오만해도 활선문을 무시할 수는 없었다. 오히려 소운이 다른 것에서 양보를 했기에 솔직해질 수 있었다.

"그렇소. 활선문의 절기는 바로 금침에 있소."

소운은 목에 힘을 주어 말했다.

금침만통, 금침으로 만병을 고치는 활선문의 신기는 그 누구도 부인할 수 없는 명성을 얻고 있었다.

"그렇기 때문에 활선문의 문주가 되는 자격은 오직 하나! 문주 비전의 활혼금침대법을 펼칠 수 있는가에 달려 있소."

"활혼금침대법! 과연 그렇군."

"음, 활혼금침대법이라."

다른 두 장로들도 그 이름은 들어본 적이 있는 듯 고개를 끄떡였다.

죽은 자를 살리는 금침이라고 한다. 영단묘약으로도 불가능한 일들을 수십 개의 금침이 해낸다는 것이다.

마교의 세 장로는 바보가 아니다. 일단 소운이 여기까지 말하자 다들 눈치를 챘다.

독심약왕은 한숨을 쉬며 말했다.

"그럼 그 활혼금침대법을 펼치기 위해 일정 이상의 내공이 필요하다는 것인가?"

"물론이오. 원래 금침의 묘리는 기혈을 뚫고 기의 흐름을 제어하는 것. 일반인이라면 지금 본인의 내공으로 충분히 감당할 수 있지만 천마의 내공을 어찌 범인과 비교할 수 있겠소?"

"으음."

소운의 말을 들은 장로들은 하나같이 신음 소리를 내며 입을 열지 못했다.

소운의 말에는 빈틈이 없다.

문제는 목록에 적혀 있는 약재들이 하나같이 보물 중의 보물이라는 점이다. 큰 공을 세운 교의 영웅들에게 교주가 크게 선심을 쓸 때나 겨우 하나 꺼낼까 말까 하는 물건이라고 할 수 있다.

그리고 이 정도 되는 약재들은 교주의 허락이 있어야 꺼낼 수 있게 되어 있다. 그걸 임의로 꺼내 곧 시체가 될 소운에게 먹였다가 교주가 살아나지도 못하면 뒷감당이 상당히 껄끄럽게 될 수도 있는 것이다.

"그냥 화혈단이나 소혼칠웅단으로 대체하면 안 되겠나?"

고민하던 독심약왕이 조심스럽게 물었다.

'이런 거지 같은 놈들! 설마 했는데 정말로 그 말을 꺼내다니.'

역시 마교 놈들은 정말 나쁜 놈이고 모두 때려 죽여도 시원치 않은 바퀴벌레 같은 놈들이다. 소운은 속으로 독심약왕의 십팔대 조상까지 욕을 했다.

화혈단이나 소혼칠웅단 같은 약은, 말하자면 마약과 독약을 섞어 만든 것으로 복용자의 내공을 급증시키지만 그 후에는 최하 폐인이 되는 마교 비전의 극약이라고 할 수 있다.

과거 정사대전에서 이 약을 복용한 마교인들에게 정파가 당한 피해는 엄청났다.

원래는 자살특공대에게 지급하는 약인데, 독심약왕은 소운에게 그걸 먹고 급증한 내공으로 침술을 펼치라고 말하고 있는 것이다.

독심약왕도 이런 말을 하기에는 다소 스스로 뻔뻔스럽기는 했지만 어차피 죽을 놈에게 교의 영약을 몰아줄 수는 없기에 대놓고 말해 버렸다.

'하지만 네놈들이 할 만한 일들은 이미 다 생각해 두었지. 이놈들, 무공은 몰라도 의술과 심계로는 절대로 네놈들에게 지지 않겠다.'

소운은 안타깝다는 듯 혀를 차며 고개를 저었다. 이미 어젯밤에 일어날 수 있는 모든 상황을 생각해 두었기에 조금도 당황하지 않았다.

"금침으로 교주를 치료하는 데에는 꼬박 칠 일 밤, 칠 일 낮이 걸리오. 혹시 교에 칠 일 동안 내공을 급증시키는 약이 있소?"

'있으면 내가 활선문 문주가 아니다. 삼 일도 힘들지, 아마?'

평소보다 몇 배의 힘을 며칠 동안이나 낼 수 있다면 마교가 중원을 통일해도 수십 번은 했을 것이다.

보통 그런 종류의 약은 약효가 즉효성인 만큼 효력도 금방 끝난다.

보통은 삼 각, 길어야 한 시진이 보통이고, 소운이 요구한 것과 비슷한 수준의 독과 약을 섞어도 겨우 하루나 이틀 동안 유지시킬 수 있다.

독심약왕도 소운의 판단과 같은 생각을 했는지 인상을 팍 구겼다.

"칠 일이라고? 그렇게 오래 걸린단 말인가?"

"더 걸리면 더 걸렸지 빠를 수는 없소. 내 치료 방법을 상세히 설명하리다."

소운은 딱 잘라서 말하고는 자신이 꺼낸 종이에 적힌 약재들을 일일이 가리키며 치료 방법을 차근차근 설명하기 시작했다.

그 치료법의 요결은 바로 이독제독에 있었는데 수법이 너무나도 지독하여 독심약왕은 자신도 모르게 침을 꿀걱 삼키고야 말았다.

"그러니까 천하 삼대극독을 교주의 몸에 투입하자고?"

"그렇소."

"그리고 금침으로 혈을 뚫어 칠 일에 걸쳐 독이 몸에 침투하기 좋게 돕고?"

"교주의 능력이 신통광대하니 거의 만독불침이라고 판단되오. 금침의 힘이 아니면 천하 삼대극독이라고 해도 쉽게 침투하지 못하고 소멸할 수 있소. 그러니 중요 경맥의 흐름을 막아 독의 침투를 도와야 하오. 오장육부에 독이 충분히 침투할 때까지 돕지 않으면 도로 아미타불이 될 수 있으니 적어도 칠 일간은 하루도 쉬지 않아야 하오."

"인간이 천하 삼대극독을 오장육부에 침투시키고도 살 수 있다고 생각하나?"

한 방울만으로도 사람 수십을 녹여 죽일 수 있는 독들이다. 그런데 그걸 약병으로 쏟아 부어 내장에까지 침투시키자니?

독심약왕은 하도 황당해서 할 말을 잊었다.

그러나 소운은 그의 말에 얼굴을 굳히며 날카로운 눈빛으로 되물었다.

"교주가…… 사람이오?"

"헛!"

교주는 사람이 아니다.

마선(魔仙)! 인간의 경지를 초월한 절대적 존재가 바로 천마신교의 교주가 아닌가? 그렇기 때문에 그들은 문파가 아닌 교이다.

신교 내에서만이 아니라 신강 일대의 모든 사람들에게 있어서 천마신교는 절대유일교이고, 교주는 살아있는 신이다.

독심약왕은 헛기침을 몇 번 하며 얼른 말을 바꿨다.

“험험, 교주께서는 확실히 범인과는 다르다고 생각해야 하겠지. 자네의 생각으로는 그 치료 방법이 옳다는 것이겠지?”

“그렇소. 적어도 칠 할! 그것도 실패할 삼 할은 본인이 미숙하여 금침대법을 실패할 확률에 불과하오.”

호언장담! 이제 독심약왕의 목소리가 약간 누그러졌다.

“으음, 칠 할이라.”

“설령 실패했다고 하더라도 교주의 무한에 가까운 내공이라면 절대 최악의 사태는 벌어지지 않을 거요. 실패해도 지금보다 나빠지지는 않는다고 장담할 수 있소.”

소운은 당당했다. 나는 목숨을 걸고 교주를 치료하려 하는데 너희들은 무엇을 망설이고 있는가라고 주장하는 듯했다.

그의 기백이 먹힌 것일까?

장로들은 소운의 말에 마음이 끌려 어느덧 진지하게 고민하기 시작했다.

소운이 요구한 영약도 문제지만 이제는 삼대극독을 교주가 버틸 수 있는가도 생각해 보아야 했다.

시간이 흘렀다. 그러나 별다른 의견이 있을 수는 없었다. 전무후무한 치료법이기에 독심약왕도 결과를 예측하기 어려웠다. 그리고 소운의 주장에 의하면 교주는 사람이 아니라 신선이기에 통한다는 것이므로 반박도 할 수 없었다.

독심약왕 자신이 평생 수많은 사람을 살리고 죽였다고는 해도 신선을 치료해 본 적은 없기 때문이다.

"이 일은 쉽게 결정을 할 일이 아니군. 내일까지 기다리게. 그때 다시 이야기 하도록 하지."

"기다리는 것은 상관없소. 중요한 것은 일단 시작을 하면 완벽을 기해야 한다는 것이오."

"그야 말할 필요가 있겠는가?"

세 장로들은 그렇게 말하며 그들의 수하를 불러 소운을 방으로 데려가라고 말했다.

"그럼."

소운은 정중하게 그들에게 포권을 하고는 천천히 걸어서 감옥으로 향했다.

죽음을 초월한 자의 얼굴은 웃음도 없었지만 고통도 느껴지지 않았다.

"대단하군. 확실히 강호의 구룡이라고 칭송받을 만한 인재야."

세 장로들은 그런 소운의 정신력에 감탄하고는 곧바로 이 일에 대해 진지한 논의를 하기 시작했다.

한편 감옥으로 향하는 소운은 세 장로들이 오늘 밤 내내 고민할 것을 생각하며 속으로 웃었다.

'마교라, 천하 최강의 문파지. 너희들이 대가없이 활선문의 의술을 사용할 수 있을 것 같으냐? 그것도 강제로? 한 푼도 깎을 수 없다. 내가 쥐고 있는 것은 바로 너네 교주의 목숨 줄이다!'

그는 이를 갈며 어젯밤에 했던 결심을 되새겼다.

사문의 법은 지엄하다.

그중에서도 가장 먼저 배우는 것이 바로 이어부 인어빈(利於富 仁於貧)의 규칙인데, 부자에게는 재물을 취하고 그것으로 가난한 자를 도우라는 뜻이라 할 수 있다.

활선문이 강호에서 크게 명성을 떨치게 된 원동력이 바로 이 규칙에 있는데, 사실 알고 보면 그 뒤에는 문주만이 아는 또 다른 문구가 있었다.

부자에게서 재물을 취하고 그것으로 가난한 자를 도우라.
부자를 한 명 치료하면 가난한 자를 세 명 구하라.
그러면 부와 명성을 같이 얻을 수 있을 것이다.

활선문의 문주는 초대로부터 이것을 엄수하여 세상이 우러러볼 정도의 명성과 함께 적지 않은 부를 쌓았다.

그들의 경영철학은 하나의 문파를 키우기에 부족함이 없

었다.

얼핏 보기에는 과연 활선문이라고 할 만한 상당히 선한 규칙이다.

그러나 이 문구가 비밀리에 전해져 내려오는 이유가 있다.

부자 한 명 당 가난한 자 세 명이다. 네 명이나 다섯 명이 아닌 세 명! 세상의 이치는 부자가 한 명이면 가난한 사람은 백 명이 아닌가?

다시 말해 전체의 수익을 넘어서는 자선 의료행위를 엄하게 금한 것이다. 그렇기 때문에 활선문의 하부의원들은 항상 약재에 제한을 받아 몰려드는 환자들 중 일부만을 치료하게 되는 것이다.

이렇게 하지 않으면 문파를 유지할 수 없다. 이익도 낼 수 없다.

그래도 활선문이 커지면서 치료받은 사람들은 확실히 지속적으로 늘어났다.

그렇게 활선문은 강호에 이름을 날렸다.

그와 동시에 활선문의 문주에게는 몇 가지 엄한 규칙이 내려온다. 그 중 하나가 바로 절대로 공짜로 치료를 해주지 말라는 것이다.

가난한 자를 치료해도 대가는 받는다. 하다못해 나무라도 한 짐 해놓고 가게 한다.

상대에 따라 대가가 변하는데, 가난한 자에게는 조그만 것을 받고 부자에게는 큰 것을 받는다.

천마신교는 강호에서도 가장 커다란 문파이자 신강 땅에서는 하나의 독립된 왕국과도 같은 위세가 있다. 그리고 천마는 살아있는 신이다.

소운은 문파의 규칙을 따라 강호 최고의 문파로부터 충분한 보수를 얻기로 결심했다.

"그 위에 목숨까지 걸었으니 목숨 값도 받아야겠지."

스스로의 목숨의 무게가 얼마인가는 그의 가슴 가장 깊은 곳에 비밀리에 숨겨져 있었다.

*　　　*　　　*

"그대의 처방을 존중하기로 했소."

독심약왕은 드디어 항복 선언을 했다. 소운은 속으로 미칠 듯이 웃었지만 그것을 겉으로 드러내는 실수는 범하지 않았다.

"의술에 몸을 담은 자의 명예를 걸고 최선을 다해 교주를 치료하겠소."

"과연 천하의 활선문이오."

세 명의 장로들은 소운의 담담하면서도 자부심에 가득 찬 목소리에 어느 정도 마음이 놓이는지 굳어진 얼굴을 약간은 부드럽게 했다.

애초의 예상과는 다르게 교주를 구할 희망이 생긴 것은 좋은데, 반대로 막대한 비용이 들어가게 생겼다.

이제는 뒤로 물러설 수도 없다. 만약 이 약재들만 소모하고 교주도 구하지 못한다면 남들 모르게 교주를 위해 일을 꾸민 세 장로는 다른 일곱 명의 장로에게 탄핵을 당할 것이다.

"그럼 되도록 빨리 시작합시다. 본인이 순서에 따라 영단과 약재를 섭취하겠습니다."

"그야 이를 말이겠소? 이장로의 말에 따르면 삼 일이면 모든 영단의 기운을 녹여 문주의 내력으로 바꿀 수 있다고 하더이다."

"그 정도 기간은 걸릴 것입니다."

소운은 그렇게 말하고는 연공을 하기에 적당한 장소를 요청했다.

"자, 이제 천왕보심단을 먹겠소. 처음이 중요하니 주의를 해주시오."

천왕보심단은 목과 토의 성질을 가진 단약으로 앞으로 먹을 영단의 기운으로부터 몸을 보호하고 단전을 강화하는 효능이 있다. 그런 만큼 모든 약재에 우선하여 먹지 않으면 안된다.

무엇보다 이거 한 알이면 평범한 삼류무사가 단번에 내가 고수로 행세할 수 있을 정도로 내력이 증진된다.

"좋다. 먹어라."

독심약왕은 인상을 찡그리며 말했다.

일단 실행하기로 했지만 막상 눈앞에서 영약이 다른 사람의 입으로 들어가는 것을 보니 참기 어려운 듯했다.

그러나 그들의 괴로움은 그걸로 끝나지 않았다.

꿀꺽.

소운은 일부러 들으라는 듯 소리를 내며 단약을 삼켰다. 그리고는 얼른 좌정을 하고 눈을 지그시 감은 채 나직한 목소리로 말했다.

"시작하겠소."

"알았다!"

퍼퍼퍽!

세 장로는 하나같이 떫은 감을 씹은 표정으로 일제히 손을 뻗어 소운의 가슴과 등에 손바닥을 대었다. 그리고는 자신의 기를 불어넣어 소운의 경맥에 충격을 가하기 시작했다.

세 장로의 기운은 거침없이 소운의 경맥을 타고 안으로 뻗어나갔다.

'으윽, 이놈들이. 좀 살살하지 않고!'

소운은 비명이 터져 나오려는 것을 억지로 참았다.

극심한 고통, 마치 자신의 몸이 다른 무엇인가에 의해 잠식당하는 것과도 같은 느낌이 외부의 경맥으로부터 느껴졌다.

뿐만 아니라 내부로부터는 천왕보심단의 기운이 일어나 단전을 통해 외부로 뻗어나가려고 하고 있었다.

처음에는 보심단이라는 이름답게 점잖게 움직이던 단약의 기운이 외부의 경력과 만나자 요동을 치기 시작했다.

세 장로의 기운은 그런 천왕보심단의 힘에 맞서 어떨 때에는 밀고, 기운이 다하면 당기는 등 마치 경맥의 내부에서 싸움을 하는 듯했다. 그러면서 천왕보심단의 힘을 한계까지 끌어올려 단번에 녹이는 것이다.

파파파팍!

손바닥이 춤을 추고 손가락에서 뻗어 나온 지풍이 끊임없이 소운의 몸을 괴롭혔다.

추궁과혈! 세 장로는 내력의 소모를 감수하며 소운의 몸에 내력을 주입하여 영약의 흡수를 돕고 진기가 잘 흐르게 해주고 있었다.

본의는 아니지만 영약의 기운이 소운의 몸에서 다 녹지 못하고 잠재력으로 쌓이게 놔둘 수는 없었다.

마교의 인재라면 나중에 자연스럽게 녹이도록 놔둘 수 있지만 지금은 경우가 다르지 않은가?

영약을 완벽히 소화시켜 모두 내공으로 만들어야 한다.

세 장로들은 이제 곧 죽을 자에게 영단을 주고, 그걸 빨리 흡수할 수 있도록 스스로의 내력을 소모하여 추궁과혈까지 해 바치는 신세가 되었다.

자고로 영단은 성질이 더러워서 무턱대고 그냥 삼키면 오히려 화가 될 수도 있다. 특히 한 개도 아닌 여러 개의 영단을

연이어서 먹으면 살 가능성보다 죽을 가능성이 아주 높은 것
이다.

순서에 따라 차례대로 먹는 것은 물론이고 영단의 기운을
제어할 수 있는 고수가 스스로의 내력을 소모하여 복용자를
돕는 것이 좋다.

그런 만큼 보통 약소문파는 어느 수준 이상의 영약은 있어
도 못 먹는 경우가 많았다.

소운이 요구한 영단은 무림에 알려진 것들 중에서도 가장
뛰어난 물건들이니 마교의 장로나 각 대문파의 장문인 수준
의 내공이 아니면 제어하기 어려울 정도였다.

하지만 이번에는 영단도 있고, 마교의 장로도 있으니 이미
준비는 끝난 셈이라고 하겠다.

'으으으, 시체에 내력을 불어넣는 기분! 도저히 참기 어렵
군!'

파파파팍!

수석장로 전홍은 이를 갈며 거칠게 손을 놀렸다.

죽일 수는 없지만 상대에게 고통도 주지 못할 정도는 아니
다. 그는 최대한 독하게 천왕보심단의 기운을 녹였다. 다른
두 장로도 대동소이한 심정이었다.

소운이 그걸 느끼지 못할 리가 없다.

가뜩이나 고통스러운데 상대는 마치 고문을 하듯 자신을
핍박한다. 욕이 절로 나왔지만 진기가 들끓어서 입을 열 수

없다. 오로지 속으로만 욕을 할 뿐이다.

'두고 보자! 네놈들이 아무리 나를 괴롭힌다고 해도 나는 굴하지 않는다. 다 먹는다. 그리고 이 고통은 열 배로 갚겠다!'

반쯤 떠진 그의 눈에서 집념의 불길이 일었다.

"이번에는 천산화혈삼을 먹겠소!"

겨우 천왕보심단의 기운을 흡수한 소운은 쉬지도 않고 붉은색의 산삼을 집으며 말했다. 체질을 변화시켜 만병이 무효하게 만드는 영약 중 영약이라고 할 수 있다. 내공증진은 기본이다.

"먹어라!"

독심약왕은 이제 소운에게 이를 악물고 말했다.

소운은 개의치 않고 단번에 그것을 삼켰다.

"시작합시다!"

"좋다!"

다시 서로의 감정이 부딪치는 순간이 왔다.

파파파팍, 퍽퍽!

추궁과혈을 하는데 세 명이 한 명을 두들겨 패는 것과 비슷한 소리가 났다.

그리고 이런 절차는 삼 일에 걸쳐 계속되었다.

소운은 삼 일 동안 마교의 장로들과 비슷한 수준의 내력을 얻었다. 그리고 동시에 어떤 고통 속에서도 참을 수 있는 집넘과 독기를 얻었다.

'내 언젠가는 이놈들에게 맞은 만큼 돌려주리라!'

그가 해야 할 일이 또 하나 늘었다.

명암불이 〈明暗不二〉

밝음과 어두움은 따로 나눌 수 없는 것이니 오직 사람의 마음에 따라
구분된다

南斗延壽保命時老君告天師曰
天八會之真文三洞三清之上
彙道元始天尊昔經歷于億萬劫天地始修

太上說南斗延壽保命

熙袞而人倫五運遷寰萬彙道
此經乃九天八
安真經太上說南斗

명암불이(明暗不二)

밝음과 어두움은 따로 나눌 수 없는 것이니 오직 사람의
마음에 따라 구분된다. 그러므로 어둠에 이기려면 더 어두
워져야 한다

천하제일고수는 오직 천마신교에만 존재한다!

황당한 말이다. 그러나 아무도, 심지어는 정파의 고수들도
이 말을 쉽게 부인하지 못했다.

원래 일월신교라 불리던 이 신강의 패자는 오대 교주이자
신교사상 최초의 천하제일고수인 무혼천마가 마도불사혼, 강
자존 약자종의 원칙을 정해 천년신교의 기틀을 마련하고 이
름을 천마신교로 바꾼 것이 기원이다. 그 후로 천마신교는 패
도를 추구하게 되었다.

천마신교는 정파처럼 신주삼성이나 사대무존 같은 어중간

한 최고수의 집단을 인정하지 않는다.

그들 중에는 언제나 단 한 명만의 일인자가 존재할 뿐이다. 그리고 그 일인자는 교주가 되어 살아있는 신으로 군림한다.

그렇게 일단 교주가 된 자들이 원하는 것은 오직 하나, 천하제일의 권좌뿐이었다!

수백 년의 세월이 흘러 천마신교의 교주가 서른여섯 번을 바뀌는 동안 세상에는 당 시대의 모든 사람들이 인정하는 천하제일고수가 모두 아홉 명 나타났다.

그런데 그중 여섯 명이 천마신교의 교주이니 정, 사를 불문하고 모든 무림인들이 천마신교의 저력에 놀라고 두려워하는 것은 결코 과한 것이 아니라 할 수 있다.

언제부터인가 사람들은 천하제일고수로 인정받은 천마신교의 교주에게 천마의 칭호를 붙이기 시작했다. 무혼천마 이후로 굳어진 전통이라고 할 수 있었다.

그리고 십 년 전, 신분을 감추고 세상에 나와 수많은 비무행 끝에 당시 최고수로 추앙받던 정파의 쌍성과 정사중간의 초절정 고수인 해남의 남도왕을 모두 꺾어 당금의 천하제일고수로 인정받은 자가 있었다.

그가 바로 천마신교사상 여섯 번째로 천마의 칭호를 얻은 혈장천마이다.

혈장천마가 나타난 이후, 무림은 마가 득세하고 정파의 의기는 땅에 떨어져 풍전등화와도 같았다.

당금의 세상은 가히 마도천하라고 할 만했다.

'그런 혈장천마가 저런 꼴로 누워있단 말이지?'

소운은 옥침상에 누운 사람을 보며 속으로 혀를 끌끌 찼다.

밀실 한가운데에 놓인 옥침상은 방 안에 서리가 낄 정도로 차가운 기운을 발하고 있었다.

한옥상!

무림인들이 꿈에서도 원하는 바로 그 침상이 틀림없다. 저 위에 누워 내력을 운기하며 잠에 들면 밤새 내내 저절로 내력이 증가될 것이다. 하지만 그 침상도 위에 누워있는 자의 신분에 비하면 결코 귀한 것이라고 할 수 없으리라. 누가 뭐래도 그는 천하의 모든 사람들이 인정한 제일인이니까.

소운은 자신의 옆에 있는 세 장로들을 보고 말했다.

"일단 금침을 쓰고 그곳으로 독을 주입하면 방 안 역시 독기로 가득 차게 됩니다. 모두 주의해 주십시오."

"염려 말게. 우리가 비록 교주와는 비교도 할 수 없지만 독기에 몸을 상할 정도는 아니네."

"그야 말할 필요 있겠습니까?"

소운은 웃었다.

그들이 독기에 몸을 상하지 않는 것처럼 자신도 그렇다. 내력을 얻으니 역시 좋지 않은가?

"그럼 시작하겠습니다."

소운은 그렇게 말하며 크게 심호흡을 하고 교주에게로 다가갔다. 그와 동시에 품에서 하나의 금갑을 꺼내 열고는 안에 있는 금침을 꺼내 단번에 교주의 전신대혈을 찌르기 시작했다.

사사사사삭.

마치 침을 놓는 것이 아니라 암기로 사람을 공격하듯 한 번에 몇 개씩의 금침이 동시에 파고들었다. 순식간에 교주의 몸 전체에는 수십 개의 금침이 빽빽하게 들어섰다.

"대단하군. 사혈과 생혈을 동시에 자극하여 그 효력을 몇 배나 증가시키는 것인가?"

독심약왕은 경악한 눈으로 자신도 모르게 중얼거렸다.

세상에 존재하는 모든 의술을 알고 있다고 자신하는 그였지만 이런 신기는 상상도 해 본 적이 없었다.

"이장로, 어떻소? 가능하겠소?"

"적어도 저 금침대법이 천하에 짝을 찾을 수 없는 것만큼은 확실하오."

마음속으로부터 승복한 사람의 목소리였다.

독심약왕은 입에서 침만 흘리지 않을 뿐, 완전히 소운의 금침에 정신을 빼앗기고 있었다. 설사 지금 소운이 죽은 사람을 금침으로 살릴 수 있다고 말해도 그는 반박하지 않을 것이다.

파파팍.

마지막 세 개의 금침이 동시에 혈장천마의 몸에 꽂혔다.

소운은 다 되었다는 듯 다시 크게 심호흡을 하고는 고개를 돌려 탁상 위에 있는 세 개의 약병을 집었다.

"내력을 끌어올려 대비하시오. 약병을 열겠소이다."

"우리는 염려하지 말고 어서 시술하게나."

"그럼."

소운은 대답을 하자마자 스스로 내력을 극한까지 끌어올리며 약병을 열었다.

보통사람은 냄새를 맡기만 해도 그대로 녹아버리는 독을 하나도 아닌 세 개나 동시에 만지는 상황이니 긴장이 되는 것은 어쩔 수 없었다.

곧 금침의 끝에 삼대극독의 독액이 묻었다. 제각기 다른 성질을 가진 독이기에 서로 섞이지 않게 조심해야 했다.

사사사사사사.

다시 시작된 금침대법. 소운은 혈장천마의 전신대혈을 모두 자신의 금침으로 메우겠다는 듯 쉬지 않고 독이 묻은 금침을 꽂았다. 그러면서 어느 순간부터는 전에 시술한 금침을 빼고 그곳에 다시 독이 묻은 금침을 꽂았다.

세 개의 독은 제각기 서로 다른 경로를 통해 천마의 몸으로 흘러들어 가기 시작했다. 소운의 금침은 그런 독들이 순조롭게 침투할 수 있도록 막힌 경맥을 뚫고 내부의 기운이 그것들을 막지 못하도록 도왔다.

꿈틀.

어느 순간 혈장천마의 몸이 움찔 하며 움직였다. 세 장로의 눈에 경악의 빛이 떠올랐다.

주화입마에 빠져 혼수상태가 된 이후 처음으로 교주의 몸이 움직였다! 그들은 자신도 모르게 호흡이 가빠졌다.

"으윽, 독기가."

"마음을 안정시키시오."

호흡이 흐트러지자 독기가 가차없이 몸 안으로 흘러들어온다. 세 장로는 급히 내력을 움직여 몸 안에 스며들려는 독을 몰아냈다.

그러는 사이 혈장천마의 전신에서 검은 기운이 일어나 불길처럼 타오르기 시작했다.

"묵혈신마공의 기운이 일어나기 시작했소!"

독심약왕이 감탄해서 외쳤다. 교주의 무공이 되살아나고 있다는 증거가 아닌가?

한옥상의 냉기는 더 이상 방 안을 식히지 못했다. 오히려 세상에서 가장 강력한 무공 중 하나인 묵혈신마공의 기운이 숨도 쉬지 못할 정도의 열기를 발하고 있었다.

소운의 이마에서 땀이 흐르기 시작했다.

지난 삼 일간 급증된 내력으로 한서의 영향을 거의 받지 않게 된 그가 땀을 흘리다니? 묵혈신마공의 기운이 너무 독해서 내력이 흔들리는 것 같았다.

그러나 손을 멈출 수는 없었다. 한번 시작하면 쉬지 않고 삼천여 번의 금침을 놓아야 한다.

한 번 놓고 끝나는 것이 아니라 시술자의 기의 흐름을 조절해가며 여러 가지 변화에 따라 뺐다가 다시 놓아야 하는 것이다.

소운은 침을 놓아가며 그 침의 반응에 따라 진맥을 하고 있는 중이었다.

혈장천마의 몸 안에서 요동치기 시작한 기운은 상상했던 것보다 훨씬 강했기에 일순 당황했지만, 이제는 삼대극독이 어느 정도 몸에 침투하여 그 기운과 싸우기 시작했다.

소운의 금침은 그런 삼대극독의 가장 강력한 우군이라고 할 수 있었다.

"후우."

얼마나 시간이 흘렀을까? 소운은 마침내 뒤로 한 걸음 물러서며 말했다.

교주의 몸에는 여전히 백 개가 넘는 침이 놓아져 있었지만 아무래도 이 상태로 내일까지 있어야 할 것 같았다.

"어떻게 되었나?"

독심약왕이 얼른 물었다.

"오늘은 성공했소. 앞으로 칠 일간 계속 이렇게만 한다면 교주의 주화입마를 치료할 수 있을 것이오."

"오! 정말인가?"

"삼대극독이 이미 임맥과 독맥의 주요 경맥에 침투하여 교주의 묵혈신마공을 자극하기 시작한 이상, 제멋대로 움직이던 경력이 점점 단전으로 모일 것이오. 내부의 싸움은 강력한 외적이 침입하면 모두 사라지고 서로를 하나로 모으게 하는 힘이 되지요."

"과연 맞는 말일세."

"제 예상대로 삼대극독의 기운을 금침으로 도우면 제어가 되지 않은 교주의 내력은 극독을 몸 밖으로 몰아내지 못합니다. 이제 계속해서 독의 침투를 진행한다면 마침내 내력이 모두 하나로 모일 것입니다."

"음, 그럼 그 때에는 독을 하나로 몰아낼 수 있겠군?"

"틀림없습니다. 만약 너무 늦어서 독이 몸을 완전히 장악한다고 해도 이번에는 제 금침이 교주의 내력을 돕게 되지요. 아무리 삼대극독이라고 해도 교주의 내력과 금침이 힘을 합하면 꼼짝없이 당할 수밖에 없습니다."

"허허허, 정말 대단하군. 사람 몸속의 기운을 두 세력 간의 전쟁처럼 말하다니."

"알고 보면 세상 사는 이치나 몸속의 이치나 다 그게 그거 아니겠습니까?"

"맞는 소릴세."

한결 나아진 분위기 속에서 소운과 세 장로는 웃었다.

어쨌든 간에 교주가 살아날 수 있다고 생각한 장로들은 소운의 의술에 솔직하게 감탄했다.

특히 독심약왕은 질투심도 생기지 않는 듯 엄지손가락을 치켜 세우며 활선문의 금침은 그야말로 천하제일의 의술이라고 말했다.

하지만 이제 시술은 하루가 지났을 뿐, 앞으로 무슨 일이 벌어질 지는 아무도 모른다.

소운은 자신의 방으로 돌아가며 천천히 기를 운기하여 흥분되었던 마음을 가다듬었다.

'후, 혈장천마의 내력이 예상보다 몇 배나 강해. 어떻게 인간이 저런 내공을 쌓을 수 있지? 잘못하면 큰일 나겠는걸.'

겉으로는 큰소리를 쳤지만 일이 실패할 지 안 할 지는 소운도 장담할 수 없다. 이번 일은 워낙 전례가 없던 일이기 때문이다.

그래도 소운은 한번 마음을 정하면 누가 뭐래도 꿋꿋하게 실천하는 뚝심의 화신이다. 그는 모든 잡념을 떨쳐 버리려는 듯 고개를 살래살래 저었다.

몸에도 무리가 갔는지 목과 어깨가 뻐근했다.

"역시 침을 놓는 것은 적지 않은 심력을 소모하는군. 조사의 가르침에는 사람의 체력이 고려되어 있지 않으니 어쩔 수 없지."

소운은 씁쓸하게 웃으며 몸을 풀기 시작했다. 그의 사조가 되는 활선문 조사는 평생 금침대법에 대한 공부를 가장 중시하였다.

그 이유는 바로 사람을 치료하는 데 있어 약을 쓰면 재료값이 드나 금침을 쓰면 공짜라는 데 있다.

또한 활선문은 평범한 채소나 음식 속에 숨은 신묘한 효력을 연구하여 세상 사람들을 놀라게 했는데, 알고 보면 이 또한 마찬가지 이유라고 할 수 있었다.

소운이 생각하기에 활선문의 조사는 지독한 구두쇠임에 틀림없었다. 그리고 그것은 소운의 사부도 마찬가지였고, 당연한 얘기지만 소운 자신도 그렇다고 스스로 인정하고 있었다.

하루하루의 긴장된 시간이 흘렀다.

혈장천마의 몸속으로 침투한 삼대극독의 세력은 더더욱 강해져 이제는 소운의 금침이 길을 인도하지 않아도 묵혈신마공의 기운을 뚫고 점점 안으로 파고들어 가는 상황이 되었다.

그에 따라 소운은 더욱 힘들게 되었는데, 혈장천마의 전신에서 뿜어지는 묵혈신마공의 기운이 더더욱 강해졌기 때문이다.

밀실은 완전히 용광로처럼 변했다.

보통의 독이라면 그 열기에 타서 흔적도 없이 사라졌을 것이다. 그러나 삼대극독은 불을 만나자 더욱 강해졌다.

불로도 태울 수 없기에 삼대극독이라 불리는 걸까? 하지만 그에 따라 묵혈신마공의 힘도 최후의 발악을 하듯 더욱 기승을 부리고 있었다.

"오늘이 마지막 날이오."

"음, 교주의 상태를 보아하니 이미 전신에 독이 골고루 퍼진 모양일세."

지난 칠 일 동안 바로 옆에서 치료를 지켜본 독심약왕은 전신이 세 가지 색으로 물든 교주의 몸을 보며 그렇게 말했다. 확실히 연륜이 있으니 보기만 해도 환자의 상태를 거의 정확하게 알아볼 수 있는 모양이다.

"그렇소. 이제 최후의 시술로 교주의 전신 내력을 하나로 모아 일거에 독을 몰아내는 일만이 남았소."

"정말 가능하겠나?"

"어허, 이제 와서 무슨 소리요? 소 의원은 틀림없이 성공시킬 것이오."

수석장로 전홍의 질문에 오히려 독심약왕이 소운의 편을 들었다. 소운 역시 씁쓸한 미소를 지으며 염려 말라는 듯 말했다.

"거의 확실하오. 최후의 금침대법인 금침만조의 수법을 펼치면 그 어떤 주화입마라도 고칠 수 있소. 교주의 내력이 상상 이상이 아니었다면 독을 쓸 필요도 없었을 것이오."

"정말 신묘한 침술이군!"

"너무 효력이 좋아 오히려 숨겨야 할 정도요. 그렇지 않다면 세상에 주화입마에 걸린 사람이 모두 달려왔을 테니까."

"허허허, 그것도 정말 큰일이겠구만."

소운의 말에 전홍은 크게 만족한 듯했다.

세상에 주화입마를 고칠 수 있는 금침대법이 있다고 상상이나 해 보았겠는가? 그러나 소운이 이렇게까지 말하니 믿음이 갔다.

소운은 그것뿐만이 아니라는 듯 고개를 저으며 다시 말했다.

"뿐만 아니라 재수가 좋으면 교주가 일찍 정신이 들어 스스로의 의지로 내력의 제어를 도울 수도 있소. 그렇게 되면!"

"그렇게 되면?"

전홍의 질문에 소운은 목소리를 살짝 낮추어 비밀이라도 밝히듯 말했다.

"삼대극독의 기운을 모두 녹여 진정한 내력으로 합할 수 있을 것이오. 그 경우 묵혈신마공의 대성도 가능하오."

"그럴 수도 있는가?"

한계가 없다고 알려진 내공심법이 바로 묵혈신마공인데 대성이라니?

전홍은 정말로 크게 놀랐는지 얼굴색이 창백하게 변했다. 극도로 흥분을 하면 오히려 핏기가 빠지는 것은 영원히 변하지 않을 것 같았다.

소운은 오히려 그의 얼굴을 보며 저 체질을 연구해 봐야 하는데 하고 속으로 웃었다.

그때, 소운의 말에 입으로 뭐라고 조그맣게 중얼거리며 무엇인가를 계산하던 독심약왕이 탁 하고 손으로 허벅지를 치며 말했다.

"충분히 가능하겠군. 독의 기운을 모두 녹일 수 있다면 교주의 내력은 단번에 두 배 가까이 급증하는 것이니 묵혈신마공의 대성은 오히려 가벼운 것이오."

"두 배라고!"

믿을 수 없는 이야기다. 이미 천애무봉이라고 할 수 있는 교주의 내공이 단번에 두 배가 된다면 정말로 신선의 경지일 것이다.

다른 두 장로는 입만 벌린 채 소운과 독심약왕을 보았다. 소운은 확실히 그렇다는 듯 의미심장한 미소를 지으며 독심약왕을 보고 있었다.

'이론상으로는 그렇지. 안 그러면 내가 왜 말을 꺼냈겠어? 하지만 실제로 그런지는 두고 봐야겠지?'

소운은 속으로 그렇게 중얼거리고는 곧 자신의 속마음을 들킬세라 얼른 몸을 돌려 전신에서 검은 화염을 뿜어대고 있는 교주에게로 다가갔다.

이제는 다가가는 데만도 전신의 내력을 극한으로 끌어올려야 하지만 다행히도 버틸 수는 있었다.

'정말 천마의 무공은 다른 사람과는 수준이 다르군. 지금

내 내공 수준은 대문파의 장문인들과 견주어도 손색이 없을
정도인데 겨우 기운을 버티는 수준이라니.'

소운은 눈앞의 의식이 없는 천마를 측은하다는 표정으로
보았다. 하지만 곧 그의 눈빛은 차가워졌다.

'아니지. 이자는 적이다. 정파의 적, 활선문의 적, 나 소운
의 적이다!'

그는 냉정하게 스스로를 격려했다.

모든 것을 걸고 도박을 하고 있는 셈이니 조금도 마음속에
거리낌이 있으면 안 될 터였다. 하지도 않고 포기를 하느니
죽든 살든 도박을 하기로 그날 결심하지 않았던가?

지금 걸린 것은 자신의 목숨뿐만 아니라 활선문 전체의 운
명이기도 했다.

"그럼 시술을 시작하겠소!"

소운은 그렇게 선언하고는 세 장로의 대답은 듣지도 않고
그대로 금침을 꺼내 혈장천마의 몸에 박아 넣기 시작했다.

여느 때보다 훨씬 복잡하고 빠른 시술광경에 세 장로들은
다시 한 번 소운이 가진 금침의 능력에 놀라야 했다.

그리고 어느 순간 혈장천마의 몸에서 무서운 기운이 일어
나기 시작했다.

화르르륵, 펴펴픽!

검은 불길이 천정 근처에서 하나로 뭉쳐 더욱 거센 기운으
로 화하더니 그대로 방구석에 있던 가구 중 하나를 덮쳤다.

파직, 파스스스스.

"아니, 저럴 수가!"

두꺼운 자단목으로 된 최고급 가구는 그대로 하얀 재가 되어 사라져 버렸다. 교주의 기공인 묵혈신마공이 거의 최고의 위력으로 방출되는 것이 틀림없었다.

세 장로는 기겁하여 소운에게 외쳤다.

"어떻게 된 거냐?"

"묵혈신마공의 기운이 하나로 뭉쳤소. 하지만 아직 자제력을 잃고 있어서 어쩔 수 없이 바깥으로 유도하고 있는 상황이오."

소운의 말소리는 차분했지만 그의 손놀림은 거의 눈에 보이지 않을 정도로 빨라지고 있었다.

생사투!

전신의 대혈을 통해 빠져나가려는 기운을 필사적으로 유도하여 소운 자신이 있는 쪽으로 뻗지 않게 하려는 금침의 제어는 정말 한순간의 차이로 소운의 목숨을 구했다.

지금 혈장천마의 기운에 정통으로 얻어맞는다면 아무리 내력이 강화된 소운이라고 해도 살아날 확률이 거의 없다고 할 수 있었다.

그리고 그것은 세 장로들도 마찬가지였다.

"어떻게 할 수 없느냐?"

"알아서 피하시오. 본인은 스스로를 지키기에도 급하오!"

완벽한 돌발 상황, 이것은 소운도 예상치 못한 상황이었기에 더욱 냉정하게 소리쳤다.

만약 실수해서 자신이 죽거나 교주가 죽으면 지금까지 해온 일이 모두 수포로 돌아가는 것이 아닌가?

이런 상황에서 믿을 수 있는 것은 평생을 수련해 본능적으로 움직이는 자신의 손뿐이었다.

"육시할 놈!"

상황을 파악한 독심약왕은 욕설을 지껄이며 급히 방의 구석으로 피했다.

다른 장로들도 독심약왕을 보고, 이건 어쩔 수 없는 상황이라는 것을 눈치 챈 듯 두말없이 구석으로 피해 혹시라도 덮쳐올 교주의 기운에 대비했다.

묵혈신마공의 기운은 공기를 태우며 급격히 퍼지는 귀화와 같아서 어떻게 변화할지 아무도 모르기 때문에 피하기가 극도로 힘들다.

하지만 구석이라면 변화가 제한되기 때문에 장로들 수준이라면 충분히 대응할 수 있었다.

화르르륵, 퍽, 파파팍!

불길은 계속해서 타올라 방 안 곳곳을 태웠다.

얼마 안 있어 모든 가구가 타서 재가 되었고, 한가운데의 한옥침상에 누운 혈장천마와 소운, 그리고 세 장로만이 남은 상태가 되었다.

뜨거운 공기가 요동치고 재들은 위로 날아올라 뿌연 안개처럼 시야를 흐렸다.

그러나 소운은 잠시도 손을 멈추지 않았다. 금침을 시술하는 것은 눈을 감고서라도 가능한 그였다.

오히려 그럴 경우 금침 끝으로 느껴지는 상대의 기의 흐름을 더욱 세밀하게 느낄 수 있기에 눈은 오히려 방해가 된다고 할 수 있었다.

파사사사, 파파팍!

세 장로들은 극히 미약한 파공음으로 소운이 계속해서 시술을 하고 있다는 것을 알 수 있었다.

'단순히 자존심만 센 유약한 의원인줄 알았거늘!'

'우리가 그를 잘못 보았었군!'

'과연 활선문주란 말이지?'

이 순간 소운에 대한 평가는 확연히 달라졌다.

소운이야말로 겉으로는 약해 보여도 결정적인 순간에는 끝없이 독해질 수 있는 외유내강의 성격과 정신력의 소유자였던 것이다.

그들은 하나같이 긴장을 풀지 않은 채 뿌옇게 보이는 소운과 혈장천마를 주시했다.

시간이 흘렀다.

이제는 어느 정도 기가 안정되었는지 더 이상 묵혈신마공의 화기가 기승을 부리지 않았다. 그렇다면 교주의 주화입마가 거의 치료되고 있다고 봐도 될 것이다.

독심약왕의 두 눈에서 눈물이 흘렀다.

'이제 나는 영원히 남들 앞에서 천하제일의라고 말하지 못할 것이다. 활선문주는 스스로를 천하제일이라고 칭하지 않았지만 행동으로 그것을 증명해 보였다.'

그는 진심으로 소운의 침술에 감복했다.

다른 장로들도 엄지손가락을 치켜세우며 소운의 침술과 정신력을 칭찬했다.

'웃기고 있네.'

파파파팍!

소운의 금침대법은 마지막 단계를 향하고 있었다.

'저놈들은 이것을 활혼금침대법이라고 믿고 있겠지? 지금까지 해온 모든 치료가 교주를 살리기 위한 것이라고?'

그는 속으로 광소했다. 그러나 곧 마음속에 격렬한 망설임이 일어났다.

'이제 나는 의원이 아니게 된다. 소운, 괜찮은가?'

사람을 속이고 사람을 살리는 것이 아니라 죽이려 한다.

그가 보아온 의경 중에는 의원의 마음가짐을 담은 책들이 많았다. 그것들은 하나같이 의원은 사람을 살리기 위해서만 의술을 사용해야 한다고 말했다.

아무리 독하게 마음을 먹어도 아직까지 의술로 사람을 죽여본 적이 없는 소운이었다.

넘어서는 안 되는 선, 그것이 환상처럼 눈앞에 보이는 듯했다.

그러나 그런 와중에도 그의 손은 계속 움직이고 있었다.

손이 소운에게 강하게 명하고 있는 것이다.

살아라!

소운은 그런 손을 마치 다른 사람의 것을 보듯 보았다. 신기하다. 명령을 내리지도 않는데 스스로가 살아 있는 것처럼 움직인다.

빠르게, 그리고 정교하게!

소운은 미소를 지었다.

'무엇을 망설이지? 나는 나를 살린다.'

뚝!

금침 중 하나를 집어 그 중간을 잘랐다.

이것은 특별한 금침, 일단 반으로 가르면 안에서 또 하나의 가는 금침이 나온다.

눈으로 보이지도 않을 정도의 가는 침. 그 숨겨진 금침에는 무서운 독이 발라져 있다.

소혼독(燒魂毒)! 오백 년 전 천하를 공포에 떨게 한 독의 절대자 독존. 세력도 없이 단신으로 활동하여 천하제일고수로 인정받은 희대의 마두가 평생을 연구하여 만든 독이었다.

삼대극독도 비견될 수 없는, 혼을 태워서 몸과의 고리를 끊어버린다는 독중지왕(毒中之王) 혼독(魂毒)이 바로 그것이다.

독존은 이 독이야말로 그 어떤 자도 죽일 수 있다고 했다. 내공이 아무리 강해도 막을 수 없는 혼을 오염하는 독이 발린 이 침을 그는 절대생사침이라고 칭했다.

소운은 그 침을 혈장천마의 백회혈에 꽂으며 속으로 외쳤다.

'천마! 죽어랏!'

팍!

번쩍.

혈장천마의 감겨져 있던 눈이 번쩍 떠졌다.

삼대극독에 침투당해 전신의 내력이 하나로 모여 그 기운에 대항하고 있는 상황이다.

그런 상황에서 갑자기 백회혈에 들어온 그 정체를 알 수 없는 무서운 기운은 단번에 혈장천마를 깨어나게 하여 그의 눈앞에 있는 자를 보게 했다.

그것은 바로 스산한 눈빛을 한 소운의 얼굴이었다.

*　　　*　　　*

허공 중에 안개처럼 뿌려져 있던 재들이 서서히 바닥으로 가라앉기 시작했다.

더 이상 밀실 안은 뜨겁지 않았다. 한옥침상에서 흘러나오는 냉기가 묵혈신마공으로 덥혀진 방 안을 점점 식혔다.

"어떻게 된 거지? 성공한 건가?"

백면살마 전홍은 상황이 궁금하다는 듯 독심약왕을 보고 물었다. 하지만 독심약왕도 모르겠다는 듯 고개를 저었다.

꿀꺽.

침을 삼키는 소리가 방 안에 울렸다. 그들은 소운이 움직임을 멈춘 채 두 손을 교주의 가슴과 배에 대고 있는 것을 볼 수 있었다.

소리를 쳐서 물어볼까? 하지만 아직 치료가 끝난 것은 아닌 모양이다. 소운의 몸에서 흐르는 기가 혈장천마에게로 통하고 있었다.

그들은 극도로 긴장한 채 소운이 움직일 때까지 기다렸다. 중요한 순간이라는 것을 분위기로 알 수 있었다.

성공인가? 아니면 실패인가?

이윽고, 소운은 교주의 몸에서 손을 떼어 창백해진 얼굴에 흐르는 땀을 닦으며 한숨을 쉬었다.

"후우."

내력이 거의 고갈된 듯 제대로 서지도 못하고 비틀거리는 소운의 얼굴로는 성공인지 실패인지 알 수 없었다.

"어떻게 된 거냐? 교주는 치료되었나?"

전홍이 목소리에 기를 실어 물었다. 소운은 정신이 번쩍 든 듯 고개를 들어 올리고 전홍을 보았다.

그때였다.

"수석장로인가?"

"교주!"

"깨어나셨습니까?"

그것은 틀림없이 침상에 누워있는 교주의 음성이었다.

세 장로는 크게 흥분한 얼굴로 그쪽을 보았다. 혈장천마가 서서히 몸을 일으키고 있었다. 그런데 상황이 조금 이상했다.

흐으, 흐으.

숨소리와 함께 흘러나오는 녹색의 연기에 극독의 기운이 섞여 있는 것이 틀림없었다. 뿐만 아니라 전신이 검게 물들어 있는 것으로 보아 몸 안에 스며든 삼대극독이 그대로 남아있는 것 같았다.

전홍은 고개를 돌려 소운을 보았다. 그의 눈은 어떻게 된 것이냐고 묻고 있었다. 단지 교주의 앞이라서 대놓고 물어보지 않았을 뿐이다.

소운은 길게 한숨을 내쉬며 대답했다.

"최선을 다했지만 결국 실패했습니다."

"뭐라고?"

"주화입마는 치료했지만, 교주의 몸에 스며든 삼대극독이 합일하여 독정을 형성해 버려서 섣불리 녹이거나 몰아낼 수 없게 된 상황입니다."

"독정!"

"독정이 정말 실제로 존재한단 말인가?"

백면살마와 독심야왕은 자신도 모르게 고개를 돌려 혈장천마를 보았다. 그러다가 그와 눈이 마주치고는 헛 하고 호흡을 멈춘 채 급히 고개를 숙였다.

너무 놀라 교주 앞에서 지켜야 할 예의를 잊고 있었다.

하지만 혈장천마는 그들을 탓할 생각이 없는지 한 손으로 자신의 단전부근을 만지며 중얼거렸다.

"독정이라, 그럼 나는 독인이 된 것이군. 전홍, 자초지종을 설명하라."

밀실을 울리는 위엄에 찬 목소리, 비록 독인이 되었다고는 해도 교주가 깨어난 것은 틀림없다!

백면살마 전홍은 허리를 굽히고 포권을 한 채 혈장천마가 주화입마에 빠진 후에 일어난 상황을 설명하기 시작했다.

"결국 교주께서 선언하신 기간이 지난 후 석 달 동안 교에 모습을 보이시지 않자 다른 형제들이 동요하기 시작했습니다. 그들 중 몇 명은 대공자를 내단으로 불러 교주의 대리를 행하게 해야 한다고 말했습니다."

"그런가?"

무심한 목소리, 마치 다른 사람의 이야기를 듣는 것처럼 감정이 담기지 않았다. 하지만 그런 교주의 목소리가 전홍의 몸을 떨게 했다.

전홍은 바닥에 무릎을 꿇으며 외쳤다.

"대공자가 교주의 자리를 탐한 것은 결코 아닙니다. 하지만 일단 교주께서 외단을 맡기셨는데 명도 없이 불러들이는 것은 그 뜻에 어긋나기에 제 권한으로 그걸 막았습니다."

"계속하라."

전흥은 철저하게 객관적인 시선으로 교의 움직임을 말했다. 그리고 다른 사람들이 모르게 교주의 주화입마를 치료하기 위해 자신과 다른 두 장로들이 한 일을 일일이 설명했다.

사실 교주가 주화입마를 당하여 회생의 기미가 없다면 당연히 교주의 대제자이자 현재 제십장로로 외총단을 맡고 있는 대공자를 교내로 불러들여야 한다. 그리고 모든 장로들이 논의하여 교내의 최강자를 새로운 교주로 선출하는 것이 규칙이다.

그러나 전흥은 그렇게 하지 않았다. 주화입마를 당한 교주가 보통의 교주가 아닌 천마의 칭호를 받은 천하제일고수이기 때문이다.

혈장천마가 주화입마를 당했다는 사실이 외부에 알려지고 새로운 교주가 탄생하면 마교의 세력은 약화된다.

정파에는 아직 쌍성이 있고, 해남에도 남도왕이 있지 않은가? 그들은 평생 천마 이외의 사람에게는 패한 적이 없는 절대고수들이다.

"결국 저기 서 있는 활선문주를 데려와 교주의 주화입마를 치료하게 되었습니다. 그리고 치료를 위해 그에게 교주의 묵혈신마공의 운기법을 보였습니다. 허락을 받지 않고 교의 보물을 외인에게 보인 것을 벌하여 주십시오.”

“그렇게 된 것이군.”

혈장천마는 모든 것을 알았다는 듯 고개를 끄떡였다. 그리고는 잠시 생각을 하다가 소운을 보고는 물었다.

“치료는 실패했다고 했던가? 본좌가 독인이 된 것은 알겠다. 하지만 내공은 살아있군.”

팍, 화르르륵.

그의 손바닥에서 검은 불길이 치솟아 올랐다. 검이나 장에 덧씌워지는 것도 아닌 허공에서 불길처럼 거세게 타오르는 유형의 강기라니!

장로들은 감격한 얼굴로 그것을 지켜 볼 뿐이었다.

소운은 혈장천마의 신위에 기가 죽은 듯 바로 무릎을 꿇으며 대답했다.

“원래대로라면 교주의 내공이 되살아난 순간 삼대극독의 힘을 모두 녹여 흡수할 수 있으리라 생각했습니다. 모든 것을 태워 빨아들이는 묵혈신마공의 효능이라면 가능하리라고 판단했는데.”

소운은 잠시 입을 다물었다. 자신의 예상이 틀린 것이 상당히 억울한 듯했다.

“삼대극독이 갑자기 서로 융합하여 교주의 내력에 대항하기 시작했습니다. 제 금침으로도 그 독의 기운을 제어하지 못하고 결국 하나의 내단을 형성하게 하고야 말았습니다. 바로 전설상에나 존재하는 독정입니다.”

“흐음, 그럼 어떻게 되는 거지?”

“앞으로 교주의 숨결에는 극독의 기운이 서립니다. 그리고 교주께서 내공을 사용하시면 더욱 강한 독기가 방출됩니다.”

“평생 그렇게 지내야 하는가?”

혈장천마는 살짝 인상을 찌푸리며 물었다. 세 장로도 안 좋은 인상을 하고는 소운을 보았다.

그의 말대로라면 독의 기운을 버티지 못하는 자는 아예 교주 앞으로 나서지 못할 것이다. 여자를 취하지도 못하고 장로들 이외에는 만나지도 못하게 되는 것이다.

소운은 분위기가 냉랭해지자 급히 고개를 숙이며 변명하듯 말했다.

“아닙니다. 교주의 내공은 이미 사람의 경지를 뛰어넘었기에 아무리 독정이라고 해도 언젠가는 묵혈신마공에 의해 흡수될 것입니다.”

“후, 이걸 녹이려면 십 년이나 이십 년으로는 부족하겠군.”

혈장천마는 차갑게 웃었다. 하지만 소운은 말을 멈추지 않았다.

“제 금침으로 돕는다면 몇 배나 빨리 독정의 기운을 녹일 수 있습니다. 일단 독정의 기운을 다 녹이기만 한다면 틀림없이 묵혈신마공을 대성할 수 있을 것입니다!”

"으흠?"

의외라는 얼굴, 그것은 교주와 세 장로가 모두 하고 있었다. 전흥은 속으로 욕을 하기 시작했다.

'저놈이 혹시 죽기 싫어서 수작을 부린 것인가?

아무래도 이상했다. 그러나 확증은 없었다. 무엇보다 이해가 안 가는 것은 아니었다.

누군들 죽고 싶겠는가?

전흥은 슬쩍 고개를 돌려 독심약왕을 보았다. 그리고는 살짝 전음을 보냈다.

- 저놈이 수작을 피운 것 같지 않소?

- 그럴지도 모르겠구려. 하지만 일단 교주가 깨어난 것은 사실이니 두고 봅시다.

표정을 보니 그도 비슷한 생각을 하는 것 같았다.

다시 삼장로 갈웅을 보았다. 벙어리이지만 교에 대한 충성심과 무공은 전흥에 비해 결코 뒤떨어지지 않는다. 아마 교주가 가장 신뢰하는 장로는 자신이 아니라 갈웅일 것이다.

갈웅은 가볍게 고개를 끄떡였다.

모든 것은 교주의 뜻대로. 그런 의미였다.

확실히 교주가 깨어난 것은 사실이니 이 경우는 교주의 판단에 맡겨야 한다.

혈장천마 역시 대충 분위기를 파악한 듯 잠시 고민하는 것 같았다. 그러다가 문득 생각이 미친 듯 소운에게 물었다.

“아까 얘기할 때 묵혈신마공의 효능이 모든 것을 태워서 빨아들인다고 했던가?”

“예, 제가 본 요결에는 분명히 그런 효능이 있는 것으로 생각되어…….”

“그걸 알아봤다고? 전홍, 그대가 저자에게 비급을 보여준 것이 언제이지?”

“십 일 전입니다. 활선문주는 단 하루 만에 치료법을 내놓았습니다.”

대답을 하면서도 놀라는 전홍이었다. 생각해 보니 아까 소운이 말한 것은 묵혈신마공의 요결 중에 요결이 아닌가?

묵혈신마공을 익히면 그전에 익힌 모든 내공이 모두 녹아 묵혈신마공으로 바뀐다. 평생 한 가지 내공심법을 꾸준히 수련한 정파의 고수들처럼 안정적인 내공이 되는 것이다.

그렇기 때문에 잡다하게 여러 가지 내공수련을 하여 내력이 불안정한 마교의 고수들에게는 최고의 내공심법이라고 할 수 있다.

물론 이런 사실은 심법의 전수자가 아니면 알 수 없다.

교주의 은총으로 묵혈신마공의 전반부인 운기편을 익힌 전홍이었지만 그 효능에 대해 안 것은 수련을 시작하고 삼 년이 지난 후였다.

“과연, 활선문에 인재가 있었군.”

혈장천마는 중얼거렸다.

감정의 변화를 알 수 없는 목소리였지만 감탄한 것이 틀림없다. 그리고는 다시 생각에 잠겼다.

모든 사람들이 부복한 채 긴장한 모습으로 천마의 명을 기다렸다. 숨소리도 크게 낼 수 없었다. 오직 교주의 기묘한 숨소리만이 밀실 안에 흘렀다.

한 사람의 운명이 달린 결정이다.

세 장로는 소운에게 별다른 감정을 가지지 않았다. 오히려 약간 미안한 감정도 가지고 있었다. 어쨌거나 그가 최선을 다한 것은 옆에서 지켜봐서 잘 알고 있었기에 가능하면 소운이 살기를 바라는 생각도 했다.

특히 독심약왕은 절대로 소운이 죽어서는 안 된다고 생각했다. 그는 급히 백면살마에게 전음을 보냈다.

- 수석장로, 소운의 구명을 부탁하오.

수석장로는 교주 바로 아래의 지위이므로 마뇌와 함께 교주에게 조언을 할 수 있다. 독심약왕이 그에게 소운을 살려달라고 부탁한 것이다.

백면살마는 의외라는 듯 눈동자를 살짝 돌려 독심약왕을 보며 다시 물었다.

- 아니, 왜 갑자기 그를 살리려 하시오?

- 그가 펼친 금침대법의 구결을 모르면 난 죽어도 눈을 감을 수 없소!

- 아, 과연 그렇구려.

무공을 닦는 자라면 누구나 주화입마의 공포를 마음 한 구석에 담고 있다. 백면살마 역시 소운을 절대로 죽게 하면 안 된다는 생각을 하기 시작했다.

그는 즉시 한 걸음 앞으로 나와 혈장천마에게 말했다.

"교주께 감히 아룁니다."

"뭐지?"

"소 의원은 교주를 치료했고 또 앞으로도 그의 의술은 많은 도움이 될 것입니다. 비록 그가 외인이나 신교는 인재를 거부하지 않는 율법에 의해 교에 받아들일 것을 청합니다."

백면살마의 간곡한 말에 혈장천마는 고개를 돌려 소운에게 말했다.

"활선문주, 그대는 혹시 우리 교에 가입할 생각이 있나?"

살린다!

세 장로는 교주의 뜻을 알았다. 수석장로의 청에 마음을 바꿀 혈장천마가 아니다. 그의 부탁은 약간의 계기일 뿐이다.

하긴 독인으로 지내야 하는 기간이 짧아진다는데 죽일 수는 없을 것이다. 제거를 한다고 해도 독정을 완전히 녹인 다음이 아니겠는가?

"교주께서 호의로 말씀하시니 저는 감복할 따름입니다!"

아부의 기본은 비굴.

소운은 격앙된 표정으로 부르짖으며 엎드린 채로 바닥에 머리를 박았다. 체면이고 뭐고 살려줘서 고맙다는 감정을 여실하게 드러내고 있었다.

무서운 놈이다! 전홍은 혀를 내둘렀다.

혈장천마는 그 모습을 보고 피식하고 웃으며 말했다.

"좋아. 그대가 그렇게 생각한다면 내 제자로 삼도록 하지. 그리고 정식으로 묵혈신마공의 수련을 허락하겠다."

"사부님!"

쿵, 쿵, 쿵, 쿵, 쿵, 쿵, 쿵, 쿵, 쿵!

소운은 혹시라도 무르면 곤란하다는 듯 그대로 구배지례를 올렸다.

이마로 바닥을 찧는 소리가 울리며 모든 사람이 긴장을 풀었다. 교주가 살아나고 새로운 제자도 받아들였으니 앞으로 걱정할 일은 아무것도 없으리라.

혈장천마는 소운이 절을 끝내고 일어나 공손하게 서는 것을 보고는 다시 세 장로들에게 명했다.

"일주일 후에 다른 장로들을 만나도록 하지. 그리고 그 이후에는 다시 폐관에 들어가야 할 것 같군. 그때에는 소운만을 대동하겠다."

"알겠습니다."

"이만 나가보도록 하게."

"옛. 편히 쉬십시오."

세 장로는 일제히 대답하고는 당당한 걸음걸이로 밀실을 나섰다.

혹시라도 교주가 깨어나지 못했다면 임의로 꺼내온 모든 약재들에 대한 책임을 져야할 뻔했기에 더욱 불안했었는데 이제 그런 걱정이 없었다.

'역시 저놈은 독한 놈이었군. 끝까지 살아남다니.'

독심약왕은 소운에게 묘한 호의를 느꼈다.

그의 끈질긴 생존능력은 인정해 줄 만하다. 이런 상황에서도 살아남는 자라면 어쩌면 교에 도움이 될 지도 모른다는 생각이 들기 시작했다.

*　　　*　　　*

쿵!

밀실의 문이 닫히고 안에는 혈장천마와 소운만이 남았다. 소운은 여전히 고개를 숙인 채 공손히 서 있었다.

스으, 스으.

숨소리가 귀에 거슬렸다. 하지만 소리도, 독기도 어쩔 수 없는 일이다.

소운은 조용히 전음입밀을 날렸다.

- 주변에 누가 있으면 고개를 한 번 끄떡여라.

혈장천마는 미미하게 고개를 끄떡였다. 누군가 있군. 소운은 번개처럼 머리를 굴렸다.

'호위무사가 있겠지.'

다시 소운은 전음을 보냈다.

- 교주를 비밀리에 호위하는 조직과 지금 지키고 있는 자의 이름을 전음으로 말해라.

그러자 천마가 대답했다.

- 천마혈영대. 지금 호위하는 자는 대주인 사월마객 태사문.

- 혈영대주는 나와라 라고 말해라.

천마는 소운의 전음대로 말했다.

"혈영대주는 나와라."

"존명!"

휘익, 척.

검은 살수복을 입은 두 남자가 벽의 구석에 나타났다. 사월마객 태사문과 혈영대원 중 한 명이리라.

어디서 나타난 것일까? 소운은 지금까지 두 사람의 존재를 느끼지 못했다. 내공은 깊어졌어도 무공의 경지까지 높아진 것은 아니기 때문이다.

'휴, 혹시나 하고 확인했으니 망정이지. 큰일날 뻔했군.'

소운은 속으로 안도의 한숨을 내쉬며 다시 천마에게 전음을 보냈다.

천마는 다시 그들에게 명했다.

"당분간 천마혈영대는 주변에서 호위를 하지 않아도 좋다."

"그것은! 저희들은 천마를 호위하는 것이 삶의 이유입니다."

당황하는 혈영대주. 그러나 천마는 냉정하게 말을 이었다.

"너희들은 나의 독기를 장시간 감당하지 못한다. 당분간은 수련에 전념해라."

확실히 그렇다. 독인이 된 천마가 내뿜는 독기는 장로급 정도의 내공은 되어야 버틸 수 있다. 아무리 천마혈영대가 특급 살수들로 이루어졌다고 해도 내공에는 한계가 있는 것이다.

지금 이들은 숨을 참고 피부마저 내공으로 막은 채 버티는 중이었다. 하지만 그럼에도 불구하고 독기가 점점 침투해 들어오는 것을 억지로 참고 있었다.

혈영대주인 사월마객 태사문은 곧 허리를 굽히며 대답했다.

"존명."

"물러가라."

휘익.

그들은 사라졌다. 아마 약왕전으로 가서 해독단을 먹고도 며칠 간은 잔독을 몰아내는 데 주력해야 할 것이다.

소운은 다시 주변에 누가 있는가를 천마에게 물었다. 이번에는 아무도 없었다.

소운은 그때서야 긴장을 풀었다.

"휴, 이제 된 건가?"

허리를 펴고 몸을 일으킨 소운의 표정과 음성은 방금 전과는 전혀 다른 것이었다. 놀랍게도 그는 혈장천마에게 걸어가 그의 몸을 툭툭 치며 중얼거렸다.

"성공해서 다행이군. 처음 시전해 보는 거라서 자신이 별로 없었는데 말이야."

"……."

일 장에 때려죽여도 부족할 정도로 무례한 소운의 행동임에도 혈장천마는 움직이지 않았다.

마치 정교한 인형처럼 그대로 굳어 있는 혈장천마. 생기가 느껴지지 않았다. 그저 코로 느리게 흘러나오는 녹색의 기운이 그가 숨을 쉬고 있다는 것을 증명하고 있었다.

"이제 독기를 거둬라."

스으으으.

천마는 숨을 멈췄다. 몸에서 새어 나오는 독기도 멎었다.

그때서야 소운은 긴장을 풀며 그대로 한옥침상의 아래쪽에 등을 기대고 앉았다. 지난 며칠 동안 단 한시도 마음을 놓은 적이 없었기에 그의 정신은 극도로 피로한 상태였다.

"차갑군. 이게 그렇게 몸에 좋단 말이지?"

등 뒤로 한옥의 기운이 느껴졌다. 신기하게도 그 냉기는 소운의 정신을 맑게 하고 내기를 움직여 몸을 보하는 기운이 있었다. 과연 한옥상! 소운은 살짝 감탄을 하며 고개를 들어 위쪽에 앉아 있는 혈장천마를 보았다.

"내가 시도해 놓고도 믿기지를 않는군. 설마 정말로 성공할 줄이야.”

이론이야 어떻든 간에 직접 시도를 한 것은 처음이다. 실패하면 죽음 밖에는 길이 없다는 것을 알면서도 소운은 일을 벌였다. 왜냐하면 하지 않으면 죽기 때문이다.

그리고 성공했다!

“크크큭. 아하하하하하!”

소운은 참을 수 없는 기쁨에 자신도 모르게 웃음을 터뜨렸다. 밀실은 당연히 완전방음. 마음껏 웃는 것이 이렇게 기분이 좋은 일일 줄이야!

삼국연의를 보면 조조가 진궁을 군사로 한 여포와 싸우는 장면이 있다. 그때, 조조의 모사인 곽가가 한 말이 있다.

-사람을 속이려면 두 번을 연거푸 속여야 비로소 기묘하다고 할 수 있다.-

세 장로들은 칠 일간 눈뜨고 보면서도 전혀 눈치 채지 못했다. 나중에 천마가 깨어났을 때에 그들은 소운이 살아남기 위해 일부러 독을 제거하지 않았을 지도 모른다고 의심했을 뿐이다.

하지만 소운이 그동안 한 일은 그들이 알고 있는 것과는 완전히 다른 일이었다.

바로 천독수라강시를 만드는 일!

마교의 삼대 장로가 지켜보는 가운데 당당하게 혈장천마의 몸에 강시술을 시전했다.

칠 일 동안 삼대극독으로 전신을 독에 물들이고, 내력을 보존한 채 육체로부터 혼만을 끊어 반활반시의 강시를 만들었다!

천독수라강시는 독존의 모든 것이 담긴 독존경 중에서도 가장 마지막에 담겨 있는 비술 중에 비술이었다.

천독수라강시는 기존의 강시와는 차원이 다른 존재이다.

시체를 가지고 만드는 것이 아닌 살아 있는 사람으로 만드는 활강시!

사람의 영혼은 혼과 백으로 나뉜다고 한다. 혼은 생각을 하고 백은 기억을 한다. 만약 한 사람이 죽으면 그의 혼은 육체를 떠나 하늘로 날아가고 백은 땅으로 스며들어 사라진다.

활강시는 살아 있는 사람의 몸에서 강제로 혼을 떼어내는 것으로 시작된다. 그리고 백은 몸에서 빠져나가지 않도록 가두어 버린다.

이렇게 만들어진 활강시는 생전에 그 사람이 가지고 있는 기억을 고스란히 가지고 있다. 단지 생각하는 힘이 없기 때문에 주인이 시키는 대로 움직인다.

무림고수로 활강시를 만들면 다른 강시들과 움직임이 전혀 다르다. 몸속에 남아 있는 기억이 그의 몸을 생전과 마찬가지로 자유롭게 한다.

말도 하고 전음도 보낸다.

싸울 때 역시 마찬가지! 무공의 초식을 쓴다.

몸은 더욱 강해져 금강불괴에 가깝게 되고, 고통은 느끼지 않는데 무공은 그대로 남는 존재. 압도적인 무력을 지니고 완벽하게 파괴될 때까지 싸움을 멈추지 않는 파괴병기!

그것이 바로 활강시이다.

강시술을 연구하는 모든 사람들이 꿈에도 그리는 활강시는 만드는 방법 자체가 사라진 지 오래이다. 아니, 그것이 과연 존재한 적이 있는가도 제대로 알려져 있지 않다. 그저 전설처럼 내려오는 이론일 뿐이다.

하지만 소운은 알고 있었다.

아무도 모르는 그의 사문의 또 다른 얼굴! 그 안에 전설의 활강시인 천독수라강시의 제조법이 남아 있었던 것이다.

"그나저나 앞으로도 실수를 하면 안 되는데, 가능할까?"

혈장천마는 강시가 되었다. 그러나 앞으로도 계속해서 혈장천마의 역할을 해야 한다.

가장 악랄한 수법인 강시술, 그것도 살아 있는 사람의 혼을 떼어내는 수법이 있다는 것을 다른 사람이 알면 자신은 마교에서조차 악귀로 취급되어질 것이다.

또한 교주를 죽인 원흉이 되어 모든 마교인들의 철천지원수가 되는 것은 확실하다.

교주는 살아 있어야 한다. 적어도 다른 사람들은 그렇게 알아야 한다.

"쉽지 않은 일이지. 젠장."

시키는 대로 하는 것은 좋은데, 생각을 하지 못하니 시키지 않으면 아무것도 하지 않는 게 문제다.

자동으로 조정이 되면 얼마나 좋을까? 그냥 천마로써 생활하다가 나의 전음에만 복종하라든지, 이런 식이면 절대로 들키지 않을 것이다.

그러나 아무리 활강시라고 해도 그렇게까지는 되지 않는다. 말 한 마디도 일일이 시켜야 한다.

아쉬운 듯 혀를 끌끌 차던 소운은 잠시 입을 다물고 마음을 안정시키기 시작했다.

복잡한 머리를 한옥상에 대고 차갑게 식혔다.

어느 정도 시간이 흐르자 모두를 속이고 계략을 성공시켰다는 흥분이 가시기 시작했다.

소운은 고개를 들어 천정을 보았다. 이제는 볼 수 없는 사부의 얼굴이 떠올랐다.

한숨이 나왔다. 의원으로서의 자존심까지 버리고 살아남기 위해서 일을 꾸몄다. 다행히도 일단은 성공을 했지만 그렇다고 해서 그의 마음속이 편안하기만 한 것은 아니다.

"사부, 죄송하오. 독존경의 수법을 사용하지 말라는 사부의 유훈을 어긴 이상, 제자는 더 이상 활선문도가 아니오. 하지만 내 꼭 활선경만큼은 사문에 전하리다."

사부가 돌아가시던 그날, 진실을 듣고 받았던 충격이 새록새록 되살아났다.

"네 사조께서는 젊었을 때 묘강에서 약초를 채집하다 우연히 독존경을 얻었다. 하지만 무림독패에는 전혀 뜻이 없던 사조께서는 오히려 이 독경을 부담스러워하셨지. 독경을 지닌 것을 다른 사람이 알면 그 순간 무림공적이 될 테니까. 그렇다고 태워 버릴 수도 없었다고 하시더구나. 고민하던 그분은 결국 깨달음을 얻었다. 독경은 바로 의경과 같은 것! 활선경은 바로 사조께서 독존경을 연구하여 쓰신 것이다. 그러니 너는 사조의 뜻을 이어 활선경을 더욱 완벽한 의경으로 만들도록 노력해야 할 것이다. 하지만 잊지 마라. 독존경은 절대로 세상에 나와서는 안 된다. 만약 진실이 밝혀지면 그것으로 우리 활선문은 끝이라는 것을 명심해라!"

독존! 오백 년 전 단신으로 세상을 공포로 물들인 마두. 그는 세력도 없이 홀로 무림을 독패하여 천하제일의 칭호를 얻은 독의 신화이다.

그자의 비급인 독존경에는 전설로만 존재했던 활강시의 비법마저 적혀 있었다.

이것이 바로 활선문의 창건비사이다. 평범한 호신무공만을 지녔던 의원이 일대에 무림최고의 의약문을 세울 수 있었던 진짜 이유다.

독존경을 지니고 있다는 것이 알려지는 순간, 무림의 공적이 된다. 정파는 물론이고 사파에서도 수단과 방법을 가리지 않고 비급을 빼앗으려 할 것이다.

그래서 소운은 죽으려고 했다.

비밀을 안고 죽으면 활선문은 안전할 것이라고 판단했다.

그러나 억울했다!

죽을 수 없었다!

결국 광기에 사로잡혀 독존경의 수법을 사용하고야 말았다.

이제 사문의 금기를 깨고 독존경의 수법을 사용한 이상, 실패는 있을 수 없다.

"끝까지 간다. 마교, 너희가 비록 악랄하나 독존의 수법은 더욱 악랄하다. 나를 건드린 것을 후회하게 해 주겠다!"

소운은 사부의 얼굴에 흔들리는 자신을 억지로 바로잡으며 일부로 독한 어조로 중얼거렸다.

밝음과 어둠은 상대적인 것, 어둠을 더 진한 어둠으로 뒤덮는다!

결단을 내린 이상, 뒤로 물러날 정도로 약하지는 않다. 도박에 건 것은 소운 자신의 목숨, 그 반대편에 걸린 대가는 마교 전체!

"뼛속까지 빨아먹어 주지. 더러운 마교 놈들은 완전히 망

해야 해."
　소운은 이를 갈며 중얼거렸다. 그것은 스스로에게 하는 신성하고도 악랄한 맹세였다.

第二章

천마지재（天魔之材）

성스러운 불꽃이 천마신고를 보우하사 이대에 걸쳐 신인을 내리셨다!

南斗延壽保命時老君告天師曰
夫八會之真文三洞三清之上
稟道元始天尊昔經歷于億萬劫天地始終
太上說南斗延壽保命

安真經太上說南斗
此經乃九天八
興衰而人倫五運遷變萬稟道

천마지재(天魔之材)

성스러운 불꽃이 천마신교를 보우하사 이대에 걸쳐 신인
을 내리셨다!

　　수석장로 전홍은 천마가 깨어나자마자 모든 장로에게 혈
장천마의 무사함을 알리고 전원을 소집했다. 천마가 주화입
마에 걸린 사실을 아는 것은 장로들뿐이다. 따라서 회복되었
다는 것도 그들에게만 알리면 된다.

　　소운의 존재는 비밀이었기에 전홍은 혈장천마가 스스로
주화입마에서 벗어났다고만 전했다. 중요한 것은 어떻게 치
료되었나가 아니라 천마가 무사하다는 것 자체이기 때문에
아무도 그것에 대해 의심을 하지는 않았다.

　　장로들은 그동안 천마가 깨어나지 못할 것으로 생각하고
나름대로 파벌을 나누어 차기교주의 자리를 노리고 있는 상황이었다.

그런 그들에게 있어 교주의 회복소식은 낭보인지 비보인지 분간하기 어려운 일이라 할 수 있었다.

하지만 어쨌거나 그들은 만사를 제치고 장로회의에 대한 준비를 했다.

수석장로부터 제구장로까지는 원래 천마신교의 총단에 머물고 있기에 별 준비를 하지 않아도 된다. 지난 삼 개월 동안에 있었던 굵직한 일들에 대한 보고서를 작성하고, 교주의 회복을 축하하는 선물을 준비하는 것으로 끝이다.

그러나 대외단을 책임지고 있는 십장로는 총단으로 들어와야 한다.

교주가 일주일 후에 십대장로를 대면한다는 것은 십장로를 전혀 고려하지 않은 명령이라고 할 수 있었다.

그러나 다행히도 십장로는 이미 신강의 경계에 와서 대기하고 있었기 때문에 일주일 동안 밤낮으로 말을 달려서 겨우 시간 내에 도착할 수 있었다.

그사이 소운은 천마의 거처 바로 옆에 숙소를 정하고 하루의 대부분을 천마와 보냈다.

독인이 된 천마의 명으로 어떤 사람과의 면담도 허락되지 않았다. 제사장로인 경천마뇌 제갈은이 한 번 찾아왔지만 천마는 역시 거절했다.

지금은 오직 소운만이 천마와 만날 수 있는 유일한 사람이
다. 당연히 장로들의 이목은 지금까지 존재하지 않았던 소운
이란 인물에게 쏠렸다.

하지만 아무도 소운의 정체를 알 수 없었다.

소운의 정체를 알고 있는 세 장로들은 천마의 명으로 그의
정체를 굳게 숨겼다. 기실 그들은 소운이 새롭게 제자가 되었
기에 당분간 천마에게 무공을 사사 받고 있다고 생각했다.

그렇다면 자주 찾아가서 방해를 하는 것은 좋지 않다.

또한 그들 역시 나름대로 회의 준비에 바빴기 때문에 천마
를 찾지 않았다.

예외적으로 수석장로 전흥이 한 번 찾아오기는 했다. 그런
데 그는 천마가 아닌 소운을 찾아온 것이다.

전흥은 천마의 제자가 된 소운을 보자마자 사람 좋은 미소
를 지어 보이며 말했다.

"소형제, 그대에게 줄 것이 있네."

'형제? 아저씨는 나이가 육십은 넘어 보이는데?'

입으로는 말할 수 없는 마음의 소리일 뿐이다.

마교 내에서 살아남으려면 표리부동은 절대요소라고 할
수 있다.

소운은 얼른 웃으면서 물었다.

"수석장로님께서 일부러 저에게 주실 물건이 무엇인지 모
르겠군요."

"허허, 별 것 아닐세."

별 것 아니라면서 꺼내든 물건은 검은 옥으로 된 상자였다. 소운이 알기로 흑옥으로 된 상자라면 그것만으로도 은자 천 냥의 값어치는 될 것이다.

'오호, 이자가 나에게 뇌물을?

역시 천마의 제자가 좋기는 좋다. 하기야 세 장로들은 켕기는 게 많을 것이다. 죽었어야 할 소운이 살아서 천마의 제자가 되었으니 그와 화해를 하지 않고 감정이 쌓인 대로 지낸다면 두고두고 불안할 만도 했다.

하지만 그것은 소운도 마찬가지. 마교의 십대장로 중 위쪽 세 명하고 얼굴을 붉히는 것은 좋지 않다.

소운은 즉시 놀람과 기쁨의 표정을 지으며 말했다.

"아, 이런 건 오히려 제가 드려야 되는 건데요. 세 장로님들께서 제 입교의 인도자가 되어주신 셈이 아닙니까?"

"껄껄껄, 그거야 소형제가 교에 공을 많이 세워 우리들의 위신을 세우는 게 가장 큰 선물이라 할 걸세. 그리고 이미 천마의 제자가 되었으니 우리 세 장로들도 콧대를 세울 만한 것이지."

"어찌 그렇게 물에 물탄 듯 넘어갈 수 있겠습니까?"

"허허허, 뭐 준다면야 거절하지는 않겠네. 이참에 예물을 교환하여 과거의 일들을 모두 잊는 증표로 하는 것도 좋겠군."

"과거의 일들이 무엇인지 저는 기억을 못하겠군요. 하하하."

"사람이 아주 호탕해서 좋군. 아참, 자네는 아직 성혼을 하지 않은 것으로 아는데? 삼장로에게 과년한 딸이 하나 있는데 성격과 미모가 모두 괜찮다네. 어떤가?"

"아! 그것 참. 저에겐 너무 과분한 말씀이십니다."

'거기까지는 아니지, 아저씨.'

소운은 순간적으로 긴장하며 얼른 형식적인 감사를 했다. 억지로 장가를 가게 되면 큰일이다.

그의 목적은 어디까지나 마교를 뒤집어엎고 그 틈에 이들의 모든 재물과 약재 등을 빼돌려 활선문으로 돌아가는 것이지 않은가?

다행히도 즉흥적인 농담이었는지 전홍은 더 이상 집요하게 이야기를 진행하지 않았다.

두 사람은 서로 마주 보고 연신 웃으며 앞으로 친하게 지내자는 다짐을 했다.

"이거 여기서 열어봐도 되겠습니까?"

소운이 조심스럽게 묻자 전홍은 당연하다는 듯이 재촉을 했다.

"어서 열어보게."

달칵.

흑옥으로 된 상자는 열리는 소리도 맑고 고왔다. 하지만 그 안에 담긴 것은 수천 냥짜리 전표나 오색으로 빛나는 보물이 아니었다. 그렇다고 해서 날카로운 신병이기도 아닌 그저 재질을 알 수 없는 반투명한 가죽이 뭉쳐져 있는 덩어리였다.

'뭐지? 먹는 건가?'

아무리 봐도 값비싼 물건으로는 보이지 않는다. 오히려 흑옥상자 쪽이 비싸도 훨씬 비싸 보였다.

소운은 그것을 손으로 집어 잠시 살펴보다가 솔직하게 천홍에게 물었다.

"제 안목이 짧아 이게 뭔지 모르겠군요."

"모양만으로 알아볼 수 있는 사람은 많지 않을 것일세. 이건 칠형면구라는 건데 혹시 들어봤나?"

"아! 그 환영투귀의 인피면구가 바로 이것인가요?"

"그렇지. 이걸 쓰면 정말로 알아보기가 어렵네. 그리고 쓰는 사람에 따라 모습이 다르게 나오기 때문에 전에 쓴 사람의 모습을 봤다고 해서 새로운 사용자를 알아볼 수도 없지."

"대단한 보물이군요!"

소운은 진심으로 감탄했다.

그가 듣기로도 칠형면구는 면구계의 신화로 불리는 진품으로, 환영투귀라는 인물은 이 면구 때문에 평생 자신의 진면목을 다른 사람에게 알리지 않을 수 있었다고 한다.

면구는 한 장이 아니라 모두 일곱 장인데, 제각기 청년, 장년, 처녀, 부인, 노인, 소년, 소동의 얼굴로 변한다.

또한 이 면구는 쓰는 사람의 골격에 따라 모양이 변한다. 그래서 사용자가 바뀌면 같은 청년면구라고 해도 전혀 다른 사람으로 보인다.

전홍은 늙은 생강답게 소운이 진심으로 기뻐하는 것을 알고는 껄껄대며 말했다.

"확실히 이 물건은 쓸 만하지. 환영투귀가 감히 우리 신교에 잠입하여 도둑질을 하려 하지 않았다면 결코 그는 잡히지 않았을 걸세."

"예? 그 자가 신교에서 물건을 훔쳤습니까?"

"훔치려 했지. 그놈은 감히 천마고를 털려고 했네. 결국 잡혀서 마교의 칠대 독형을 골고루 맛보다가 죽었지."

"저런, 배짱 하나는 알아줄 만하군요."

"천하제일투라는 별명에 간이 배 밖으로 나와 버린 것이지. 허허허."

"아무튼 감사합니다. 이런 귀한 물건을 주시다니요."

"아닐세. 사실 소형제는 강호에서의 신분이 결코 낮지 않기 때문에 누군가가 얼굴을 알아볼 수 있지 않겠는가?"

"그건 그렇지요."

이 점은 소운도 걱정하던 참이다. 다행히도 전홍은 그 점을 신경 써서 배려해 주는 것이다.

"교주께서 소형제의 원래 신분을 남이 알지 못하게 하라고 명하시지 않았나? 당연히 이 노형이 신경을 써야하는 거지.

그러니 너무 부담가지지 말게.”

“어찌 그럴 수 있겠습니까? 수석장로님의 깊은 배려를 잊지 않겠습니다.”

“이 사람이. 그렇게 정중하게 대할 것 없네. 어차피 교주의 제자는 장로와 동배분이니까 말이야.”

교주는 누구보다도 높은 지위이다. 따라서 그의 제자는 교내의 가장 높은 배분과 동배가 된다. 장로들과 서로 존대를 하는 형태가 되는 것이다.

하지만 수석장로가 그렇게 말한다고 해서 소운이 그에게 형님이라고 부를 수는 없다.

소운은 더욱 겸손하게 말했다.

“제가 원래 좀 이런 쪽에 약합니다. 이해해 주십시오.”

“허허허, 하기는 그럴 수도 있겠군. 참, 그리고 그 면구를 제대로 쓰려면 이 환몽축골공을 익혀야 하네. 그 좀도둑의 몸에서 나온 건데, 익히는 게 그렇게 어렵지는 않을 걸세.”

“무공구결까지 있군요. 그럼 염치없이 받겠습니다.”

소운은 더 이상 겸양을 떨지 않았다. 넙죽 받았다. 그리고는 품속에서 몇 개의 비수를 꺼내 전홍에게 내밀었다.

“제가 가진 게 없습니다. 다행히도 어제 천마께서 주신 비수가 좀 있군요. 신세진 사람에게 주는 물건이라고 들었는데 수석장로께 가장 먼저 드리고 싶습니다.”

“아니! 현철비가 아닌가? 천마께서 소형제를 크게 친애하시는군."

현철비, 자철비, 은철비는 그 자체로도 상당한 보검에 속하지만 원래 목적은 교내의 높은 사람이 신세를 진 사람에게 은혜를 갚기 위해 주는 것이다.

이것을 들고 온 사람에게는 천마신교가 책임지고 가능한 한도 내에서 소원 한 가지를 들어주게 되어 있다.

비수의 등급에 따라 들어주는 소원의 상한선이 대충 정해져 있는데, 현철비가 그 중에서 가장 높은 것으로 교주만이 내릴 수 있다.

이것은 교내의 사람들에게도 통용되는 것으로, 가령 현철비를 사용하면 죄를 지어도 반역죄 이외에는 대부분 면책을 당하고 아무리 심해도 감형을 받게 된다.

살벌하다면 살벌한 천마신교의 생활에 현철비란 여분의 목숨과도 같은 가치가 있다.

그런데 소운이 현철비를 꺼내 든 것이다.

소운은 쑥스럽다는 듯이 말했다.

"천마께서는 모두 네 개의 현철비를 내리셨습니다. 주화입마를 치료한 것에 대한 보상이라고 하셨는데, 이게 저 혼자만의 공도 아니고 세 분 장로님께서 도우셨으니 당연히 드려야 하지 않겠습니까."

"어허, 아무리 그렇다고 해도……."

전홍은 감격했다. 산전수전 다 겪어 결국 천마신교 내에서

도 이인자라 할 수 있는 수석장로까지 된 그였지만 현철비에
는 껌벅 죽었다.

하지만 소운은 속으로 생각했다.

'그거 마음만 먹으면 백 개도 찍어낼 수 있거든?

천마가 내릴 수 있는 특권이다. 앞뒤 생각하지 않으면 교내
에 만천화우 수법으로 뿌릴 수도 있다.

면죄부는 밑천을 들이지 않고 생색을 내기에 가장 좋은 물
건인 것이다. 하지만 남용하면 부작용이 심해질 수 있으니 정
도껏 사용하는 것이 좋다.

고민 끝에 소운은 이걸 세 장로들에게만 먹이기로 결심했
다. 급할 때 자신이 쓸 것은 따로 챙겨두었지만.

소운은 이만 이야기를 끝내기로 하고 다시 미안한 표정을
지으며 말했다.

"그런데 다른 두 분의 장로님들께도 드려야 하는데…….
천마께서 당분간은 저에게 이곳에서 대기하라고 하셔
서……."

심부름을 해달라는 소리다.

"허어, 그게 뭐 어려울 것이 있나? 이 노형이 책임지고 전
해주겠네."

전홍은 기꺼이 부탁을 받아들였다.

이런 걸 전해주면 절대로 그냥 끝나지 않는다. 좋은 소식이
나 선물을 전한 사람과 기쁨과 선물을 함께 나누는 것이 사회

의 상식! 적어도 한상 거하게 얻어먹을 수 있다.

"소형제가 이렇게 성의를 다하니 우리도 가만 있을 수 없구만. 기다리게. 지금은 회의 준비가 급하지만 회의가 끝나면 우리가 꼭 형제의 마음에 들 입교선물을 하겠네."

전홍은 그렇게 장담을 하고는 천마의 거처를 나섰다. 어지간히 기쁜 모양이다.

'역시 콧구멍 앞에 진상이라. 오가는 선물 속에서 인간관계가 싹이 트는 거지.'

소운은 의미심장한 미소를 지으며 전홍을 배웅했다. 그렇게 그는 세 장로의 마음을 얻었다.

"그럼 하던 일을 계속 해 볼까?"

전홍이 돌아간 후 소운은 다시 천마의 방으로 들어갔다. 그역시 회의가 시작되기 전에 준비해야 할 일이 많았다.

처음 이곳에 올 때 장로들이 미리 호위무사들에게 교주가 독인이 되었음을 알렸기에 무사들은 모두 멀찌감치 물러서 있었다.

소운이 천마와 방 안에서 무엇을 하든 신경 쓸 사람은 없는 셈이다. 천마는 한쪽 의자에 멍하니 앉아 있었다.

무공에 미쳐 청춘을 보낸 교주는 부인도 자식도 없다.

단지 후원인 비락원에 가면 즐기기 위한 여인은 몇 명 있다고 들었는데 독인이 되었으니 여자를 안는 것은 당연히 안 된다.

소운은 교주의 책상에 앉아 지필묵을 꺼냈다. 교주가 쓰는 붓답게 화려한 용 문양이 새겨진 붓에 소나무향이 은은하게 배어나오는 묵, 그리고 거대한 용연적이 준비되었다.

"인물편을 제작하던 중이었지."

소운은 전흥이 오기 전 자신이 쓴 글들을 살피면서 중얼거렸다. 그리고 천천히 먹을 갈아 비어 있는 종이 책자 한 권을 꺼내 펼친 후, 천마에게 말했다.

"십대 장로에 대해 말해라."

생각은 할 수 없어도 시키는 것은 잘한다. 실혼약을 먹어 멍한 상태의 사람과도 같다.

혈장천마는 그의 기억 속에 있는 장로들에 대한 내용들을 말하기 시작했다.

"십대 장로는 원로원의 노마들과 교주를 제외하고는 신교 내에서 가장 높은 지위를 가진 자들이다. 그들은 제각기 십장생 중 하나가 그려진 신패를 가지고 유사시에는 그것으로 신분을 증명하고 일을 처리한다."

"잉? 천마신교는 원래 배화교에서 나오지 않았나? 웬 도교의 십장생?"

소운은 잠시 황당하다는 표정을 지었다. 그러나 지금은 일을 해야 한다. 그는 다시 천마에게 명했다.

"십대 장로의 이름과 직책, 그리고 독문무공, 주요 인간관계에 대해 말하라."

천마의 입에서 다시 소운이 원하는 정보가 튀어나왔다.

"제일장로 백면살마 전홍, 집법전 당주이자 수라혈살대를 맡고 있다. 독문무공은 뇌력마도. 아버지는 원로원 원주인 전결. 젊었을 때에는 성격이 급했지만 나이 사십을 넘어서부터는 진중하게 바뀌었다. 하지만 여전히 화가 났을 때에는 물불을 가리지 않는다. 충성심이 강하여 가장 믿을 수 있다."

이름, 직위, 무공, 그리고 혈장천마가 평소 가슴속에만 담아놓았던 인물평도 그 안에 섞여 있었다.

"흠, 역시 신뢰하고 있었군."

소운은 고개를 끄떡이며 빠르게 혈장천마가 말하는 내용을 적어 내려갔다.

"제이장로는 독심약왕 무준, 약왕전 전주이고 신약관의 관리도 맡아 한다. 무공은……."

천마는 소운이 요구하는 대로 머릿속에 있는 것을 모두 숨김없이 꺼내 놓았다.

소운은 계속해서 질문을 했고, 천마는 대답을 했다. 그 내용은 모두 기록되어져 결국 책상에 수북하게 쌓였다.

날이 바뀌어도 질문은 계속 되었다.

마교의 주요 인물들과 조직에 대한 정보가 모두 소운의 붓에 의해 종이 책자에 적혔다.

사람과 조직을 알아야 한다. 그걸 모르면 일이 실패할 가능성이 너무 높다.

그렇기에 소운은 모든 것에 우선하여 천마가 알고 있는 마교의 정보들을 파악하기로 했다.

가능한 한 장로회의가 시작되기 전에 중요한 것은 모두 숙지해야 한다. 그리고 그 이후에는 지속적으로 이 작업을 계속하여 점점 세세한 것까지 알아나간다!

그는 천마와 함께 이곳에 온 첫날 그렇게 결심했다.

그리고 그 작업은 지금까지 계속되어 왔다.

"도대체 이걸 단일문파라고 할 수 있을까?"

소운은 마교에 대해 알면 알수록 놀람을 금치 못했다.

사실 중원의 정파무림인들이 아는 마교에 대한 정보는 그렇게 많지 않다.

원래 마교의 이름은 일월신교였다가 초대천마 이후로 천마신교로 불리게 되었다. 마교는 중원무림인들이 부르는 명칭이다.

배화교에서 출발한 신강지역의 절대패자이고 이 지역에서는 일반인들도 모두 천마신교를 받든다.

하지만 중원에는 절대로 종교를 내세우지 않고 무림문파로 행세를 할 뿐이다.

오래전, 초대천마가 당시의 황제와 만났을 때, 종교를 전파하려 하면 황제에 대한 적대행위이고 침략이기에 황군이 출군을 하겠지만 무림문파로 행세한다면 무림의 일로만 여기겠다는 말을 들은 모양이다.

그럼 무림에서의 위치는 어떤가? 정사를 통틀어 공적(共敵)이다.

모든 악연에 우선하여 배척을 받는 집단이 바로 마교이다.

중원의 무림에서 강북과 강남을 구별하지 않고 일단 마교의 끄나풀이라고 하면 문답무용으로 척살을 당해도 할 말이 없다. 하지만 역시 현실적인 역학 관계라는 것이 있기에 신강에 가까우면 가까울수록 반마교의 목소리가 줄어들기는 한다.

왜냐하면 일단 천마가 탄생하면 마도천하를 이루기 위해 수많은 고수들과 함께 중원을 침공하고는 했는데, 그때 신강 일대의 무림문파는 거의 쑥대밭이 된다. 가장 먼저 점령당했다가 가장 나중에 풀려나는 것이다.

중원의 여러 대문파들도 상당한 피해를 입지만 문파라는 것이 지역사회와 융합하면 절대로 외부세력에 의해 무너질 수 없는 것이기 때문에 마교가 중원을 완전히 정복한 경우는 한 번도 없다.

천하는 아주 넓어서 천마가 아무리 강하다 해도 모든 지역의 분쟁을 다 제어할 수는 없기 때문이다.

마교가 천하를 유린하는 것은 가능해도 군림하고 지배하는 것은 불가능하다. 그것이 중원무림인들의 머릿속에 박힌 상식이다.

단지 유린이라는 단어가 의미하는 피의 무게가 상상을 초월할 뿐이다. 그래서 사람들은 마교라면 치를 떠는 것이다.

지난 백여 년간 마교는 중원에 거의 들어오지 않았다.

가끔씩 들어와도 큰 분쟁은 일으키지 않고 몰래 들어와 일을 벌인 다음에 천마신교의 표식만 남기고 사라지고는 했다.

그렇게 일어나는 소규모 국지전 정도야 천하를 놓고 보면 불장난 수준이다.

마교가 중원무림에게 '우리를 잊지 마세요.'라고 애교를 떠는 것처럼 보일 정도였다.

그런데 막상 내막을 알게 되니 그게 아니다.

마교는 그동안 천마의 탄생을 기다리며 중원무림에 뿌리 깊은 조직을 만들어 온 것이다!

그중 가장 놀랄만한 것은 천하 오대 상단 중 하나가 마교의 소유라는 점이었다.

천오상단!

이미 역사가 백 년이나 된 이 오래된 상계의 거두가 바로 마교의 외총단이라니!

마교는 그곳에서 벌어들인 자금을 모아 황금의 산을 쌓아 두었다고 할 수 있었다.

현재 천마보고에 저장되어 있는 은자만 따져도 약 수백만 냥이다. 이걸 황제에게 바치면 왕의 작위도 살 수 있을 것이다.

그 이외에도 수많은 병기들이 만들어져 비축되어 있는데,

황제에 의해 창과 도 등의 군용무기가 금지되어 대부분 패검만을 소지하고 다니는 중원무림의 무림인들과는 다르게 천마신교는 모든 군용무기와 기마갑을 비롯한 갑주까지도 제작하고 있었다.

이건 무림조직이라기 보다는 한 국가의 군사조직이라고 여겨도 될 정도였다.

"이것들이 전쟁을 준비하고 있었잖아!"

소운은 기가 막혀 붓을 집어던지며 고개를 저었다.

만약 혈장천마가 멀쩡했다면 마교는 지금쯤 중원무림을 향해 문자 그대로 진군을 시작했을 것이다.

"으으, 이놈들을 어떻게 말아먹어야 뒤끝 없이 깨끗하게 재기불능으로 정리를 할 수 있지?"

먹으려는 떡이 너무 커도 문제다.

소운은 작업을 하면 할수록 적당한 방법으로는 해결이 불가능하다는 것을 뼈저리게 느꼈다.

그러나 꼭 그의 마음을 불편하게 하는 정보만 있는 것은 아니다.

그가 가장 기쁜 마음으로 흥분까지 해가며 기록한 것은 바로 마교의 모든 영약을 보관하는 신약전에 비장된 영약의 목록이었다.

"구지자엽초, 비천오공내단, 황금서각, 공청석유……. 으으으! 어찌 이런 것들이 인세에 실제로 존재한단 말이냐!"

소운은 기가 막혀 혀를 찼다.

소문으로 듣던 것보다 몇 배나 많은 영약이 마교에는 비장되어 있었다. 그중에는 전설 속에서나 나오는 것들도 있었다.

"젠장, 미리 알았다면 그때 이것들도 먹는 건데."

소운은 안타까움에 혀를 찼다.

이미 마교에 존재하는 최상급의 영약 중 상당수를 퍼먹은 소운이었지만, 숨겨진 것들 중에는 그보다 더한 것도 있었다.

하지만 이미 늦었다.

먹을 때 같이 먹으면 몰라도 이미 그는 사람이 먹을 수 있는 한계에 가까울 정도의 영약을 먹었다. 핏속에 피보다 영약의 기운이 더 강할 정도이다.

그리고 그것들은 서로가 약효를 보완하여 상승작용을 하도록 고안한 조합이기 때문에 앞으로는 다른 영약을 먹어도 효험이 거의 없다. 그나마 소운의 체질이 뛰어나고 약의 조합이 신묘했기에 그 정도가 소화된 것이다. 더 먹으면 오히려 부작용이 생길 가능성이 높다.

그러나 먹지 못한다고 가치가 사라지는 것은 아니다.

오히려 의원으로서 이들 영약의 가치를 누구보다도 피부에 와 닿게 느끼는 소운의 이마에는 식은땀이 흘렀다.

사실 산처럼 쌓인 은자나 보물들에 대해 들었을 때만 해도 이성을 잃을 정도는 아니었다. 마교의 세력이 방대함에 불안

감까지 들었다.

하지만 영약의 이름은 반대로 그의 마음에 불을 질렀다.

가슴속을 뜨겁게 달구는 불! 그것은 욕망과 투지였다!

"좋아, 목숨을 걸만한 가치가 있군."

탁.

소운은 붓을 내려놓으며 그렇게 중얼거렸다.

회의가 시작되는 전날까지 소운의 작업은 계속되었다.

*　　　*　　　*

회의 당일, 십대 장로는 모두 천마신교의 중앙대전인 집마전에 모였다. 천 명이 들어갈 수 있는 넓은 대전은 황궁의 그것처럼 화려했다.

입구로부터 대전의 안쪽까지 정중앙에 펼쳐진 붉은 비단에는 불타오르는 지옥에서 괴로워하는 만마겁화도가 수놓아져 있다. 대전 양쪽으로는 각 측마다 청동으로 된 삼십육 명의 마신상이 세워져 있었다.

마신상은 보통 사람의 세 배 정도 크기였다. 불교의 사원 입구에 세워진 사천왕상처럼 기묘한 무기를 들고 발에는 하급마졸들을 밟고 서 있었다.

가장 안쪽에 있는 교주의 자리 뒤쪽에는 팔이 여섯 개 달린 다른 마신상보다 훨씬 큰 아수라의 상이 있다. 금칠이 되어

찬란한 아수라상의 머리 세 개에 자리 잡은 각각의 눈에는 커다란 홍옥이 박혀 있었다. 그 홍옥이 대전 천정에 박혀 있는 수천 개의 야명주의 빛에 의해 붉은 노을처럼 대전 내부를 핏빛으로 물들게 했다.

아래에서 보면 천마의 등 뒤에서 마신이 노려보는 듯한 느낌이 든다. 이해하기 힘들 정도로 빛이 번지는 것으로 보아 교수를 지닌 장인들의 특별한 공부가 숨어 있는 듯했다.

하지만 오늘 모인 십대 장로들에게는 마신상의 붉은 눈빛보다 녹색으로 물든 천마의 안광이 더욱 심한 위압감으로 다가왔다.

천마의 좌석인 천마태사의는 마신상 바로 아래에 있었는데 그 앞에 있는 사십칠 개의 계단 때문에 보통 사람은 고개를 치켜들어야 천마를 볼 수 있었다.

그러나 지금 장로들은 천마를 보지 않고도 피부를 통해 그의 눈빛을 강하게 느꼈다.

'으으, 더 강해졌다.'

'눈빛만으로도 충분히 사람을 살상할 수 있을 것이다.'

그들은 자신도 모르게 더욱 고개를 숙였다. 어떠한 섭혼안보다 더한 공포가 천마의 눈에서 뿜어지고 있었다.

동시에 그들은 내공을 끌어올려 대전 안을 채우고 있는 독의 기운으로부터 몸을 보호해야 했다.

천마가 숨을 쉴 때마다 흘러나오는 녹색의 연기는 여태까지 그들이 보고 듣던 어떤 독보다 강한 듯했다.

'이대 제자들 정도의 수준이라면 숨을 참아도 일 각 이내에 죽는다.'

'어찌 이런 독이 존재할 수가?'

'말로만 독인, 독인 했는데, 이정도면 독마라고 해야 하지 않을까?'

'나중에 이곳 전체를 정화해야 한다. 안 그러면 집마전에 들어온 사람은 모두 중독되고 말 것이다.'

몸은 움직이지 않아도 상념은 쉬지 않고 생겨났다.

그러던 중 수석장로 전홍이 회의시간이 되었음을 알고 반 걸음 앞으로 나와 외쳤다.

"지고하신 천마께 영광이 있으라! 천마천천세!"

모든 장로들이 즉시 전홍을 따라 외쳤다.

"지고하신 천마께 영광이 있으라! 천마천천세!"

혈장천마는 손을 들어 그들의 외침을 정지시켰다. 그리고는 입을 열어 나직하지만 내공이 무겁게 깔린 목소리로 말했다.

"회의를 시작하라."

회의는 일단 십대 장로들의 업무보고로부터 시작된다. 수석장로 전홍이 가장 먼저 들고 온 서류를 펼쳐 들고 읽으며 설명하기 시작했다.

소운은 천마태사의 뒤에서 이들의 보고를 들었다. 그러

면서 차분하게 장로들의 얼굴과 복장들을 관찰하고 암기했다.

'과연 십장생으로 비유하며 기억하니 외우기 편하군. 수석장로 백면살마는 학이지? 백면이니까 학이라고도 할 수 있겠지. 그러고 보니 목도 긴 편이네. 이장로 독심약왕은 인삼하고 닮았으니 불로초라 하고, 삼장로 무언교수는 돌⋯⋯.'

십장생이란 도가에서 말하는 장수를 뜻하는 물건으로 해, 산, 물, 돌, 소나무, 구름, 불로초, 학, 거북, 사슴을 말하는데, 천마신교의 장로들의 신패에 각인되어 있는 것들은 무슨 일인지 약간 순서가 달랐다.

그런데 소운이 볼 때 신기하게도 그들의 신패에 새겨진 십장생들은 그들의 생김새와 묘하게 닮은 느낌이 들었다.

수석장로 백면살마(白面殺魔) 전홍은 학, 이장로 독심약왕(毒心藥王) 무준은 불로초, 삼장로 무언교수(無言巧手) 갈웅은 돌이다.

사장로 경천마뇌(驚天魔腦) 제갈은은 물처럼 부드러운 인상이고, 오장로 혈해광투(血海狂鬪) 조산은 덩치가 산만했으며, 육장로 고목신군(枯木神君) 제건은 별호처럼 나뭇가지와도 같이 말라 있으니 소나무라 할 만했다.

한편 칠장로 은발월희(銀髮月姬) 진홍홍은 천마신교의 환락을 책임지는 환희전의 전주답지 않게 사슴과도 같이 순하고 맑은 눈을 하고 있었는데, 마교비전의 미혼술인 백치설녀공을 절정에 다다르게 익힌 증거라 할 수 있다.

그에 반해 팔장로 천흉문사(千兇文士) 황보인의 피부는 거북이 등껍질처럼 갈라져 있고, 구장로 은엽어림(隱葉於林) 무궁은 전신에 구름과도 같은 탁한 진기가 흘러 진면목을 알아보기 힘들었다.

그리고 마지막으로 십장로 마검패룡(魔劒覇龍) 진곡은 사십의 나이지만 이십대 후반으로 보일 정도로 관옥 같은 용모를 하고, 또한 두 눈에는 패기가 깃든 기운이 가득하니 그야말로 해와도 같은 강력한 인상이라 할 수 있었다.

'다 외웠다! 정말 십장생으로 외우니 쉽군.'

소운은 장로들의 업무보고가 끝날 무렵에는 그들의 용모와 이름을 머릿속에서 연결하였다.

사실 소운은 머리가 좋아 이름만 한 번 듣고도 웬만하면 틀리지 않는다. 그리고 만약 장로들을 잘 몰라보거나 이름을 헷갈려도 그 자신은 아직 입교한 지 얼마 되지 않았으니 그러려니 하고 넘어갈 수 있다.

하지만 혈장천마는 다르다. 잘못해서 한 번이라도 실수를 하게 되면 어떤 변명을 하더라도 어색하기 짝이 없다. 수십 년 동안 알고 지낸 사이처럼 자연스럽게 그들을 대해야 하는 것이다.

그 점이 소운을 긴장하게 했다.

'휴, 어쨌든 천마를 폐관수련에 집어넣기까지는 방심해서

는 안 되지.'

소운은 그렇게 생각하면서도 가끔씩 천마에게 장로들의 업무보고 중 빈틈이 있으면 질문을 하도록 했다.

그동안 준비해 놓은 천마신교의 조직에 대한 정보가 있어서 무리 없이 회의를 진행시킬 수 있었다.

그러나 업무보고가 끝나자 사람들은 천마 옆에 서 있는 소운에게 관심을 보이기 시작했다. 그동안 소문으로만 듣던, 천마의 거처에 유일하게 들어갈 수 있는 청년이란 것을 그들은 한눈에 알아보았다.

무엇보다 놀라운 것은 소운이 천마의 바로 옆에 태연하게 서 있다는 점이다. 그것은 천마가 내뿜는 독기를 소운이 견뎌낼 수 있다는 소리가 된다.

'내공이 우리들과 거의 비슷하거나 독에 대한 특수한 수련을 한 자다.'

'교주가 키운 비밀호위무사인가?'

저마다 생각은 있지만 감히 교주에게 먼저 물어볼 수는 없다.

잠시 정적이 흐르고 사람들의 시선은 수석장로에게 향했다. 그러자 전홍은 그들의 노골적인 신호에 교주의 눈치를 한번 보고는 어흠 하고 헛기침을 하고는 말을 꺼냈다.

"여러 장로들께서 기뻐하실 만한 소식이 하나 있소. 교주께서는 과거 우연히 인재를 만나게 되어 그를 제자로 맞이한 바가 있다고 하시오. 시기로 따지면 공손설 소저보다 이 년 정도 빠르니 이제자인 셈이오. 그동안은 모처에서 내공의 기초를 닦았는데 이번에 어느 정도 성취를 이루게 되어 정식으로 신교에 가입하게 되었소이다."

"오오, 그런 일이!"

"과연 경축할 만한 일입니다."

전홍의 발표에 다른 장로들은 모두 크게 놀란 표정을 지으며 저마다 축하의 말을 했다.

소운은 앞으로 걸어 나와 정중히 포권을 취하며 장로들에게 인사를 했다.

"서정입니다."

짧고 힘 있는 자기소개. 얼핏 보기에 오만해 보일 수도 있다. 하지만 교주의 제자라는 이유 하나만으로 소운의 태도는 젊은 패기와 당당함으로 보였다.

서정은 그가 정한 새로운 이름으로 천마신교의 둘째 제자로 세상에 알려질 것이다.

지금 그는 칠형면구의 청년면구를 쓰고 있다. 당분간은 항상 이것을 쓰고 서정으로 살아가기로 결심한 소운이었다.

"입교를 환영하네. 한 번 만난 적이 있지만 다시 정식으로 소개를 하지. 본인이 바로 이장로이자 약왕전 전주인 독심약왕 무준일세."

"이장로님을 뵙습니다."

독심약왕이 인사를 하자 그 뒤로 순서에 따라 삼장로가 묵묵히 포권을 취했고 다시 사장로, 오장로 순으로 정식으로 소개와 인사를 했다.

모두 한결같이 입교를 축하하고 무슨 일이든지 상의할 일이 있으면 꼭 자신에게 말하라고 친절하게 말을 건넸다.

그러나 그들의 눈빛을 보면 그다지 진심으로 친하게 지내려는 것 같지 않았다.

특히 몇몇의 눈은 경계와 질투! 바로 그런 감정을 담고 있었다.

원래 천마의 제자는 차대 교주가 될 가능성이 가장 높다.

실제로 혈장천마의 대제자인 마검패룡 진곡은 가히 인중룡이라고 할 만한 인재이다. 그는 나이 삼십을 겨우 넘긴 십 년 전에 한 배분 위의 장로들과 어깨를 나란히 할 정도의 성취를 얻었다. 내공이 약간 부족하기는 해도 무공에 대한 감각이 남달라 이대천마의 심극검을 익힐 수 있었다.

혈장천마가 십 년 전에 받아들인 빙옥마봉 공손설 역시 아직 나이 이십에 불과하나 삼대천마이자 유일한 여성천마인 유혼천마의 진전을 이어받아 세대를 뛰어넘는 성취를 보이고 있지 않은가?

그런데 이번에 새롭게 모습을 드러낸 제자는 그 성취가 믿기 어려울 정도였다.

겉보기에 서른이 채 안 된 것처럼 보이는 자가 어떻게 장로 수준의 내공을 지니고 있단 말인가? 이것은 대제자 진곡보다 오히려 빠른 성취라 할 수 있다.

어렸을 때부터 영약을 수도 없이 먹으며 자란 마교 최대의 기제보다 내공성취가 빠르다니!

장로들은 가능한 한 기쁜 표정을 지으면서 속으로는 필사적으로 머리를 굴렸다. 일부는 위험을 무릅쓰고 전음으로 다른 사람과 의견을 건네기도 했다. 원래 교주 앞에서는 함부로 비밀신호나 전음을 사용해서는 안 된다.

- 채음보양술로 저 정도 내공을 쌓을 수 있지 않겠소?

- 불가능해요. 열 살 때부터 매일 여자를 안아도 저 정도는 아닐 거예요.

- 독공인가?

- 독으로 저 나이에 우리 수준의 내공을 쌓을 수 있다면 나도 수련했을 것이네.

- 뇌력층층기공이라면 가능할 지도 모르지 않소?

- 확실히 가능하지. 구 단계까지 익히면 되니까. 하지만 그건 한 단계 높아질 때마다 뇌력이 머리로 뻗쳐 미치거나 죽을 확률이 절반을 넘는데, 설마 교주가 자신의 제자에게 천분의 일의 생존확률을 자랑하는 그 미친 마공을 수련하게 했겠소?

- 또 모르지. 천 명의 아이를 제자로 받아들여 살아서 구 단계까지 간 생존자를 우리 앞에 내 놨는지.

상식적으로 이해가 되지 않는 수준이기에 그들의 머리는

복잡했다. 그러나 그들은 곧 한 가지 사실을 떠올릴 수 있었다.

교주의 새로운 제자인 서정의 나이에 그에 못지않은 내공을 쌓은 사람이 또 있다는 것이다.

그 사람은 바로 혈장천마! 바로 혈장천마가 약관의 나이를 조금 넘긴 나이로 당대의 장로들과 비슷한 수준의 내공을 쌓았다.

그렇다면! 새로운 제자는 천마 자신과 비견될 만한 재질을 타고났단 말인가!

사실 소운의 내공은 활선문의 지식을 총동원해서 짠 영약 조합과 목숨을 건 필사적인 세 장로의 칠 일 간에 걸친 추궁과혈 끝에 태어난 살아 있는 걸작품이라고 할 수 있지만 다른 장로들이 이 사실을 알 리가 없다.

오히려 그들은 천마급 기재설로 서서히 마음이 굳어갔다.

그동안 교주가 전혀 남에게 알리지 않고 비밀리에 키운 것으로 보아 후계자로 내정한 비장의 기재일지도 모른다는 생각이 아주 강하게 들었다.

'이대에 걸쳐 연속으로 천마가 탄생하는 것인가? 신성한 불이 우리 천마신교를 보우하사 천 년 내 최고의 전성시대를 맞이하게 되는 것인가!'

몇몇 장로는 이렇게 생각하기까지 했다. 이쯤 되면 차대 교주자리는 포기할 수밖에 없다. 계산을 끝내자 그들 대부분의 눈빛이 호의적으로 변했다.

　그러나 개중에는 절대로 포기하지 못하는 사람이 있었다.

바로 혈장천마의 대제자인 십장로 진곡이었다.

第四章
사형사매(師兄師妹)

이 집안은 완전히 콩가루군

南斗延壽保爾時老君告天師曰

天八會之真文三洞三清之上

稟道元始天尊昔經歷于億萬劫天地始修

太上說南斗延壽保爾

安真經太上說南斗

此經乃九天八

熙衰而人倫五運遷變萬稟道

사형사매(師兄師妹)

이 집안은 완전히 콩가루군

진곡은 충격으로 얼굴이 일그러지는 것을 막기 위해 따로 내공을 끌어올려야 할 정도였다.

'으으으, 설마 사부가 날 속였단 말인가? 내가 아닌가? 난 버려진 것인가!'

십 년 전, 혈장천마는 갓 십장로가 된 진곡을 비밀리에 불러 말했다.

"십장로는 바로 중원의 조직을 총괄하는 대외총관의 직이다. 너는 그곳에서 중원을 보고 연구해라. 십 년 뒤에 너를 교로 불렀을 때, 그 결과를 보겠다. 그것으로 너를 내 후계로 할지 정할 것이다."

십년지약!

진곡은 그 말을 믿고 정말로 열심히 중원의 각 지역의 특성과 문파들, 그리고 중원을 점령하여 천마신교의 뿌리를 내리는 방법들에 대해 연구했다.

기존의 조직을 열 배로 키운 것은 그가 지난 십 년간 얼마나 열심히 공을 들였는가를 말해주는 증거라 할 수 있었다.

그러면서도 진곡은 천마의 후계자가 되기에 부끄럽지 않도록 무공 역시 한시도 쉬지 않고 수련에 수련을 거듭했다.

그러나 안타깝게도 몇 년 전부터 성취가 극히 느려져 답답해하고 있던 참이다.

진곡은 알고 있었다.

정말로 뛰어난 기재가 도달하는 무공의 벽은 대체로 비슷하다. 천마신교의 장로들 수준이다.

그렇기에 십대 장로들은 약간의 차이가 있을 뿐, 하나가 둘을 이기는 정도는 어쩌면 가능하겠지만 단신으로 다른 아홉을 제압할 수는 없다고 봐야 한다.

이 수준은 정파무림에도 거의 비슷하게 존재해서 각 대문파의 최고 고수 몇 명이 도달해 있었다. 그러나 거기서 끝이다.

이것이 바로 초절정고수에 이르는 벽이다.

그런데 수십 년에 한 번씩 이 두터운 벽을 뚫어 더 높은 단계로 올라가는 사람이 있다.

인간의 한계를 넘어서는 무공의 경지를 경험한 사람들. 무림은 그들을 무림의 초절정고수로 인정하는 것이다.

천외천의 세계이다. 하늘이 내린 기재만이 엿보기라도 할 수 있는 단계!

당금 천하에는 정파에 두 명인 쌍성이 있고, 정사중간의 남도왕이 있다.

그리고 그 위에 남들은 상상할 수도 없는 천하제일고수 천마가 군림하는 것이다!

진곡은 지금 초절정고수의 벽에 부딪친 상태다. 불굴의 의지로 수련을 계속하고는 있지만 거의 진전이 없다. 부인하고 싶지만 이런 식이면 그의 한계는 단순한 초절정고수이다. 그것도 운이 좋아야 하고 재수 없는 경우는 평생 지금 수준에서 머문다.

하지만 천마는 떡잎부터 다르다.

과거 천마들의 기록을 보면 그들에게는 벽이란 것이 거의 없었다 해도 과언이 아니다.

보통 일 년, 길어야 삼 년이면 벽을 허물고 초절정의 경지에 도달한다는 것이다. 그들의 진정한 벽은 바로 그 위에 있는 경지의 초입에 존재한다고 한다.

바로 천마의 벽[天魔之壁]! 그걸 부수지 못한 자는 초절정고수의 한계를 벗어나지 못한다.

인간의 한계를 상징하는 이 벽을 부수고 넘어선 자만이 살아 있는 신으로 추앙을 받는다.

관례에 따른 충성과 신앙의 대상이 아닌 진정한 마선으로서 천마신교의 십만교도로부터 목숨까지 건 충성과 경외를 얻을 수 있다!

'으으으, 결국 나는 천마의 재질은 아니란 말인가? 그것은 저놈이란 말인가!'

천마지재!

하늘은 또다시 이 땅에 천마가 될 자를 내려 보낸 것이다.

사부 이외에 천마가 없다면 참을 수 있다. 당대 제일인이자 천마신교의 교주가 되는 것이라면!

그러나 이인자는 결코 안 된다. 지난 세월 동안 그는 일인자가 되는 법만을 배웠고 사부가 그걸 가르쳤다. 그런데 이제 와서 새로운 천마의 부하가 되라니!

'난 이용당한 것이다. 중원의 거점을 확장시키는 도구였을 뿐이다!'

진곡은 울었다. 겉으로는 웃지만 가슴속으로는 울었다.

그가 평생을 추구해 왔던 모든 것이 지금 이 순간 무너지는 듯했다.

그는 이를 갈았다. 웃으며 새로운 사제를 만나 기쁘다는 말을 하면서 마음속에 있는 또 하나의 진곡은 원한과 광기의 눈으로 서정을 저주했다.

자신을 배신한 사부! 위대한 살아 있는 신 천마에게 배반자라고 절규를 했다.

'이대로는 끝나지 않는다. 내 사문을 배신하는 일은 안 하려 했지만…….'

진곡은 가슴속에 칼을 품었다. 광기에 가득 찬 피 묻은 칼을.

하지만 그것이 겉으로 드러나서는 안 된다. 슬쩍 주위를 살펴보니 벌써부터 장로들은 그의 심중을 관찰하고 있었다. 서정의 출현에 대한 진곡의 반응을 보려는 것이다.

'지금 속내를 들켜서는 아무 것도 되지 않는다.'

결단을 내린 진곡은 한층 더 환한 미소를 지으며 소운에게 다가갔다.

"그렇다면 우리는 사형제지간이 되는군. 사제, 내가 바로 진곡일세. 앞으로 잘 부탁하겠네."

"아! 마검패룡 사형에 대한 일들은 항상 사부께 듣고 있었습니다. 부족한 사제이지만 잘 부탁드리겠습니다."

"하하하, 사제의 무공이 이렇게 뛰어난데 이 우형이 해줄 일이 있겠는가? 그런데 사제는 무슨 병기를 사용하는가?"

"저는 검을 사용합니다. 사형께서도 검을 쓰신다고 들었습니다만."

"그렇다네, 심극검을 익혔지. 혹시 사제도 심극검을 수련하는가?"

"그렇습니다. 하지만 아직 수준이 미천하여 사형께 말하기가 부끄럽군요.”

“하하하, 뭐 그렇게 따질 필요가 있는가?”

진곡은 자신의 허리에 찬 검을 손으로 잡아 탁탁 두드리며 말했다. 검을 쓰는 사람끼리 만나서 반갑다는 표시인 듯했다.

사실 천마신교에는 오만가지 기문병기에 대한 무공이 존재하는 데 비해 오히려 중원의 무림인들이 즐겨 쓰는 검법은 많지 않다.

원래 검은 군사용 병장인 도나 창 등의 소지가 금지된 중원에서 즐겨 사용되는 무기이다.

패검은 무기라기보다는 장식품으로 구분되어 일반인에게 소지가 허용되기 때문에 무림문파들은 검을 쓰는 법을 많이 연구하게 된다.

하지만 천마신교는 신강의 패자. 도나 창, 그리고 극과 같은 군용병기들이 차고 넘치니 검은 상대적으로 무시될 수밖에 없다.

하지만 검은 결코 약한 무기가 아니다. 특히 이대천마인 검극천마의 독문검법 심극검은 무림에서 가장 뛰어난 검법이고, 천마신교 내에서도 최상위의 무공이라고 할 수 있다.

사실 소운이 익힌 것은 활선문의 독문검법인 활선호심검이다. 심극검은 아직 비급을 보지도 못했다. 그저 혈장천마에게 대충 초식을 시전시켜서 본 것이 전부였다.

하지만 천마의 제자로 사람들 앞에 나선 이상, 그의 무공은 심극검이 되어야 한다.

진곡은 계속해서 소운에게 말을 걸었다. 그는 철저하게 웃음 속에 비수를 숨겼다.

진곡은 곧 허리에 차고 있던 검을 풀어 소운에게 내밀었다.

"내 새로운 사제가 생긴 지 미처 몰라서 미리 선물을 준비하지 못했지. 다행히 사제도 검을 사용한다고 하니, 이걸 예물로 하는 게 좋겠군."

자신이 쓰던 검을 사제에게 준다는 소리다. 소운은 급히 한 걸음 물러나며 손을 저었다.

"어찌 그럴 수 있겠습니까? 그 검은 사형의 손에 익은 애병이니 저는 다른 검을 구하는 게 좋겠습니다."

"아니, 아니야. 이 검은 이번에 총단에 오기 바로 전에 우연히 입수한 것이네. 화조무령검이라고, 중원에서 알아주는 명검이기 때문에 내가 새로운 애병으로 삼으려 했던 것인데, 지금 보니 사제에게 인연이 있었던 것 같군."

화조무령검! 강호삼대신병 중 하나이다.

수많은 명검 중에서도 정점에 위치해 있는 이 검은 평소에 검신이 차갑지 않고 따뜻하다. 마치 살아 있는 것처럼 느껴질 정도다. 그리고 일단 진기를 주입하면 검기에 화기가 깃들어 몇 배나 더한 위력이 나타난다.

특히 초절정의 벽을 넘어 강기를 사용할 수 있게 된 사람이 이 검을 쓰면 화기가 새의 형상을 이룬다고 하여 화조란 이름이 붙었다.

이 검이 가지는 가치는 단순히 효능뿐만이 아니다.

검은색의 검집에는 일곱 마리의 봉황이 춤을 추는 모습이 양각되어 있는데 봉황의 꼬리와 날개, 그리고 눈은 청옥과 녹옥으로 장식되어 있어 더할 나위 없이 화려했다.

가히 보물 중 보물이라고 할 만한 물건인데 진곡은 그것을 아낌없이 소운에게 내민 것이다.

소운은 잠시 대답을 하지 못했다. 새로 생긴 사형이 이렇게까지 할 줄은 몰랐다.

'으으, 이자가 나에게 화조무령검과 같은 보물을 선뜻 내주다니!'

순간적으로 이걸 받아야 하나 말아야 하나 갈등이 생겼다.

진곡은 그런 소운의 흔들리는 눈빛을 보고 내심 웃었다.

'그래, 받아라. 내 너에게 가장 귀중한 검을 주고, 그 뒤로도 값비싼 보물을 모두 주겠다. 보물뿐 아니라 영단과 비급도 주마. 그리고 수단과 방법을 가리지 않고 중원 각지에서 최고의 미녀들을 구해 모두 너의 품에 안기도록 하겠다.'

"사양할 것 없네. 내가 사매는 있으나 마음에 맞는 사제가 없어 외로웠는데, 이제 소원을 성취한 것이나 다름없으니 이 정도도 못하겠는가? 자꾸 거절하면 오히려 섭섭하게 여기겠네."

'그것으로 너의 마음에 빈틈이 벌어질 수 있다면 어찌 이

것이 아까울까.'

"그것은……."

소운은 당황했다. 진곡의 다정한 태도와 그의 손에 들린 검이 자꾸 소운의 눈에 들어왔다.

사실 소운은 진곡과 친하게 지낼 생각이 없었다.

어차피 천마신교는 그의 고향이 아니고, 나중에 어떤 식으로든 끝장을 봐야 할 곳이다. 그런 만큼 이곳의 인물들과 진심으로 친분을 나누지는 않으리라 결심했었다.

하지만 상대의 눈과 입가의 미소는 그런 소운의 마음을 흔들었다. 인간의 정이란 얼마나 무서운 것인가!

소운은 자신의 감정을 들키지 않기 위해 살짝 고개를 숙였다. 그리고는 잠시 뜸을 들였다가 고개를 들어 진곡의 선물을 거절하려 했다.

바로 그때, 소운의 눈에 다른 장로들의 얼굴이 들어왔다.

쿠쿵.

머릿속에 번개가 치는 듯했다.

진곡은 자신의 감정을 숨길 줄 알았다. 그 소리장도의 완벽함은 소운을 감쪽같이 속이기에 충분했다.

그러나 장로들은 그렇지 않았다. 천마신교에서 잔뼈가 굵고, 장로가 될 때까지 산전수전을 다 겪었다. 진곡과는 수십 년을 알고 지낸 그들이기에 진곡의 본의를 어느 정도 짐작할 수 있었다.

물론 그런 사실을 일부러 말해주지는 않는다. 이곳은 천마신교, 강자존의 절대율법이 존재하는 곳이다. 하지만 그들은 진곡을 도와 완벽하게 표정관리를 하지는 않았다. 그들이 소운을 속일 필요는 없는 것이다.

소운은 진곡에게는 속아 넘어갔지만, 장로들의 표정을 보고 자신이 잘못 생각했다는 것을 깨달을 수 있었다.

장로들의 얼굴에는 '또 순진한 젊은 청년 하나가 십장로의 화술에 넘어가는군.' 이라고 쓰여 있는 것 같았다!

'이 거지발싸개 같은 사기꾼 종자가!'

소운은 이를 갈았다. 동시에 스스로의 연약함과 순진함을 반성했다.

'이대로는 살아남지 못한다! 이놈의 마교에서는 어설픈 결심 가지고는 절대로 배겨낼 수 없구나!'

소운은 마음을 독하게 먹었다. 그는 다시 고개를 들고는 진곡에게 말했다.

"아무리 그래도 진곡 사형께서 일단 애병으로 삼으신 것을 제가 얻을 수는 없습니다. 나중에 따로……."

그때 혈장천마가 입을 열어 말했다.

"서정은 진곡의 검을 받으라."

"아! 알겠습니다, 사부님."

혈장천마의 말은 바로 법이다. 소운은 즉시 혈장천마에게 고개를 숙여 복명하고는 두 손으로 진곡의 검을 받았다.

"감사합니다, 사형."

소운이 묵청색의 비단 장삼을 입고 화조무령검을 허리에
차니 그 모습에 보는 사람들마다 감탄을 했다.

진곡은 누구보다 기쁜 표정을 지으며 박수를 쳤다.

"과연 보검은 임자가 있군. 사제의 묵청색 의복과 화조무
령검이 이렇게 잘 어울릴 줄은 몰랐네. 앞으로 사제의 별호를
청운검이라고 해야겠구만."

"사형께서 별호까지 지어주시니, 그것도 제가 감사히 받겠
습니다."

"하하하하하!"

진곡은 매우 기분이 좋은 듯 손으로 소운의 등을 탁탁 치며
웃었다. 누가 보더라도 사이가 좋은 사형제지간의 모습이었
다.

그런데 그때 다시 천마가 말을 했다.

"십장로인 진곡의 선물이 이토록 훌륭하니 다른 장로들은
부담이 크겠군."

"……!"

다른 장로들의 안색이 약간 변했다.

아무리 사형이라는 관계가 있어도 진곡이 한 선물이 이렇
게 크니 다른 장로들도 체면상 그에 걸맞은 선물을 해야 한
다. 천마가 말을 꺼내기까지 했으니 정말로 어설픈 선물을 할
수는 없게 되었다.

이장로인 독심약왕 무준이 한 손가락으로 콧수염을 쓰다듬으며 말했다.

"좋아. 난 이공자에게 진독진해단을 한 병 선물하기로 하지."

"진독진해단!"

다른 장로들이 독심약왕의 배포에 다시 놀랐다. 진독진해단은 삼대극독에는 미치지 못해도 일단 물에 풀면 거의 무색무취하게 변하기 때문에 그 효용이 무궁하다.

또한 이미 독에 중독된 사람이 먹으면 희대의 해독약이 되기도 하기 때문에 이거 한 병이면 독에 대한 걱정은 없다고 봐도 된다.

그만큼 만들기가 어려워 독심약왕도 몇 병 만들지 못한 것으로 아는데 그걸 주겠다고 한다.

독심약왕이야 소운에게 원하는 것이 있다. 그것을 위해서라면 다른 물건들은 얼마든지 투자를 할 수 있기에 이 기회에 진독진해단을 아낌없이 선물할 수 있었다.

그러나 다른 장로들은 더욱 곤란한 입장이 되었다. 그리고 그들의 원망의 감정은 진곡을 향했다.

'미친 새끼, 사형으로서 선물을 하려면 회의가 끝난 다음에 조용히 해야지. 그걸 우리들이 다 보는 앞에서 줘? 그럼 우리 체면은 뭐가 되냐?

불만이 하늘을 찔렀다.

그러나 그들 역시 소리장도의 안면관리를 수십 년 동안이
나 수련해 온 실전처세의 명수들. 겉으로는 태연한 표정을 지
으며 저마다 소운에게 자신의 소중한 물건들을 건네기로 약
속했다.

혈장천마는 그 모습에 모처럼 웃음을 터뜨렸다.

"껄껄껄, 서정이 오늘 크게 횡재를 하는군."

천마가 웃었다! 다른 장로들도 얼른 따라 웃었다.

"허허허허, 확실히 이공자는 시작부터 좋습니다."

대장로 전홍이 맞장구를 쳤다. 장로들은 다시 웃었다.

'그래, 만약 이공자가 정말로 살아남아 천마가 된다면 오
늘의 이 투자가 헛된 것이라고는 할 수 없지.'

그들은 그렇게 스스로를 자위했다. 이 상황에서는 그렇게
생각하는 것이 최선이었다.

진곡 역시 자신의 의도와는 약간 다르게 상황이 흘러 당황
을 했지만 물 흐르듯 환경에 적응하여 다시 소운의 어깨를 두
드리며 웃었다.

"축하하네, 사제."

"모두 사형의 배려 덕분입니다."

두 사람은 어디까지나 다정한 사형제간을 연출했다.

그러나 진곡은 생각하고 있었다.

'이 놈을 어떻게 제거하지?

공교롭게도 소운도 생각하고 있었다.

'이 놈을 어떻게 제거하지?'

＊　　　　＊　　　　＊

"휴, 정말 피곤하군."

회의가 끝나자 소운은 천마와 함께 숙소로 돌아왔다. 아무도 없는 것을 확인하자 소운은 정신적인 피로감에 그만 침대에 쓰러지듯 눕고야 말았다.

진곡의 일은 생각하면 할수록 기분이 나빴다. 그가 왜 자신을 속이려 하는지는 조금만 생각하면 미루어 짐작할 수 있다.

천마신교는 사형제지간도 경쟁자에 불과한 것이다. 왕위를 다투는 왕자들과도 같다. 그러니 정이 있을 리가 없다.

"아무리 그렇다고 해도 소리장도의 처세라니, 정당한 경쟁도 아니고……."

이런 식의 음모와 암투로 자리를 다툰다는 것은 끝까지 별로 좋지 않은 관계가 된다는 것을 의미한다.

다른 문파에도 서로간의 경쟁이 있지만, 기본적으로는 사제지간의 정과 의리를 중요시한다. 그리하여 한 사람이 문파를 이으면 다른 사람은 그것을 인정하고 서로 힘을 합하여 문파를 발전시키는 원동력이 되는 것이다.

소운 역시 상식적으로는 그런 인식이 있기에 진곡의 술수에 넘어갈 뻔했다. 일단 마음속으로 받아들인 상대에게는 어

떻게든 빈틈이 드러나는데, 이런 상황이면 치명적으로 이용
될 것이 뻔했다.

"사제지간이 아니라 원수로군."

소운은 한숨을 내쉬었다. 현실의 차가움이 심하면 심할수
록 진짜 그의 사형제, 즉 활선문에 남아 있는 사저와 은무곡
에 있는 사제가 그리워졌다.

'음, 그러고 보면 난 사저도 사제도 잘 만난 셈이지.'

활선문에 남아 있는 사저. 그녀는 정말 친누이보다 더 소운
에게 잘해 주었다.

능아연, 그녀는 단약제조술에 천부적인 재능을 보여 활선
문주의 제자가 되었다. 재능뿐만 아니라 미모도 뛰어나 인세
에 출현한 선녀라고 일대에 소문이 자자했고, 성격도 자상하
여 항상 소운에게 부드럽게 대했다.

활선문의 비원을 이루기 위해 건립한 은무곡에 있는 막내
사제는 또 어떤가?

십칠 세에 대과에 급제한 천재이다. 그러면서도 정이 많고
의리가 깊어 소운은 그를 무척 좋아했다.

생각해 보니 활선문의 그를 포함한 삼대 제자 세 명은 정
말로 사이가 좋아 친형제보다 더하면 더 했지 못하진 않았
다.

반면에 지금의 대사형은 아주 죽일 듯한 눈으로 자신을 본
다. 물론 숨기기는 하지만 한번 인식을 하자 소름이 끼칠 정

도로 차가운 눈이라는 생각이 들었다.

'쩝, 그래도 다행이지. 이자가 날 친근하게 대하면 괜히 마음이 약해질지도 모르는데 말이야.'

결심한 것이 있으니 흔들리지는 않겠지만 아무래도 뒤끝이 찜찜할 것이다.

"하긴 그 친구도 인생이 불쌍하긴 하지."

소운은 진곡을 생각하고는 인간적으로 동정심이 생겨 혀를 끌끌 찼다.

진곡 자신도 모르는 그의 출생비밀!

그것은 혈장천마의 머릿속에서도 가장 깊은 곳에 감춰져 있을 법한 극비이다. 하지만 혈장천마는 진곡에 대한 정보를 말할 때 모두 빼놓지 않고 숨김없이 말했다.

그 비밀이란 놀랍게도 진곡이 혈장천마의 사생아라는 것이다!

혈장천마가 스무 살 때 재미로 범한 천한 신분의 여자가 아이를 가져 버린 것이다. 물론 여자도 자신을 범한 남자가 누군지를 전혀 몰랐다.

그렇게 아비 없는 천민으로 태어난 진곡을 혈장천마는 조용히 지켜보다가 열 살이 되는 해에 우연을 가장해서 제자로 받아들였다.

천마의 핏줄답게 몸의 자질이 극도로 뛰어나 아무도 천마의 결정을 의심하지 않았다. 물론 그때는 아직 교주는 아니고 막 장로의 자리에 앉았을 때였다.

그 뒤로 혈장천마는 가능한 한 진곡을 강하게 만들었다.

비정할 정도로 위험한 수련도 적지 않게 섞여 있었지만 천민 출신의 진곡은 기꺼이 목숨을 걸었다.

신분 상승을 위해 모든 것을 희생시킬 각오가 그에겐 있었다. 그것 또한 혈장천마가 진곡에게 자신과의 관계를 말하지 않은 이유 중 하나였던 것이다.

"무공의 재질은 뛰어나지만, 성격은 별로 좋지 않은 이유가 다 있는 거지."

무엇인가 어긋난 부정을 받으며 자란 진곡의 성격이 정상적이기를 기대하기는 어렵다고 하겠다.

하지만 성격을 버린 대가로 진곡은 나이 삼십에 장로들과 나란히 할 정도의 무공을 익혔다.

그러나 혈장천마는 이 시점에서 진곡의 한계를 알 수 있었다. 비록 진곡의 재질이 범상치 않기는 해도 뚜껑을 열어보니 천마지재(天魔之材)는 아니었다.

기껏해야 정파의 쌍성 수준이다.

그렇기에 혈장천마는 고민 끝에 진곡을 십장로로 임명하여 중원으로 내보내고 그 사이 중원을 점령할 준비를 한 것이다.

자신은 신강의 신으로 군림하고 아들은 중원의 지배자로 만들겠다는 것이 그의 진정한 계획이었다.

원래대로라면 천마가 탄생한 시점에서 삼 년 이내에 중원 침공이 이루어지는 것이 정상이다. 대부분의 천마들이 그랬다.

그러나 혈장천마는 십 년간 중원에 들어오지 않았다. 진곡을 시켜 십 년간 더욱 치밀하게 중원을 완전 정복할 준비를 하게 했다. 진곡에게 공을 세우게 하기 위해서였다.

그 이외에도 십 년간 비밀리에 진곡의 내공을 급증시킬 준비도 착착 진행시켰다.

아무도 모르는, 천마만의 비밀이고 정말 악랄한 마교다운 수법이다.

소운은 그걸 천마의 입에서 듣고 너무 화가 나서 천마의 얼굴을 수십 번이나 발로 걷어차 버렸다. 그러나 강시이자 금강불괴에 가까운 신체를 지닌 천마는 멀쩡했고, 도리어 반탄강기에 소운의 발목만 충격을 받았다.

"불쌍한 놈, 중원왕이 되기 일보 직전에 물 건너갔다는 건 꿈에도 모르겠지?"

소운이 생각하기에 혈장천마의 주화입마는 천벌에 가깝다고 여겨졌다. 그리고 진곡은 정말 재수 없는 놈이다.

어쨌든 간에 혈장천마를 처치했는데 그 유일한 혈육마저 제거하기에는 약간 찜찜한 기분이 들었다.

"진곡에게 적당한 죄를 씌워 신강의 한쪽 구석 한적한 곳에 유배를 보내 버릴까?"

소운은 천정을 보며 그렇게 중얼거렸다. 그러나 곧 침대에서 일어나 고개를 저었다.

"이래서는 살아남을 수 없다. 마교 놈들보다 독하게, 누구보다도 더욱 마교인답게 처신하지 않으면 안 된다."

소운의 눈에서 파란 인광이 나타났다. 동시에 입가에 미소가 떠올랐다.

묵혈신마공을 수련한 지는 얼마 되지 않았지만 소운의 몸은 그것을 빠르게 받아들였다. 그리고 원래 지니고 있던 활선문의 내공은 점점 묵혈신마공의 그것에 물들어갔다.

마음을 독하게 먹으면 먹을수록 묵혈신마공의 성취는 빨라진다. 소운은 의식을 하지 못하고 있지만 지금이 바로 그랬다. 완전히 체질이라고 밖에 할 수 없는 내공의 상승 속도였다.

어쩌면 묵혈신마공은 소운의 마음속에 있는 양심을 털어버리게 하는 역할을 하는 것일지도 모른다.

그럼으로 인해서 극독을 지닌 꽃의 봉오리가 터져 화려하게 만개하듯, 소운의 숨겨진 재능이 점점 자리를 잡아가고 있었다.

어느새 그의 머릿속은 온통 천마신교 내에서 마교인으로 어떻게 행동하고, 어떻게 자리를 잡을까에 대한 생각으로 가득 찼다.

　　　　*　　　　*　　　　*

　소운이 한참 어떻게 진곡을 처리해야 스스로 잘했다고 감탄할 수 있을까를 생각하고 있을 때, 입구 쪽을 지키던 자가 소리를 쳐 소운을 불렀다. 누군가 온 모양이다.

　"이공자님! 빙옥마봉님께서 오셨습니다."

　지금은 천마의 명으로 거처 안으로는 아무도 들어오지 못하게 되어 있다. 때문에 셋째 제자인 빙옥마봉 공손설도 허락을 받지 않고는 들어오지 못한다.

　"아! 셋째 사매가?"

　소운은 침대에서 일어나 얼른 의관을 갖추었다.

　빙옥마봉 공손설, 무림삼봉 중 마봉으로 불리는 여인이다. 하지만 그 모습을 본 사람은 거의 없었다. 단지 무공이 뛰어나고 혈장천마가 친딸처럼 귀여워 한다는 것만 알려져 있다.

　삼봉이면 기본적으로 아름다울 것이다. 하지만 소운은 그런 점에 흔들리지 않으리라 결심했다. 오히려 진곡의 경우를 생각하면 공손설 역시 소운에게 허튼 수작을 걸어올 것이 틀림없다. 상대하면 상대할수록 피곤하고 역겨울 따름이다.

　'어림없지.'

　소운은 그렇게 속으로 중얼거리며 입구를 향해 걸어 나갔다.

　입구에는 과연 한 명의 젊은 여인이 서 있었다.

소운은 그녀를 보는 순간 자신도 모르게 걸음을 멈췄다.

'소문은 들었지만 이렇게 아름답다니!'

가슴이 뛰었다. 빙옥마봉 공손설은 지금까지 소운이 보아왔던 어떤 여자보다 아름다워 보였다.

길게 늘어뜨려 녹색의 끈으로 묶은 머리카락은 칠흑처럼 검으면서도 가늘어 그 사이로 햇빛이 스며들어 은하수처럼 빛나고 있었다.

차가운 듯하면서도 내면에 다정함이 깃들어 있는 눈동자는 호수처럼 깊어 쳐다보고 있노라면 금방이라도 빨려들 것 같다. 그리고 완벽한 균형의 코와 약간은 육감적인 붉은 입술은 보기만 해도 가슴 떨리게 만든다.

이국인의 피가 약간 섞인 생김새는 중원의 여인들과는 또 다른 매력이 있었다.

무엇보다 눈처럼 하얀 피부는 그녀의 이름이 왜 '설'로 지어졌는지를 납득하게 만들었다.

그녀는 연두색의 비단무복을 입고 허리에는 무지개 색으로 빛나는 채대를 두르고 있었다. 그런데 무복이란 것이 중원의 그것과는 조금 달라서 거의 몸에 딱 달라붙는다.

보기 전에는 상상할 수 없을 정도로 완벽한 몸매가 그대로 드러나는 것이다. 그러면서도 교주의 제자라는 신분에 어울리는 기품이 그녀의 몸에 배어 있었다.

'어떤 놈이 마봉이 무림삼봉 중 가장 아래라고 말한 거지?

왜 내 눈에는 그녀가 철난검봉(鐵蘭劍鳳) 남궁소연 소저보다 훨씬 아름답게 보이지?

철난검봉 남궁소연은 무림삼봉 중 하나로 소운이 한 번 만난 바 있다.

그러나 소운이 보기에 남궁소연은 그렇게까지 아름답게 느껴지지 않았다. 오히려 그의 사저인 능아연이 더 아름답지 않을까 하는 생각까지 들었다.

남궁소연이 삼봉 중 하나로 추앙받는 것은 가문의 힘과 그녀의 무공이 한몫을 했기에 가능하다는 것이 소운의 생각이었다.

삼봉 중 남은 한 사람인 매화비봉(梅花飛鳳) 반여진도 그런 의미에서 진정 최고의 미인일지는 장담할 수가 없다. 소문만으로는 신뢰가 안 가는 것이다.

그런데 무공은 강해도 성격이 사악하고 음란하여 삼봉 중에 넣는 것도 수치라던 마교의 마봉이 이렇게 아름답다니!

사실 소운은 폐월수화나 침어낙안 같은 허황된 수식어를 그리 좋아하지 않았다.

'하지만 이정도 미모라면 정말 새가 날갯짓을 멈추고 물고기가 헤엄치는 것을 잊을지도 모르겠군!'

숨이 막힌다. 내가 고수인 그가 호흡을 멈출 정도이다.

"둘째 사형이시군요. 처음 뵈어요. 제가 공손설이에요."

차가운 옥이 울리는 맑은 목소리가 들려왔다. 소운은 퍼뜩 정신이 들어 얼른 자세를 바로 하고 마주 인사를 했다.

"사부께 항상 사형과 사매가 있다는 이야기를 들었는데 지금에야 처음 만나는구려. 내가 서정이오."

일단은 정중하게 인사를 했지만 이미 멍한 모습을 보일 데로 보였다.

'젠장, 흔들리지 않겠다고 결심한 것이 언젠데……'

소운은 내가 왜 그랬을까 하고 속으로 후회를 했다. 하지만 그의 마음대로 만사가 흘러갈 수는 없다. 그는 자신을 해하려는 자에게는 얼마든지 독해질 수 있는 성품이지만 이처럼 부드럽게 대하는 자에게는 약한 면이 있었다.

하지만 공손설은 전혀 개의치 않았다.

"말씀을 낮추세요, 사형."

"하하하, 그럴까? 그런데 어쩐 일로?"

"사부님께서 깨어나셨다는 소식을 들었어요. 제자로서 만나 뵙고 싶어서 왔어요."

"아! 하지만 지금 사부께서는……"

소운은 공손설에게 사정을 설명했다.

독인이 된 천마의 주변에는 절정에 달한 내공을 지닌 자 이외에는 접근할 수가 없다.

비록 공손설이 뛰어난 기재이기는 해도 아직 커다란 성취는 이루지 못했기에 천마를 만나면 중독이 되는 것이다.

공손설은 서정의 친절한 설명에 고개를 끄떡였다. 하지만 그래도 포기를 할 수 없는지 간절한 표정으로 다시 말을 꺼냈다.

"그렇군요. 하지만 내공을 극도로 끌어 올리면 약간은 버틸 수 있을 거예요. 중독이 되어도 심하지만 않으면 해독을 할 수 있으니 잠시라도 사부님을 만나 뵙고 싶어요."

"으음, 알았어. 그럼 사부님께 말씀을 드려보도록 하지."

서정은 대답을 하고는 몸을 돌려 안으로 들어가려고 했다. 그런데 그때 안쪽에서 혈장천마의 목소리가 들려왔다.

"설아를 들어오게 해라."

"아! 사부님께서 이미 다 들으신 모양이군. 사매, 어서 들어가자고."

"고맙습니다, 사형."

공손설은 서정에게 정중히 감사를 표하고는 그와 함께 안으로 들어갔다. 마봉하면 무공이 뛰어난 만큼 성격이 사납다는 소문이 있는데 그건 다 헛소리였던 모양이다.

서정은 그녀와 짧은 대화를 나누면서 공손설이 자신에게 적의를 가지지 않았음을 알 수 있었다. 오히려 상당히 친근하게 대하는 것이 확실하다.

'과연 이게 진실일까?'

의심이 먼저 들었다. 남의 감정을 알아내는 데 나름대로 자신이 있었던 소운이지만 천마신교에 들어온 이후에는 그 자신이 사라졌다.

'하지만 그것에 흔들릴 필요는 없다. 그녀의 본성이 어떻든 간에 난 나의 길을 가면 된다.'

소운은 마음을 정리했다.

"사부님, 제자 설아입니다."

방 안으로 들어가자마자 공손설은 혈장천마에게 대례를 올렸다. 천마는 살짝 손을 들어 그녀가 일어나게 하고는 말했다.

"마류옥녀공(魔柳玉女功)의 성취는 어떠하냐?"

만나자마자 무공수련의 성취부터 묻는다. 과연 사부라고 생각한 공손설은 살짝 웃으며 대답했다.

"제자가 어리석어 아직 사 성에 불과할 뿐입니다."

"음, 약왕전에 가서 화서령단(火鼠靈丹)을 여섯 개 달라고 해라. 그리고 그걸 칠 일에 한 알씩 복용해라."

"알겠습니다."

"그리고 네 사형과의 일은 없던 것으로 한다. 그때에는 네가 이렇게 성장할 것으로는 생각하지 못했다. 넌 스스로를 지킬 수 있을 정도로 강해질 수 있다."

"사부님……."

혈장천마의 말에 공손설은 말을 잇지 못하고 사부의 얼굴을 보았다. 그녀의 눈에서 두 줄기 눈물이 흘러나와 볼을 타고 흘렀다. 슬픔이 아닌 기쁨과 감동의 눈물이었다. 사부에게 인정을 받은 것이다.

"이만 가거라. 네 내공으로는 여기까지가 한계다."

"예, 다시 뵐 때까지 옥체 보중하세요."

"가라. 그리고 무슨 일이 있으면 여기 이사형과 상의를 하도록 해라."

"예, 명심하겠습니다."

이 한마디엔 소운의 생각이 담겨 있었지만 공손설은 이 사실을 절대 알 수 없었다. 그녀는 천마에게 다시 대례를 올리고는 방을 나섰다.

방을 나서자마자 공손설은 잠시 선 채로 운기를 시작했다. 따라 나온 소운은 그 모습을 지켜보고만 있었다.

잠시 후, 공손설은 크게 숨을 내쉬고는 고개를 좌우로 저었다.

"휴, 정말 지독한 독이에요. 조금만 더 지체했으면 중독이 되었을 거예요."

"사부께서는 주화입마를 벗어나기 위해 삼대극독을 모두 복용하셨다고 해. 그런데 그게 모여 독정을 형성해 버린 거지."

"독정! 과연 지독할 만하군요."

공손설은 납득했다는 표정을 지으며 고개를 돌려 주변을 보았다.

천마의 거처인 이곳은 원래 수목들로 운치 있는 정원이 형성되어 있었는데 지금은 모두 까맣게 말라 죽어 있었다. 독기를 버티지 못한 것이다.

"방 안보다는 못해도 여기도 독으로 가득 차 있군요. 사부님께서는 괜찮으실까요?"

그녀는 슬픔과 걱정이 가득 찬 눈으로 그것들을 보았다. 진심으로 사부를 걱정하는 것으로 보였다.

소운은 가볍게 한숨을 쉬며 말했다.

"독정이 아무리 강해도 사부님의 묵혈신마공을 이기지는 못할걸. 아마 몇 년 내로 독정을 모두 녹여 천인의 경지를 초월하게 될 거야."

"틀림없이 그럴 거예요."

소운의 말에 공손설은 약간 위로가 되는 듯 고개를 끄떡이고는 미소를 지었다. 그리고는 인사를 하고 돌아갔다.

소운은 그녀가 시야에서 사라질 때까지 지켜보았다. 태연한 척 해도 여전히 가슴은 뛰고 있었다.

그녀가 적인지 아닌지는 알 수가 없다. 하지만 그녀의 처지를 잘 알기에 안타까운 마음이 들었다.

'젠장.'

소운은 천마의 방으로 들어갔다. 그리고는 발로 천마를 몇 번이나 걷어찼다.

"이 나쁜 놈아!"

퍽퍽퍽!

"으윽, 이놈의 반탄강기!"

발이 아팠다. 그래도 분이 풀리지 않았다. 그는 한숨을 쉬며 의자에 앉아 천정을 보았다.

"그래도 화서령단을 복용하면 앞으로 삼 년간은 마류옥녀 공에 진전이 없겠지. 그게 오 성까지 발전하면 그야말로 큰일이니까."

화서령단은 뛰어난 약재이기는 해도 그녀가 익히고 있는 무공과는 상성이 맞지 않는다.

그렇다고 몸을 해하지는 않는다. 몸을 보하고 내공은 증진되겠지만 무공의 성취는 어려워지는 그런 교묘한 작용을 할 것이다.

"이걸로 그녀에게 해야 할 최소한의 일은 한 셈이야. 더 이상은 무리다."

소운은 씁쓸한 표정으로 그렇게 중얼거렸다. 입으로는 말할 수 없는 비밀이 공손설에게 동정심을 가지게 했다.

이는 마음을 독하게 먹는 것과는 또 다르다.

소운은 공손설이 익히고 있는 마류옥녀공의 비밀을 잘 알고 있었다. 그녀가 사부를 존경하고 따르는 이유도 알고, 그게 얼마나 악랄한 음모인지도 안다.

사실 혈장천마는 대제자이자 아들인 진곡의 한계를 알고는 그가 초절정의 벽을 뚫을 수 있는 길을 준비했다.

압도적인 내공의 증진으로 단숨에 벽을 뚫고 초절정고수가 되면 나중에는 천마의 벽에 접근할 수 있을 것이라 판단하고는 그걸 위해서 하나의 여아를 찾았다.

오음절맥을 타고난 소녀! 극히 드물게 나타나는 이 절맥은 원래는 십오 세 이전에 죽어야 하는 체질이다. 반면에 오음절맥을 타고난 아이는 그만큼 뛰어난 오성과 미모를 타고난다.

시한부 생명의 병약한 미소녀이다.

혈장천마는 당시 십 세의 공손설을 발견할 수 있었다. 틀림없이 오음절맥을 타고나 죽을 날만 기다리던 여자 아이였다.

천마는 그녀를 제자로 맞이하여 여러 가지 영약을 동원하여 오음절맥을 치료했다. 이것으로 지모와 용모, 그리고 무공에 대한 재질이 모두 뛰어난 여제자가 탄생한 셈이다.

그런 여제자에게 역대 천마 중 유일한 여자인 유혼천마의 무공을 전수하고 독문무기인 무음할공대(無音割空帶)마저 내렸으니 모든 사람들이 천마가 친딸처럼 귀여워한다고 생각할 만했다.

그러나 혈장천마의 심중에 있는 생각은 전혀 달랐다.

빙옥마봉이 익힌 유혼천마의 마류옥녀공은 가짜이다. 혈장천마는 원래의 마류옥녀공에 가장 악독한 음공인 소체음혈공(燒體陰血功)을 접목시켜 직접 이것을 만들어냈다.

이 무공을 수련하면 처음에는 옥녀공의 효능대로 정순한 내공을 쌓을 수 있다. 그러나 일단 오 성의 경지에 도달하면 점점 소체음혈공의 효능이 발생하여 자신도 모르는 사이 점점 이성이 마비되기 시작한다.

그러면서도 내공수련을 하는 데에는 전혀 지장이 없다. 오히려 다른 모든 것을 잊고 점점 열심히 수련에 몰두하게 된다.

혈장천마는 그렇게 이성을 잃고 내공만을 수련하는 인형이 된 공손설을 진곡과 혼인시킬 속셈이었다.

그러면 진곡은 마류옥녀공의 힘이 극에 달한 그녀와 관계를 가지며 소체음혈공의 다른 구결을 사용하기만 하면 된다.

최악의 방중술인 소체음혈공은 진곡으로 하여금 단번에 그녀의 내공을 빼앗게 해줄 것이다.

단순히 내공만이 아니다.

공손설의 골수에는 오음절맥을 치료하기 위해 복용시킨 수많은 영약들의 힘이 스며들어 있다.

소체음혈공은 여인의 선천진기를 포함한 모든 것을 남자에게 전하기 위한 방중술이기에 그 영약들의 힘도 모두 진곡이 흡수할 수 있다.

진곡 본인이 직접 복용할 수 있는 영약은 이미 한계에 달했지만, 이 방법을 사용하면 또다시 영약의 힘을 빌릴 수 있는 것이다.

단숨에 내공이 두 배로 증진될 수 있다! 초절정고수의 길이 열리고 어쩌면 더 높은 단계로 나아가 마침내 천마의 벽에까지 도달할 지도 모른다.

혈장천마는 그렇게 생각했다.

자신이 수양딸처럼 키운 여제자가 희생되어 모든 진기를 빨아 먹히고 목내이(미라)처럼 말라죽는 것은 전혀 신경 쓰지 않았다. 애초부터 그것을 위해 기른 것이다.

"이 일을 어떻게 해결하지?"

소운은 곰곰이 생각을 해 보았지만 별 뾰족한 수는 없었다.

일단 혼약을 취소하고 내공수련을 방해했지만 그것은 일시적인 방편일 뿐이다.

가장 확실한 방법은 공손설에게 사실을 알리고 무공수련을 중지하도록 하는 것이다.

그런데 그러려면 그녀는 그동안 쌓은 내공을 모두 포기해야만 한다. 무인으로서는 죽기보다 싫은 일일 것이다.

무엇보다 소운이 말해도 안 믿을 가능성이 크다.

천마가 말을 한다? 이런 파렴치한 일을 꾸민 본인이? 앞뒤가 맞지 않는다.

'가장 원만하게 해결하는 방법은 지금이라도 그녀가 익힌 내공심법 중에서 소체음혈공 부분을 제거하고 완전한 마류옥녀공을 익히게 하는 것인데……'

하지만 그건 현재 소운의 능력으로는 불가능했다.

천마가 해 놓은 수작을 풀어낼 정도라면 이미 천마다.

"모른 척 해야 하는가……."

소운은 이를 갈며 중얼거렸다. 그리고는 다시 일어나 천마를 발로 걸어찼다.

"이 집안은 어째서 이렇게 콩가루인 거지?"

가뜩이나 신경 쓸 일이 많은데, 또 신경 쓰이는 일이 생겼다. 그게 소운을 더욱 화나게 했다.

퍽퍽!

발이 아팠다. 그러나 소운은 내공을 일으켜 발을 보호하며 계속해서 발로 차고 밟았다.

어쩌면 천마의 몸은 외공수련에 가장 좋은 도구일지도 모른다.

*   *   *

공손설은 약왕전에 들러 화서령단 여섯 알을 받았다. 그리고 그 길로 자신의 숙소로 돌아왔다.

"어머나! 아가씨, 벌써 돌아오셨어요?"

하녀인 초초가 잽싸게 뛰어나와 물었다. 평소라면 이 시간엔 무공 수련을 하는데 웬일인지 그냥 들어온 것이다.

"그래, 오늘은 조금 쉬고 싶구나."

공손설은 방 안으로 들어가 탁상 위에 약을 놓으며 말했다.

"그러세요. 목욕물을 데울게요."

"그래."

"참, 그런데 그 이사형이라는 분은 만나셨어요?"

사부를 만나러 갔다 온 공손설에게 사형을 만났는가를 묻는다. 초초의 생각으로는 공손설이 만약 누군가에게 시집을 간다고 하면 신분과 나이가 딱 알맞은 사람이 바로 새로 모습을 드러낸 이사형이었다.

"응. 젊은 분이셔. 나보다 몇 살 위인 것 같은데."

"어머! 잘 됐네요. 잘 생기셨어요? 키는 커요?"

"뭘 그리 묻니? 어서 목욕물이나 데우렴."

"칫, 조금 말해주면 어디 덧나요? 호호호."

초초는 뭐가 재밌는지 웃음을 터뜨렸다. 그러다가 공손설이 살짝 인상을 쓰자 얼른 방을 나갔다. 하지만 문 밖에서도 웃음소리는 들려왔다.

"저 기집애가……."

공손설은 피식하고 웃었다. 어려서부터 그녀를 시중들며 자매처럼 자란 사이다.

초초는 정말로 그녀를 위해 기뻐하고 있었다.

공손설은 곧 마음을 정리하고는 혈장천마의 말을 머릿속에 다시 떠올렸다. 그러자 자신도 모르게 미소가 드리워졌다.

"후우, 드디어 사부께 인정을 받았어."

공손설은 침상 위에 앉아 생각에 잠겼다.

오 년 전, 공손설이 십오 세가 되던 해에 사부는 그녀를 불러 말했다.

"넌 이십 세가 되면 네 사형과 혼인하도록 해라."

무뚝뚝한 말투였다. 그리고 그녀의 일생을 결정짓는 말이기도 했다.

사실 공손설은 대사형 진곡을 좋아하지 않았다. 어릴 때 그녀가 본 진곡은 성격이 오만하고 세상의 모든 사람이 자신을 위해 존재한다고 생각하는 사람 같았다.

나이 차이는 어떤가? 이십 년이 넘게 난다.

아무리 진곡의 무공이 뛰어나 그렇게 나이가 들어 보이지 않는다고 해도 어렸을 때부터 어른인 진곡을 보아온 그녀였기에 그저 무서운 집안 어른 정도로만 생각했을 뿐이다.

그런데 시집을 가라니?

싫었다. 하지만 사부의 말에 거역을 할 수는 없었다. 그녀는 조용히 고개만 끄떡였다.

사부의 생각을 모르는 것은 아니다. 강자에게 모든 것을 부여하는 천마신교 내에서 최고의 신랑감이라면 대사형이라고 할 수 있다. 여자인 그녀가 앞으로 이곳에서 평온하게 지내려면 강자에게 시집을 가는 것이 가장 좋다.

하지만…….

그 뒤로 공손설은 몇 번이나 이 일에 대해 긍정적으로 생각을 하려 했다. 그러나 사람의 마음이란 결코 뜻대로 흘러가지 않는 것.

십 년이나 외지에 나가 얼굴도 보지 못하는 진곡이기에 첫인상을 바꿀 만한 일은 일어나려야 일어날 수도 없다.

차라리 모르는 사이였다면 나이 차이정도는 감수했을 지

도 모른다. 그러나 어렸을 때부터 알고 지낸 것이 오히려 방해가 되었다.

공손설은 결국 그 일에 대해 가능한 한 생각을 하지 않으려 했다. 그래서 더욱 무공 수련에 박차를 가했다.

"여자이기에 강자에게 시집을 가야 한다면, 내가 강자가 되겠어! 미래를 결정할 권리를 얻을 수 있을 정도로!"

그녀는 입버릇처럼 그렇게 중얼거렸다. 그리고 틈만 나면 허리에 찬 무음할공대로 수련장 내의 공간을 찢고 돌풍을 일으켰다. 그러면 그녀를 둘러싼 주변의 모든 것을 갈라 버리는 기분이 들어 가슴속이 후련했다.

무공! 무공을 수련하면 수련할수록 머리가 맑아지고 싫은 상념들이 사라졌다. 점점 그녀는 무공만을 보고 무공만을 생각하며 시간을 보내게 되었다.

그렇게 오 년을 보냈다.

그런데 사부가 그녀의 강함을 인정하고, 혼약은 취소가 되었다. 공손설은 그동안 자신이 원했던 모든 것이 이루어진 것 같은 느낌에 사로잡혔다.

하지만…….

아직 풀 수 없는 의문은 남아 있다. 왜 사부는 그녀의 의향을 묻지도 않고 혼약을 취소한 것일까? 원래대로라면 본인의 뜻을 먼저 물어야 할 것이다.

"내가 평소에 한 말이 사부의 귀에 들어갔나?"

그럴 수도 있겠지. 아니면?

"혹시?"

사실 공손설은 둘째 사형이 있다는 소리를 듣자마자 그때의 일을 생각해 내었다. 더불어서 어쩌면 그녀의 정혼자는 첫째 사형이 아닌지도 모른다는 생각이 강하게 들었다.

독인이 된 천마는 누구도 만나지 않고 곧 수년에 걸쳐 폐관수련에 들어간다고 한다.

공손설은 꼭 그전에 사부를 만나고 싶었다. 독에 중독이 되는 한이 있어도 자신을 키워 준 사부의 얼굴을 보고 싶었다.

동시에 이사형도 만나보고 싶었다. 어떤 사람일까?

그리고 오늘 만나보니 서정이라는 이름을 가진 사형은 젊고 자신을 대하는 태도도 다정했다. 키도 훤칠하고 얼굴도 관옥 같아 그야말로 대장부라고 할 만했다.

몸에서 은은하게 풍겨나는 기도 역시 출중하다. 잠시 이야기를 나누었을 뿐인데도 그의 예의바르면서도 당당한 태도에 마음이 끌렸다.

그리고 그 내공! 천마지재라더니, 과연 장로들의 말이 틀림없다.

"이사형, 사부님과 같이 폐관수련을 한다고 했지……."

공손설은 계속해서 서정에 대한 생각을 했다. 하지만 곧 고개를 흔들어 그 생각을 털어냈다.

맹세하지 않았던가? 스스로의 힘으로 천마신교 내에서 몸을 세우기로.

강자존 약자종의 율법을 잊으면 안 된다.

철저하게 강해져야 한다.

선택당하는 위치에서 벗어나 선택할 수 있는 존재가 된다!

"어쨌거나 난 계속 강해질 수 있어. 대사형이나 이사형에게 뒤지지 않을 정도로."

그녀는 입술을 가볍게 깨물며 그렇게 중얼거렸다. 무엇인가를 결심할 때의 버릇이었다.

사실 소운은 궁리를 한 끝에 자신의 신분을 십오 년 전부터 천마가 비밀리에 키운 제자라 조작하기로 했다.

갑자기 나타나면 분명히 과거를 의심받는다. 장로들은 은밀하게 소운의 뒤를 캘 것이고 곧 활선문주라는 이름을 찾아낼 것이다.

그래서 소운은 천마를 이용하여 자신의 정체를 아는 세 장로들에게 이 일을 꾸미도록 지시했다.

단순히 과거를 들키지 않으려는 생각이었을 뿐인데, 이 일로 인해 마교 전체가 뒤흔들리고 있다는 것을 소운은 미처 몰랐다.

특히 혈장천마의 두 제자는 소운의 거짓말에 의해 완벽하게 인생이 바뀌었다.

第五章
무공수련(武功修鍊)
천마의 무공은 하나같이 최고다

南斗延壽保命時老君告天師曰
大八會之真文三洞三清之上
稟道元始天尊昔經歷于億萬劫天地始終
太上說南斗延壽保命

安真經太上說南斗
此經乃九天八
熙衰而人倫五運遷變萬稟道

무공수련(武功修錬)

천마의 무공은 하나같이 최고다. 문제는 그만큼 하나같이
어렵다는 것이다

혈장천마는 교주전용 수련실인 천마관에 들어갔다.

폐관. 밀실에 스스로를 가두고 무공수련에 전념하는 것이
다. 외부의 일에 전혀 신경을 쓰지 않으니 무공의 증진이 빠
르다. 그래서 사람들은 고독을 참고 폐관을 한다.

또한 안전 문제도 있다.

무공 수련을 할 때에는 정신을 집중하여 명상을 하거나 체
력의 한계가 올 때까지 몸을 혹사시키는 일도 있다. 그때 습
격을 받으면 무척 위험하기 때문에 천마관은 허락받지 않은
외부인의 침입을 완벽하게 제어할 수 있는 장치가 되어 있다.

그렇기 때문에 유일하게 허락받은 둘째 제자 서정만이 천

마관을 들락날락 할 수 있었다.

며칠 동안 소운은 낮에는 천마관에서 무공수련을 하면서 천마의 시중을 들었다. 그리고 저녁이 되면 천마관 밖으로 나와 혈장천마의 말을 장로들에게 전하는 역할을 맡았다.

폐관에 들기 전 혈장천마는 독을 모두 녹여 묵혈신마공을 대성할 때까지 다른 사람을 만나지 않겠다고 선언했다. 따라서 지금 천마와 만날 수 있는 사람은 소운 말고는 없었다.

말하자면 소운은 교주의 대리인이 된 셈이었기에 모든 사람들은 그에게 최대한의 호의를 보이려 애썼다.

그 외에 장로회의 때의 일도 있었으므로 그들은 가만히 있을 수 없었다. 십대 장로들은 찍소리 못하고 하나같이 진귀한 선물을 보내왔다.

물론 화조무령검보다 귀한 것은 없었지만, 나름대로 무리를 한 흔적이 보이는 선물들이었다.

뿐만 아니라 천마신교의 행정과 재정을 총괄하는 진이당에서는 소운에게 전표로 일만 냥을 건넸다. 돈은 언제 어디서나 소중한 것, 천마의 제자에게 진이당이 바치는 예물, 노골적으로 말하면 뇌물이었다.

"이건 인사를 대신하는 것이니 부담가지지 마십시오."

전표를 가지고 온 자는 그렇게 말하며 웃었다. 그리고는 이 외에도 품위 유지비로 매년 일천 냥의 은자가 나온다고 말했다.

원로원에서도 선물을 보내왔다.

노마들이 즐겨 쓰던 최고급 도자기와 가구들인데, 하나같이 돈을 주고도 구할 수 없는 골동품에 해당하는 것들이었다. 그것으로 소운은 자신의 거처를 꾸밀 수 있었다.

문방사우도 모두 최고급품이라 소운은 다른 장로들이 보내온 병기나 암기 같은 물건보다 오히려 이쪽을 마음에 들어 했다.

그러나 꼭 마음에 드는 선물만 받은 것은 아니다. 칠장로인 은발월희 진홍홍의 경우 물건이 아닌 사람을 선물했다. 그것도 두 명이나!

소운이 머무는 숙소인 자룡원에 진홍홍이 그녀들을 데리고 왔을 때, 소운은 내가 왜 하필이면 지금 천마관에서 나왔을까 하고 후회를 했지만 이미 늦었다.

"호호호, 이공자께서는 그동안 혼자 지내시며 수련을 하셨다고 들었어요. 하지만 이제는 신분이 있으니 시중을 들어줄 하녀가 필요하실 거예요."

"주련이에요. 이공자님을 모시게 되어 영광입니다."

"자화예요. 정성을 다하겠으니 모자란 점이 있어도 귀엽게 봐 주세요."

진홍홍의 손짓에 열대여섯 정도 되어 보이는 여자아이 둘이 나란히 서서 인사를 한다.

"이 아이들은 미모도 머리도 좋아 제 아래에 있는 애들 중에서는 가장 뛰어나다고 할 수 있어요. 괜찮으시다면 가까이 두시고 아껴주시면 좋겠네요."

과연 진홍홍이 장담한 것처럼 미색이 뛰어나고 눈에 총기가 도는 것이 영리해 보인다.

채 피지도 않은 꽃이라 할까? 자색의 비단옷과 곱게 틀어 올린 머리로 성숙함을 표현하려 했지만 그래도 어린 건 감출 수 없다. 귀엽다.

"아직 어리지만 배울 것은 다 배웠으니 편하게 대하세요. 혹시 마음에 안 드시면 제가 다른 아이를 준비하지요."

이어지는 진홍홍의 말에 소운은 잠시 입을 다물고 주련과 자화를 보았다. 마치 꽃을 감상하는 듯한 태도이다. 하지만 속에서는 열불이 나고 있었다.

'배우긴 뭘 배워. 날보고 어쩌라는 거지? 으음, 이 누님이 환희전을 담당하고 있었지?

환희전은 교내의 복지와 환락시설을 담당하는 곳이다.

총단은 하나의 작은 도시라고 할 수 있는데 안쪽에는 청화루나 수화루 같은 기루도 있다. 그곳 모두가 진홍홍의 관리하에 있고, 수많은 기녀후보들이 바로 환희전의 주요 구성원 중 하나다.

그런데 환희전은 주요 요인들의 시중을 들 하녀나 하인들도 주선하나보다.

백치설녀공이 절정에 달한 진홍홍은 전혀 색기가 흐르지

않는 순진한 눈빛을 하고 있었다. 그것이 오히려 사람의 마음
을 흔든다.

　그녀는 그렇게 맑은 미소를 지으며 하녀를 둘이나 데려온
것이다. 잔심부름이나 시키라고 데려온 것은 절대로 아니리
라.

　소운은 진홍홍에게서 알 수 없는 두려움을 느꼈다.

　'으윽, 정말 마교의 여장로답군! 그나저나 어떻게 하지?'

　시간이 없다. 이렇게 멍하니 있을 수는 없기에 소운은 잽싸
게 머리를 굴렸다. 그러나 거절할 명분이 없다.

　"하하하, 진 장로님께서 이렇게 배려를 해주시니 감사할
따름입니다."

　"별말씀을 다 하시네요. 더 필요하시면 말씀만 하세요. 호
호호."

　진홍홍은 그녀의 선물이 소운의 마음에 든 듯하자 더욱 맑
은 미소를 지으며 말했다.

　소운은 웃으면서 사양의 말을 건넸다.

　그 후 진홍홍은 돌아가고 숙소에는 소운과 두 하녀만 남았
다.

　주련과 자화는 나름 긴장이 되는지 고개를 다소곳이 숙인
채 가만히 서 있었다.

　그녀들의 새로운 주인이 된 소운은 어쩌면 장래에 교주가
될지도 모르는 귀한 신분의 사람이다. 말하자면 그녀들의 생

사를 비롯한 화와 복은 오직 서정의 손에 달려 있다고 할 수 있다.

긴장을 감추려 해도 다리에 힘이 들어가고 목이 굳는 것은 어쩔 수 없다.

당장 옷을 벗으라고 해도 벗어야 할 판이다. 그녀들은 그런 침실 예절과 방중술에 대한 교육도 받았다.

각오는 되어 있다. 오히려 늙은 장로들이 아닌 젊고 잘 생긴 이공자의 하녀가 된 것을 감사하고 있을 정도였다.

그렇다고 해서 마음이 놓이는 것은 아니다. 그녀들은 이공자가 성격이 포악하거나 취향이 변태이지는 않을까 하고 걱정하고 있었다.

소운은 그녀들의 긴장을 알아차렸다. 마음속을 모두 읽을 수는 없지만 불안해하고 있는 것은 틀림없다.

'하기야 모르는 사람에게 몸을 의탁한 것이니 불안하겠지.'

일단은 그녀들이 마음을 놓고 이곳에서 지내게 해 주는 것이 도리이리라.

그는 속으로 한숨을 쉬며 말했다.

"주련과 자화라고 했지?"

"네, 이공자님."

둘이 합창을 하듯 동시에 말하는 모습이 귀엽다. 서정은 고개를 끄떡이며 다시 말했다.

"나는 거의 대부분 사부님과 천마관에서 지내게 될 터이
다. 그동안 이곳은 너희들이 알아서 관리하도록 해라."

"예, 명을 따르겠습니다."

"그러니까 너희들이 이곳의 모든 것을 관리하는 거다. 필
요한 것이 있으면 진이당(眞理堂)에 말해서 구해라. 할 수 있
겠지?"

"예. 경험은 없지만 배운 바가 있으니 열심히 하겠습니
다."

주련과 자화의 눈에는 기쁨의 감정이 떠올랐다.

자룡원을 총괄하라는 뜻은 이곳에 할당될 하인들을 비롯
해 다른 하녀들의 관리까지 모두 맡기겠다는 뜻이 아닌가? 그
야말로 소운이 그녀들을 단순한 하녀나 침모로 쓰지 않겠다
는 뜻을 명확히 한 것이라 할 수 있다.

소운은 주련과 자화가 머물 방을 정해주고는 다시 몇 가지
소소한 지시를 내렸다. 그리고는 바로 자룡원을 나서 천마관
으로 향했다.

'쩝, 앞으로는 아예 천마관에서 자야겠군. 차라리 잘됐다.
이참에 나도 폐관수련이란 걸 좀 해보자.'

소운은 그 날로 짐을 싸들고 천마관에 들어갔다. 가끔씩 자
룡원을 들르기는 했지만 갈아입을 옷을 가지러 가는 것일 뿐,
식사를 하면서 주련과 자화의 보고를 듣고는 바로 나와 버렸
다.

일단 수련을 하기로 마음을 먹자 서정은 그 일에 모든 정신을 집중했다. 우선 마교의 무공을 익히지 않으면 사람들 앞에 나설 수 없다는 것을 잘 알고 있었기에 잠시도 쉬지 않았다.

천마관에서 천마가 폐관수련을 한다는 것은 완벽한 거짓말이고 실제로는 소운이 수련을 하는 것이다.

무공비급은 얼마든지 있었다. 그것도 역대 천마를 비롯한 마교의 고수들이 일평생에 걸쳐 이루어낸 최고의 비급들이다.

어느 것 하나를 보아도 그 신묘함이 상상을 불허할 정도였다.

하지만 뛰어난 비급이 오히려 해가 될 수도 있다. 뛰어나다는 것은 곧 그만큼 어렵다는 것과 통한다.

특히 지금은 사부가 있어 손과 발을 잡아가며 가르쳐 주는 상황이 아니니 모두 알아서 해결을 해야 한다.

무공비급을 보고 혼자 수련을 하는 셈인데, 그게 결코 쉽지는 않았다. 그림과 글만 보고 최고의 무공을 익힐 수 있다면 얼마나 좋겠는가?

그런 일은 아무리 천재라고 해도 힘들다.

팍.

"으으윽, 이놈들은 왜 이렇게 어렵게 써놓은 거야!"

책을 집어 던지며 소운은 이를 갈았다.

천하에 수만 종이나 되는 검법서 중에서도 정점에 위치하는 검극천마의 심극검결이 저자거리에서 나도는 삼재검법처럼 구박을 받는다. 하지만 지금 소운의 심정은 차라리 삼재검법을 보는 게 편할 정도이다.

심오한 내용인 건 알겠는데, 잘 이해가 되지 않는다.

"다른 무공도 이렇게 어려운 건가?"

소운은 다른 비급을 들었다.

비영수침장(秘影水針掌).

삼대천마인 십보천마가 초대천마의 묵혈신마공을 기초로 강호의 삼류장법 중 하나였던 쇄옥권을 발전시켜 창안한 무공이다.

소운은 열심히 구결을 읽어 내려갔다.

약 한 시진 후, 소운은 결론을 내릴 수 있었다.

"이건 성공할 확률이 십분의 일도 안 되는 무공이잖아!"

그리고 실패하면 그대로 주화입마에 빠진다. 누가 마교의 무공이 아니랄까봐 생사람 잡기 딱 좋은 극악의 장법이었다.

팍.

비영수침장 역시 구석에 처박혔다. 원래 이렇게 비급을 험하게 다루지 않는 소운이지만 마교의 것이고 익힐 수도 없는 사악한 마공이라는 생각이 그의 행동을 거칠게 했다.

"으으, 그나마 묵혈신마공이 쉬운 무공이었군."

소운은 고개를 절레절레 저었다.

사실 초대천마가 남기고 육대천마가 익힌 묵혈신마공은

다른 무공에 비해 결코 단순하지만은 않았다. 하지만 묵혈신마공은 마공이라기보다는 정파의 정종내공법과 유사한 점이 많았다.

그 위에 깨달음과는 상관없이 꾸준히 수련만 하면 되는 내공수련법이기 때문에 소운의 경지가 낮아도 이해할 수 있었다.

그러나 다른 무공들은 기본적으로 천마가 익히는 무공.

최소한 초절정의 수준에 도달해 강기를 자유롭게 다루는 사람을 위한 것들이기 때문에 지금의 소운으로는 상상하기도 힘들었다.

특히 심극검결은 초식 속에 숨은 기의 변화가 무한하여 정말 말로 표현하기 어려울 정도로 어려웠다.

"후우, 쉬운 일이 없군."

소운은 낙담하여 한숨을 쉬고는 한쪽에 있는 의자에 앉았다. 의자 앞에는 탁상이 하나 있고 그 옆에는 벽곡단이 가득 담긴 돌상자가 있다. 식탁이자 서탁이다.

소운은 다시 마음을 비우고 조용히 궁리를 하기 시작했다.

하기야 이렇게 일이 쉬울 리가 없다.

원래 기연을 얻어 비급을 하나 발견하면 일평생을 걸쳐 연구를 해야 한다.

그렇게 익힌 무공도 원래의 무공과는 다른 것이 되기가 쉬운데, 그나마 진의를 깨닫는 자는 괜찮지만 오성이 뛰어나지 못한 자는 비급이 있어도 강해질 수가 없는 것이다.

"젠장, 그래도 내가 어디 가서 천재소리 듣던 몸인데……."

신세한탄을 해도 소용이 없다. 아무리 무림구룡에 속하고 활선신침의 명성을 얻어도 그건 삼십 세 이하의 젊은 고수들 사이에서나 통하는 말이다.

편법과 모험을 통해 장로들에 비할 만한 내공을 얻었다고 해도 실제로 무공에 대한 깨달음이 그 수준에 도달한 것은 아니다.

내공이 높아도 금강불괴의 경지에 도달하거나 하다못해 몸 전체에 검기를 튕겨낼 호신강기를 두를 수 있는 수준이 아니면 몸속으로 들어오는 칼날을 막을 수는 없다. 하얀 칼이 몸에 들어와 붉은 칼날이 나오면 죽을 수밖에 없다.

"으음, 어떻게 하지?"

내공은 묵혈신마공에 주력하면 된다.

소운이 보기에 가장 뛰어나고 또 유일하게 효능을 이해할 수 있는 내공심법이었다. 무엇보다 과거 그가 쌓은 내공들을 모두 묵혈신마공 속에 녹여낼 수 있다는 점이 마음에 들었다.

하지만 검법은?

소운은 고민을 하면서 다시 심극검결을 집어 천천히 읽어 내려갔다. 그러나 한 번 읽고 두 번 읽어도 이해가 안 되는 것을 열 번 읽었다고 갑자기 이해가 되리라는 법은 없다.

혈장천마에게 심극검결의 진의를 설명하라고 해도 그 설

명은 비급에 쓰여 있는 것과 거의 비슷했다. 쉽게 설명하라고 하면 말을 제대로 하지 못했다. 결국 육지의 생물들이 새에게 하늘을 나는 법을 묻는 것과 같다.

어느 정도 경지에 도달하지 않으면 절대로 이해할 수 없는 것이다.

"모르겠다. 되는 부분부터 하나하나 익히다 보면 언젠가는 진의를 깨달을 수 있겠지."

소운은 그렇게 말하며 책을 덮었다. 그리고는 옆에 서 있는 혈장천마를 보고 말했다.

"심극검결의 초식을 연속해서 펼쳐라. 내공은 싣지 말고."

혈장천마는 즉시 손에 들고 있던 검을 들어 하늘과 땅을 찔렀다. 심극검결의 기수식인 천지관통의 초식이었다.

파파팟.

내공이 전혀 들어가지 않았는데도 검기가 석실 안을 가득 메웠다.

소운이 보기에 혈장천마는 내공이 하나 없어도 강호에서 능히 절정고수로 대접을 받을 만했다. 장법의 극을 보았다는 인물이 검법을 펼쳐도 이 정도라니!

"후우, 난 언제 이렇게 되지?"

한숨이 저절로 나왔지만 소운은 곧 정신을 집중하여 초식의 연결과 기의 흐름을 살폈다.

"그래도 초식이라도 확실하게 배울 수 있는 게 어디냐? 검법의 진의야 쓰다보면 어떻게든 되겠지."

비급에 있는 모든 초식을 혈장천마는 언제든지 펼쳐 보인
다. 소운은 그것을 보고 심극검결의 초식만을 집중해서 익혔
다.

기의 흐름을 여러 개로 나누라거나 검강을 부채처럼 펼쳐
몸을 두르는 등의 이상한 소리는 모두 무시했다.

초식만 해도 어디에서나 절초라 소문날 정도로 뛰어나다.
숨겨진 오의나 극의는 서두르지 않고 천천히 깨달아지는 대
로 익히면 될 것이다.

그렇게 며칠이 지났다.

심극검의 초식은 정초가 칠십이 초이고 정초 하나에 변초
가 각각 세 가지씩이다. 모두 합쳐서 이백팔십팔 초인데, 이
변화무쌍한 초식이 다시 연환에 연환을 거듭하여 무한한 변
화를 만든다.

소운은 어느 새 이 초식의 연계에 빠져들었다.

마음이 가는 대로 초식을 연결하면 새로운 효능이 보였다.
반면에 조금이라도 마음의 흐름에 막힘이 있으면 그 때의 위
력은 없는 것과 같았다.

-심극은 흐름에 막힘이 없음을 의미한다. 마음의 흐름이 이
어지는 한 검의 변화는 무한하다.-

"과연 그렇군!"

소운은 감탄했다. 그리고 흥이 이는 데로 초식과 초식을 연결했다.

마치 검에 미친 사람과도 같이 하루 종일 쉬지도 않고 검초를 펼치니 그 경험이 점점 늘어났다. 그만큼 소운의 검에서 뻗어 나오는 검기는 더욱 날카로워졌다.

그러나 그런 기쁨의 시간은 얼마가지 않아 한계에 부딪쳤다. 소운은 문득 자신의 검이 더 이상 발전하지 않는다는 것을 깨달았다. 그리고 그 이유도 알았다.

"혼자서 허공에 대고 초식을 펼치는 것으로는 한계가 있는 건가?"

이제는 이백팔십팔 초식을 마음먹은 대로 정확하게 펼칠 수 있지만 그 안의 정묘함을 얼마나 깨달았는지는 확신할 수 없었다. 분명한 것은 실전을 토대로 하지 않은 수련은 허무할 뿐이라는 것이다.

"실전이 필요해. 적어도 비무 정도는 해야 앞으로 나아갈 수 있어."

소운은 고개를 돌려 여전히 옆에 서 있는 혈장천마를 보았다. 그동안 거의 벽곡단만 먹고 살았기에 그의 몸은 상당히 말라 있었다. 그러나 혈장천마를 보는 눈빛만은 예전에 비해 몇 배나 강렬했다.

"천마, 내공을 쓰지 않고 나를 공격하라!"

소운의 명령에 혈장천마는 즉시 두 손을 들어 장으로 소운의 가슴과 머리를 쳤다.

퍼펑!

"커헉, 눈으로 보고도 피할 수 없다니!"

딱 일 초. 소운은 혈장천마의 쌍장에 맞아 비틀거리며 뒤로 물러났다.

내공을 전혀 쓰지 않았는데도 혈장천마의 장법에는 전혀 빈틈이 없었다. 오히려 내공으로 버티는 소운의 중심을 흔들어 제대로 설 수 없게 했다.

빠바바박!

소운이 쓰러지지 않자 혈장천마는 다시 두 걸음을 앞으로 내딛으며 좌우로 장을 두 번씩 쳐냈다. 그다지 빠르지도 않은 움직임인 것 같은데 순식간에 장영이 석실 안을 가득 메웠다.

장은 소운의 몸을 자유롭게 때리며 어떨 때는 밀고 또 당기고 흔드는 등 잠시도 소운이 제대로 서서 자세를 잡게 하지 않았다.

혈장천마를 천하제일고수로 만들어 준 혈천마라장은 막대한 내공을 이용한 패도의 정점에 해당하는 장법이지 변화는 그리 많지 않다.

그런데도 소운은 전혀 피할 수 없었다. 때리면 때리는 대로 맞았고, 어김없이 그의 몸은 흔들리거나 뒤로 튕겼다.

"젠장!"

이렇게 당하기만 할 수는 없다! 소운은 이를 악물고 심극검결의 검초 중 하나인 심려사해(心慮四海)를 펼쳤다.

팔을 뻗기도 전에 세 가닥의 검기가 검극으로부터 쏘아져 나와 혈장천마의 양쪽 무릎과 목을 노렸다. 그리고 뒤를 이어 소운의 검이 나선형을 노리고 앞으로 나아갔다.

사사사삭, 짜짜짝.

"크윽. 뺨을!"

무력한 저항이었을 뿐인가? 소운은 신음 소리를 흘리며 그렇게 생각했다. 혈장천마는 너무나도 자연스럽게 모든 공격을 피했다. 그러면서도 장은 전혀 멈추지 않고 계속해서 소운의 몸과 머리를 때렸다.

"그만!"

결국 소운은 중지 명령을 내렸다. 항복 선언이다.

명령을 들은 혈장천마는 조금 전까지 자신이 소운을 때린 것은 거짓이었다는 듯 그대로 멈췄다.

소운은 의자까지 갈 기운도 없는지 그 자리에 주저앉았다. 내공이 없는 장이었기에 망정이지 아니었다면 처음 일 장에 죽고, 그 다음 수십 장마다 모두 죽었을 것이다.

"어떻게 그럴 수 있지?"

한 번도 피하지 못했다. 제대로 반격을 해보지도 못한 것이다. 유일한 반격은 몸의 중심이 잡히지 않은 상태에서 억지로 펼친 것. 실전에서라면 동귀어진의 수라고 할 수 있다.

　한참을 궁리하던 소운은 자리에서 일어나 다시 자세를 잡았다.

　"으음. 천마, 딱 삼 초만 공격해라!"

　동시에 소운은 반대로 혈장천마를 공격해 들어갔다. 선수를 친 셈이다.

　퍼퍼펑!

　"크윽!"

　선수고 뭐고 혈장천마에게는 통하지 않았다. 이번에는 입술을 맞았다. 명령을 내리느라 입을 벌린 상태였는데 그 바람에 잘못해서 입술을 깨물어 버렸다.

　다물어진 소운의 입에서 한줄기 피가 흘렀다. 소운은 이를 갈았다.

　"그래, 맞으면 맞는 이유가 있고 못 때리면 못 때리는 이유가 있겠지. 갈 때까지 가보자!"

　소운은 다시 시작했다.

　"천마! 일 초만 공격해라!"

　빡!

　그렇게 소운은 내력도 안 쓰는 혈장천마의 일초지적으로 수련을 시작했다.

＊　　　　＊　　　　＊

오늘도 소운은 천마에게 두들겨 맞다가 수련을 끝냈다. 한 대도 피하지 못했는데 하도 맞다보니 옷이 너덜너덜 해졌을 정도이다.

"일단 자룡원에 돌아가야겠군."

옷은 깔끔하게 입어야 한다. 천마의 둘째 제자라는 직위는 나름대로 남의 눈을 많이 신경 써야 하는 위치이다.

그런데 천마관을 나서자 입구 쪽에 누군가 서 있는 것이 보였다.

공손설. 그녀가 있었다.

"사형, 나오셨군요."

"아니, 사매. 언제부터 이곳에서 기다린 것이지?"

"아침부터입니다. 자룡원에 가니 사형께서 어제 천마관에 드셨다고 하더군요."

"맞아. 그런데 이렇게 기다릴 정도면 급한 일인가?"

"저에겐 급한 일이라 할 수 있어요."

"뭐지?"

"사부님께 여쭈어 볼 말이 있어요. 그런데 제가 직접 사부님을 뵐 수 없으니 사형께서 대신 질문을 해 주실 수 없나 해서요."

"사부님께? 무엇이지?"

소운은 가능한 한 말을 짧게 끊어 용건만을 말했다. 마음속의 경계심이 그의 말투를 바꿨다. 조금이라도 말을 길게 했다가는 쓸데없는 내용까지 튀어나올지 모른다.

다른 사람은 몰라도 유독 공손설 앞에서는 실수를 할 것 같았다.

그 모습이 약간은 무뚝뚝해 보이기도 한다. 공손설 역시 그런 소운을 상대로 용건만을 말했다. 둘의 사이는 별로 다정하거나 친밀하지 않고 왠지 모르게 서먹서먹해 보였다.

하지만 공손설은 소운에게 부탁을 해야 하는 입장이다. 그녀는 공손하게 말했다.

"제가 저번에 사부님의 명으로 단약을 복용하게 되었지요."

"화서령단 말이군?"

"예, 그때 사형께서도 계셨지요. 그런데 막상 사부님의 권고대로 화서령단을 복용하니 내공에 약간의 도움은 되지만 오히려 정순함이 떨어지고 마류옥녀공이 흔들리기 시작했어요. 그래서 고민 끝에 이장로님께 문의를 했더니 화서령단은 마류옥녀공과는 정반대의 속성을 지닌 약재라 별로 도움이 안 된다고 하시더군요."

"흠, 그런가?"

소운은 잠시 생각을 하다가 공손설에게 말했다.

"그렇다면 괜히 고민하지 말고 속 시원하게 사부님께 말씀을 드리고 가르침을 받는 것이 좋겠군."

"예, 저도 그게 가장 좋을 거라고 생각해서 이렇게 사형을 기다린 겁니다."

"알았어. 이 일은 중요한 일이니 시간을 낭비할 수 없겠군.
내 지금 가서 사부님께 여쭈어보고 오지."

"감사합니다, 사형."

공손설이 인사를 하자 소운은 가볍게 고개를 흔들고는 그
대로 몸을 돌려 천마관 안으로 돌아갔다.

천마관 안의 수련실에는 혈장천마가 좌정을 하고 앉아 있
었는데 소운은 그를 보자마자 등을 발로 두어 번 차고 말했
다.

"이놈아, 네놈이 한 짓이 계속해서 나를 귀찮게 하지 않는
가 말이다."

그리고는 그대로 몸을 돌려 다시 천마관을 나섰다. 소운은
기다리고 있던 공손설에게 말했다.

"마침 사부님께서 휴식을 취하고 계시더군. 그래서 여쭈어
봤는데 말이야. 사매의 무공이 너무 빠르게 성장하여 오히려
장래의 성장을 방해한다고 하시더군."

"그게 무슨 의미인지 소매는 잘 모르겠군요. 혹시 사형께
서는 아시나요?"

"나도 몰라서 사부께 물어봤지. 그러니까 사매가 어렸을
때 병을 치료하는 과정에서 적지 않은 영약이 사용되었잖
아."

"예, 모두 사부님의 은덕이에요."

“그런데 그 덕분에 사매의 내공이 비약적으로 성장을 해서 보통 무인과는 다른 쉬운 길을 걷게 되었다고 하시는군. 자질이 뛰어나고 본인도 노력하니 더욱 그 성장이 빨랐다고 말이야.”

“과찬이십니다.”

“어쨌든 사부는 그게 오히려 좋지 못하다고 말씀하셨어. 무릇 사람이 무공의 길을 걷다보면 필연적으로 위로 올라가지 못하고 막히게 되는 벽을 만나게 되는데, 그건 자질이 아무리 뛰어나도 피할 수 없다고 하셨지.”

“예, 그건 저도 알고 있습니다.”

“그런데 사매는 여태까지 너무 쉽게 무공을 익혔기에 그 벽을 만났을 때 오히려 다른 사람보다 몇 배나 어렵게 느껴질 것이라고 해. 그렇지 않아도 어려운 벽이 몇 배나 어려워지면 결코 뚫기가 쉽지 않을 것이라고 말이야.”

“아! 그렇군요.”

“그래서 사부님은 사매가 지금부터라도 쉬운 길이 아니라 어려운 길을 가야 한다고 말씀하셨어. 화서령단이 비록 마류옥녀공을 방해하기는 해도 몸 자체를 나쁘게 하지는 않으니 딱 좋다고 말이야.”

“확실히 그렇습니다. 단지 마류옥녀공을 운기하기가 몇 배나 어려워져서 제가 고민을 했던 것이지요.”

“힘들게 간 길은 그만큼 깊어진다. 마류옥녀공의 진정한 이치를 깨달으면 화서령단의 기운이 오히려 도움이 될 것이다. 사부님께서는 그렇게 말씀하셨어."

"힘들게 간 길은 그만큼 깊어진다……. 제자는 사부님의 가르침을 잊지 않고 명심하겠습니다. 사부님께 꼭 전해주세요."

"응."

공손설은 무엇인가 마음에 느껴지는 것이 있는 듯 감동한 표정을 지었다.

소운은 속으로 안도의 한숨을 쉬었다.

'역시 미리 대답을 준비해 두기를 잘했지. 이렇게 되면 당분간 사매는 마류옥녀공과 화서령단의 기운을 서로 융합하기 위한 연구를 하겠지. 잘되면 마류옥녀공의 안 좋은 기운을 조금이나마 억제하게 될 지도 몰라.'

억제를 한다고 해도 시간이 조금 늦춰질 뿐이다. 하지만 일단은 시간이라도 벌어야 한다.

"그럼 저는 이만 가보겠습니다. 사형, 오늘 도움을 주서서 감사합니다."

공손설이 인사를 한다. 소운은 그러라고 하려 했다. 그런데 문득 소운의 머릿속에 다른 생각이 들었다.

'혹시 그녀라면?

"저, 사매."

"예, 말씀하세요. 사형."

“사실 나도 무공을 수련하던 중 고민되는 점이 생겼는데, 사매의 생각을 듣고 싶군.”

“사형께서요? 제가 도움이 될지 모르겠군요.”

“일단 들어봐. 내가 요즘 사부님과 비무를 하게 되었는데 말이야.”

“아! 사부님께서 직접 말인가요?”

공손설은 정말 부럽다는 눈으로 소운을 보았다. 그녀는 여태까지 한번도 그런 경험이 없었다. 아니, 수준 차이가 너무 나서 그런 생각조차 해 본 적이 없었다.

“그게 말이야. 사부께서는 내공을 전혀 쓰지 않고 나를 상대하시지. 나는 전력을 기울이고 말이야.”

“……!”

“그런데 문제는 내가 사부님의 공격을 전혀 피할 수 없다는 점이야. 아무리 방어를 하려 해도 피하지도 막지도 못하겠더군. 혹시 사매는 왜 그럴지 짐작되는 것이 있어?”

“음, 글쎄요. 저도 확실하게는 모르겠어요.”

“확실하게는? 그럼 확실하지 않게는 집히는 게 있다는 소리군. 어떤 것도 좋으니 생각을 얘기해 줘.”

소운은 자신이 가장 답답해하던 것의 단서를 누구에게도 물을 수 없어 고민하던 참이었다. 그러다가 공손설이 먼저 도움을 청했기에 그 역시 속사정을 약간 드러내 본 것이다.

그런데 의외로 공손설에게는 단서가 있는 듯했다.

소운의 기대에 찬 감정이 눈을 통해 드러났다.

무공을 수련하는 자들이 길이 막혔을 때 가지는 공통적인 기분.

사방이 막힌 것 같은 막막함!

그러다가 단서를 찾았을 때의 눈은 정말로 어둠 속에서 길을 잃고 헤매다가 한줄기 빛을 보았을 때의 그것과 닮았다.

'나도 저런 눈을 하고 있었구나.'

공손설은 속으로 그렇게 중얼거렸다. 그녀는 자세를 바로 하고 소운에게 말했다.

"비무를 요청합니다, 사형."

"비무?"

생각을 말해 달라는데 뜬금없이 웬 비무?

"저는 아직 부족한 부분이 많아요. 하지만 비무를 한번 해 보면 나름대로 사형의 무공에 대해 느끼는 점이 있을 거예요."

'아하, 그러니까 직접 싸워봐야 확인이 된다는 거군.'

소운은 납득했다.

"그리고 저 역시 사형께 제 무공의 문제점을 지적받고 싶어요. 가르침을 주세요."

"하하하, 사매의 성취가 뛰어나다는 것은 이미 교내에 소문이 자자한데 무슨 겸손한 말을 하는 거지?"

"아니에요. 그건 다 헛소문일 뿐입니다. 사실 저는 제가 제대로 무공초식을 바르게 배웠는지도 확신할 수 없어요. 사부님께서 애써 가르쳐 주셨는데 저는 다 기억하지 못하고 결국 비급에 있는 것을 나름대로 연구해서 잊은 부분을 채워 나갔거든요.”

공손설의 말에는 진실이 담겨 있었다. 소운을 사형으로 인정하고 진심으로 가르침을 청하는 것이다.

소운은 고개를 끄떡였다.

“좋아, 한번 비무를 해 보면 서로에게 말을 해 줄 것이 있겠지.”

혈장천마가 필요로 한 것은 공손설의 몸에 스며든 영약의 기운과 십여 년간 수련한 내공일 뿐이다. 무공의 경지나 초식은 그렇게 중요하지 않으니 적당히 가르쳤다는 것을 알고 있다.

그러나 공손설은 타고난 재능으로 가르침이 부족한 부분을 채웠다. 그러면서도 그녀는 사부의 탓을 하지 않았다.

그녀는 사부인 천마가 워낙 천재라서 한 번 보면 모든 초식을 능숙하게 시전 할 수 있다고 믿었다. 그렇기에 세 번이나 보고도 기억하지 못한 스스로를 원망했을 뿐이다.

그 생각이 틀린 것은 아니나, 소운이 보기에 그 부분은 공손설이 혈장천마에게 당한 것이다.

“으음, 그럼 일단 겨뤄볼까?”

“감사합니다.”

마침내 소운이 승낙을 하자 공손설은 기쁜 표정을 지었다. 평소의 얼음처럼 차가운 모습은 소운의 앞에서는 종종 깨어 져 그 안의 감정이 나타났다.

소운은 쌍장을 들어 올려 하늘을 받치는 천왕탁탑의 자세를 취했다. 활선문의 독문 검법인 활선호심검법과 함께 전해지는 뇌운벽력장의 기수식이었다.

뇌운벽력장은 원래 독존경 안에 적혀 있는 독장인 독운뇌력장을 개조하여 만든 패도적인 수법으로 문주만 비밀리에 익히고 한 번도 남 앞에서 펼쳐진 적이 없으므로 지금 쓰기에 적합했다.

소운은 말했다.

"내가 요즘 익히고 있는 장법인데, 아직 나도 제대로 배우질 못했지. 일단 이것으로 겨루어 보겠어."

검을 쓰면 본신 무공이 탄로날 수 있다. 소운은 일단 장법을 사용하기로 했다.

"좋아요."

공손설도 사양하지 않고 허리의 체대를 풀어 양손에 들었다. 천잠사로 만든 천에 금강석의 가루를 묻힌 무음할공대는 바람을 타고 나르는 깃털처럼 가벼우면서도 능히 금석을 깎을 수 있는 날카로움이 있다.

"그럼 먼저 시작할게요."

파라라라락.

공손설이 살짝 손을 흔들자 무음할공대가 허공 중에서 활짝 펴져 소운의 위쪽을 완전히 덮었다. 반투명한 검은 천잠사를 뚫고 들어오는 햇빛이 금강석의 가루에 반사되어 별처럼 빛났다. 마치 밤하늘을 가르는 은하수와 같았다.

'포창(布槍)과는 또 다르군.'

광목천에 물을 묻혀 무기로 쓰는 것이 포창이다. 소운은 무음할공대가 포창의 일종이라고 생각했는데 이건 기번(旗幡)이나 소림의 철포삼처럼 천의 면을 이용하는가 보다.

"차합!"

퍼퍼펑!

생각만 하고 있을 여유는 없다. 소운은 즉시 쌍장을 아래로 긁어내리듯 내려쳤다. 웅후한 내공이 깃든 장력은 주변의 대기를 울렸다. 직접 무음할공대를 친 것은 아니지만 기파가 그 움직임에 영향을 미쳤다.

"과연!"

공손설은 상대의 무서울 정도의 내력에 크게 호승심이 이는지 짧게 외치며 다시 손목을 흔들며 신형을 움직였다. 무음할공대는 살아 있는 것처럼 소운의 장력의 기운을 피하고 점점 포위하여 조여 갔다.

소운은 진지한 표정으로 연속해서 뇌운벽력장을 사방으로 쳐 냈다. 무음할공대가 사방을 조인다면 그걸 모두 부술 생각이었다.

확실히 이 장법은 패도적이라 천잠사에서 찢어질 듯한 소리가 났다. 원래 무음할공대를 완벽하게 다루면 모든 충격을 흡수할 수 있는데 공손설은 아직 그 수준에 이르지 못했다.

"회!"

공손설이 다시 짧게 소리치며 몸을 한 바퀴 돌리며 천을 허리에 감았다. 그러면서 반대편 끝을 새끼줄처럼 감아서 소운을 향해 날렸다.

조금 전의 구름처럼 부드러운 움직임과는 정반대로 강렬한 힘을 내포한 빠른 공격. 천에 물을 묻혀 타격을 가하는 것으로 나무를 부러뜨리는 포창의 원리가 그 안에 있었다.

슈욱.

"핫!"

팍!

소운은 급히 피했지만 소맷자락이 무음할공대에 말려 찢어졌다.

그러나 그는 질 수 없다는 듯 손바닥을 뒤집어 무음할공대의 옆면을 때렸다. 밧줄의 옆을 장력으로 친 것과 같다. 상식적으로는 무음할공대가 힘을 잃어야 한다.

하지만 공손설이 손목을 돌려 감겨 있는 천을 풀자 그것은 즉시 넓게 퍼지며 그 힘으로 소운의 손바닥을 튕겨냈다.

소운은 손바닥에 적지 않은 충격을 받았다. 그나마 빠르게 손을 거두었기에 망정이지 까닥하면 금강석 가루에 손바닥

가죽이 모두 갈려 버릴 뻔했다.

"좋아!"

소운 역시 지고는 못사는 성미. 그는 물러서지 않고 한 걸음 앞으로 나서며 쌍장을 동시에 내밀어 공손설을 공격했다. 더 이상 상대의 무기에 연연하기보다 무기를 움직이는 사람을 치기로 했다.

그러나 무음할공대는 방어에도 탁월한 효능이 있었다. 특히 날이 없는 타격무기나 맨손에는 최고의 상성을 자랑한다. 공손설의 몸은 완전히 펼쳐진 무음할공대에 감춰졌다. 그리고 하늘로부터 꽃잎이 날아들 듯 부드럽고도 화려한 공격이 들어왔다.

'무슨 천이 끝없이 넓어지지? 뭔가 비리가 있는 건가?'

소운은 속으로 이 반투명한 천에 욕을 했다. 그러나 과거 천마가 사용하던 무기가 범상한 물건일 리는 없다.

'검으로 했다면 천을 찢을 수 있었을 지도.'

후회가 되었다. 화조무령검이라면 천잠사도 가를 수 있는 것이다. 그러나 이미 늦었다. 소운은 크게 심호흡을 하고 위에서 내려오는 천 위로 뛰어올랐다. 그리고 그것을 박차고 다시 높이 뛰었다.

원래 고수들의 대결에서 공중으로 뛰어오르는 것은 가장 위험한 짓이다. 방향을 바꿀 수 없기 때문에 상대의 수법을 피할 수 없다.

그러나 소운은 무음할공대를 밟고 올라갔다. 단숨에 공손설의 머리 위까지 올라 전력을 다해 위에서 아래로 장을 쳐냈다.

퍼퍼퍼펑!

위치의 이점을 받은 장의 위력은 크게 신장되어 무음할공대의 방어를 힘으로 풀어헤칠 수 있었다. 마침내 공손설의 머리가 소운의 눈앞에 나타났다.

"차앗!"

크게 기합을 지르며 다시 일 장을 뻗었다. 그러나 이번 장은 내력이 들어가지 않았다. 비무 중에 정말로 공손설의 머리를 부술 수는 없다. 장이 머리에 닿는 것으로 승부는 끝나는 것이다.

그러나 공손설은 패배로 승부를 내지 않았다. 어느새 그녀는 두 팔을 들어 올렸다. 두 손 사이에 연결된 무음할공대의 끈은 순식간에 소운의 손목을 감았다.

결박술! 그녀의 병기는 깃발의 기세와 포창의 파괴력, 그리고 포박끈의 질김을 모두 사용할 수 있었다.

손목을 묶인 소운은 그대로 중심을 잃고 공손설이 던지는 대로 바닥에 떨어졌다.

"내가 졌군."

소운은 순순히 패배를 인정했다.

사실 공손설이 마음만 먹었다면 소운의 손목은 그대로 잘려 나갔을 것이다. 단지 그럴 경우 소운은 다른 손과 발을 이용하여 필사적으로 공손설을 공격했을 터이지만.

무엇보다 소운 자신이 절실하게 깨달은 점이 있었다.

'사매는 무공의 천재다! 그야말로 빈틈이 없고 모든 공격에 대해 물 흐르듯이 대응하는구나!'

공손설은 소운보다 강했다. 내공은 소운이 한참 위인데도 불구하고 뇌운벽력장을 모두 막아냈다.

공손설은 무음할공대를 거두어 다시 허리에 두르고는 말했다.

"아니에요. 사형께서 익숙하지 않은 장법으로 저를 상대하지 않았다면 틀림없이 제가 패했을 거예요. 다행히 가까스로 장의 위력을 상쇄시킬 수 있었지만 검까지 막을 자신은 없어요."

"아니, 꼭 그렇다고 볼 수는 없지. 하지만 난 앞으로도 이 장법으로 사매와 겨루어보겠어."

"그렇다면 저도 사양하지 않겠어요."

검을 쓴다면 몰라도 적수공권에는 지지 않겠다는 대답이다. 소운은 고개를 끄떡이고는 다시 말했다.

"앞으로 매월 초일에 사매와 비무를 하고 싶군."

공손설은 한 달 뒤라면 장법을 더욱 익숙하게 수련할 것이라고 생각했다. 그렇다면 이기기가 쉽지 않다.

아무리 병기로 이득을 봐도 시간이 지나면 지날수록 승산은 적어질 것이다. 애초에 내력의 차이가 너무 크기 때문이다.

'그래도 질 수는 없어.'

그녀는 입술을 깨물며 그렇게 결심했다.

"참! 그리고 제가 느낀 건데, 사부께서는 사형의 빈틈을 노리신 것이 아닐까요?"

"빈틈을? 난 사부와 비무할 때에는 항상 긴장하여 전신을 완벽하게 보호하거든. 하지만 그럼에도 불구하고 전혀 막을 수가 없어."

"무공을 완벽하게 익히지 못하면 빈틈이 없을 수가 없다고 배웠어요. 단지 하수에게는 그 빈틈이 보이지 않고, 고수에게는 보인다고요. 사부님께서는 천하제일의 고수이시니, 아무래도 사형께서 알지 못하는 부분을 아실 거예요."

"그건 그렇지. 그게 무엇일까?"

"사형의 공격은 날카롭지만, 공격을 가할 때에 의식이 그것에 집중되어 전신을 관조하지 못하시는 것 같아요."

"아!"

"아마 사부께서는 사형이 움직이지 않아도 의식이 어디를 향하고 있는지 모두 아실 거예요."

"청경의 극치로군."

청경은 상대의 작은 움직임으로 다음 동작을 예측하는 것이다. 손가락 하나의 움직임과 눈의 깜박임, 숨의 들이쉼과

내쉼에서도 동작의 단서가 숨어있다.

"그렇습니다."

"과연! 사부께서는 내가 가만히 서 있어도 어디를 보고 무엇을 하려는지 모두 아시는 거야."

소운은 크게 깨닫는 바가 있었다.

인간은 스스로의 몸 전체를 관조하지는 못한다. 그리고 혈장천마는 소운이 살피지 못하는 지점을 정확히 알 수 있는 모양이었다.

'그게 진짜 고수의 안목이란 말이지?

순간적으로 머릿속이 환해지는 듯했다.

-눈은 앞을 보고 마음은 몸 전체를 본다.-

심극검의 요결 중 하나인데, 소운은 지금 그 말의 의미를 알았다.

"사매에게 감사를 해야겠군. 덕분에 크게 도움이 되었어."

"아니에요. 저 역시 사형과의 비무를 통해 사부의 조언이 올바르다는 것을 알았어요."

공손설은 소운의 무공을 보고 내공에 비해 무공의 깨달음이 못 미쳤을 때의 폐단을 알 수 있었다.

그녀 역시 내공을 쉽게 얻었기에 초식의 운용에 허점이 많았다. 다른 사람은 전혀 모르겠지만 공손설 자신이 그걸 느꼈다.

'더욱 완벽한 초식을 익혀야 해. 내공과 초식은 하나가 되어야지 어느 한쪽으로 기울면 오히려 약해지는 거야.'

공손설은 속으로 그렇게 중얼거리고는 몸을 돌려 자신의 숙소로 돌아갔다.

이미 시간이 흘러 노을이 낀 저녁이었기에 그녀의 등과 머리카락은 붉게 물들어 있었다.

소운은 그 모습을 가만히 지켜보았다.

그날부터 소운은 명상을 통해 스스로의 몸을 관조하는 수련을 했다. 정신적인 이목을 넓게 가지는 것이 수련의 목적이다.

초식을 펼치고 거둘 때 의식이 한쪽으로 기울면 다른 쪽은 비어버린다. 그게 허점이다. 움직이지 않아도 의식이 전신을 덮은 상태가 아니면 상대의 공격에 대응할 수 없다. 지금까지의 소운이 바로 그랬다.

이제 마음속에 깨달음을 얻으니 걷기만 하던 육지의 생물에게 날개가 돋아난 듯, 소운은 어느새 날 수 있게 되었다.

보름이 지났을 무렵, 소운은 처음으로 혈장천마의 일 초를 피할 수 있었다. 그것은 소운의 정신이 육체의 모든 곳을 두루 살필 수 있게 된 것을 의미했다.

第六章

자격심사(資格審査)

해답 없는 문제를 푼다

南斗延壽保命時老君告天師曰
大八會之真文三洞三清之上
稟道元始天尊昔經歷于億萬劫天地始終

太上說南斗延壽保命

安真經太上說南斗
此經乃九天八
與衰而人倫五運遷變萬稟道

자격심사(資格審査)

해답 없는 문제를 푼다. 그렇다면 정말로 문제를 풀 수는
없는가?

오늘도 소운은 천마에게 두들겨 맞다가 수련을 끝냈다. 그
래도 일초지적은 벗어나 이제는 십 초 정도는 버틸 수 있게
되었다.

의식이 전체를 관조할 수 있게 된 이후 소운이 혈장천마와
싸우면서 느낀 것은 방어를 깨는 초식이었다. 천마는 십 초
안에 소운의 방어를 깨고 허점을 만들었다.

그래도 처음에는 삼 초였는데 소운이 그걸 깨닫고 대책을
연구하면서 점점 빈틈이 없어져 십 초에까지 이르게 된 것이
다.

"삼 일만이군."

수련에 몰두하다 보니 이제는 며칠씩 천마관에서 머무는 일이 많아졌다. 소운은 완전히 무공수련광이 되어버린 자신에 쓴웃음을 지었다.

묵묵히 걸음을 옮기니 어느새 자룡원의 입구에 도착해 있었다.

"공자님, 어서 오세요."

주련이 소운을 보고 얼른 인사를 한다. 소운은 살짝 고개를 끄떡이고는 말했다.

"식사를 주렴. 그리고 새 옷을."

"바로 돌아가시려고요?"

"그래."

"예."

주련은 이 무공광인 주인의 짧은 대답에 속으로 한숨을 쉬었다.

소운이 천마관에서 나올 때마다 혹시나 하고 몸을 정갈하게 하고 기다리고는 하지만 소운은 한 번도 자룡관에서 잠을 잔 적이 없다.

그러나 곧 주련은 공손히 대답을 하고는 얼른 부엌으로 달려갔다. 그곳에는 자화가 있다.

잠시 후, 소운은 몸을 씻고 새 옷으로 갈아입고는 식당으로 갔다.

그사이 주련과 자화는 정성껏 마련한 식사를 내왔다. 전부

열 가지의 요리가 차례대로 나왔다. 각각의 요리에는 두 가지의 부요리가 딸려 있으니 전부해서 삼십 가지나 된다.

"대단하구나. 이거 모두 너희가 만든 거니?"

주련이 대답했다.

"요리는 주로 자화가 해요. 전 곁에서 거들 뿐이에요."

"자화의 요리 솜씨가 정말 좋구나."

소운은 진심으로 자화의 요리 솜씨에 감탄했다. 그런 그의 기분이 전달되었을까? 자화는 두 볼을 발갛게 물들이며 고개를 숙였다.

소운은 오리 혓바닥으로 만든 요리를 젓가락을 들어 입에 넣었다. 그리고는 그 맛을 천천히 음미하면서 다시 주련과 자화에게 물었다.

"그동안에 별 일은 없었니?"

주련이 또 얼른 대답한다.

"이공자님을 찾아오신 분들이 몇 분 계셨어요. 이장로님과 사장로님은 어제 오셨다가 그냥 가셨구요. 다른 분들은 서탁 위에 명단을 적어 놓았으니 확인해 보세요."

"이장로님하고 사장로님? 같이 오셨나?"

"아니요. 이장로님이 오전에 오시고, 사장로님은 오후에 오셨어요."

"흠, 그렇구나."

소운은 대답을 하고는 다시 젓가락을 움직여 음식을 먹었

다. 일단 먹을 때에는 편하게 먹어야 하는 그였기에 별다른
생각은 하지 않았다.

식사가 끝난 후, 소운은 차를 마시며 방문자들의 명단을 확
인했다.

천마신교 내의 여러 사람들이 혈장천마의 이제자 서정, 즉
소운을 보고 싶어 하는 것이 느껴졌다.

소운은 굳이 그들을 일일이 만나려 하지 않았다. 행동을 시
작하기 전에 모든 계획을 세우고 일단 움직이면 거침이 없어
야 한다.

하지만 다른 사람들은 몰라도 장로들은 무시할 수 없다.

"이장로는 그렇다 치고, 사장로는 왜 나를 찾지?"

소운은 머리를 굴렸다. 청량한 차의 향기가 그의 작업을 도
왔다.

이장로 독심약왕은 무엇 때문에 왔는지 대충 짐작이 간다.

그가 원하는 것은 활혼금침대법이다. 하지만 대놓고 요구
를 할 수도 없는 것이 활선문의 장문비법이다. 그것 때문에
주저하는 눈치였는데, 이번에 소운을 찾은 것을 보니 아무래
도 좋은 생각이 난 것 같았다.

"아무리 좋은 대가라고 해도 활혼금침대법은 넘길 수 없
지."

소운은 재고할 여지도 없다는 듯 고개를 저었다. 기본 이
론조차 남에게 말을 할 수 없는 것이 바로 이 장문비법이 아

닌가?

그래서 소운은 요즘 가짜 활혼금침대법에 대해 연구를 하고 있었다. 그러나 역시 가짜를 만드는 것은 불가능해 보였다. 의술을 전혀 모르는 사람도 아니고, 일반 의원도 아닌 독심약왕을 상대로 가짜가 통할 리 없다.

"아무쪼록 무리한 요구는 하지 마라, 독심약왕."

소운은 미리 연습을 하듯 허공에 대고 말을 했다. 그것은 바로 경고였다. 물론 독심약왕은 들을 수 없겠지만.

문제는 사장로이다. 천마신교의 모든 계략을 짜내는 모사, 경천마뇌 제갈은! 정보를 담당하는 천밀당의 당주이기도 하기에 그는 결코 안심할 수 없는 상대다.

"찾아가 봐야 하나?"

장로가 직접 방문을 했다가 허탕을 쳤으니 소운이 찾아가는 것이 예의다. 아마 상대도 그걸 노리고 따로 사람을 보내지 않았으리라.

"아무튼 장로들은 사람을 괴롭히는 데에 선수야."

소운은 고개를 저으며 방을 나서려 했다. 그러나 막 문지방을 넘으려는 순간, 소운은 걸음을 멈췄다.

"그게 아니지. 내가 영문도 모르고 마뇌와 대화를 나누었다가는 무슨 실수를 할지도 모르지."

마뇌가 찾아온 이유를 알아서 그에 따른 대비를 해야 한다. 무대책으로 마뇌와 대화를 나누는 것은 자살행위와 같지 않은가!

소운은 그렇게 판단했다.

결국 소운이 찾아 간 곳은 바로 대장로가 있는 곳이었다.

"대장로님 계십니까?"

백면살마 전홍은 불시에 방문을 한 소운을 보고도 전혀 화를 내지 않았다.

"어서 오게. 이렇게 갑자기 나를 찾아주니 더욱 반갑네."

격식을 차리지 않아도 될 정도로 가까운 사이라는 소리다. 실제로 전홍은 소운의 입교 인도자의 역할을 했기 때문에 일단은 소운의 후견인이나 마찬가지였다.

"자주 찾아뵙지 못해 죄송합니다."

"아닐세. 천마께 직접 가르침을 받을 기회는 결코 많지 않으니 이공자가 만사 제치고 노력을 하는 것은 당연하네. 정말 부럽군."

"그렇게까지 큰 행운이 있겠습니까? 그저 몇 번 정도 보아주시기는 했습니다."

"그것만 해도 어디인가? 그런데 무슨 볼일로 찾아온 건가? 그냥 놀러 온 것으로는 보이지 않는구만."

예민한 눈썰미다. 소운은 속으로 혀를 차며 솔직하게 털어놓았다.

"다름이 아니라 제가 천마관에 있을 때 이장로님과 사장로님이 자룡원을 방문하셨습니다."

"응? 이장로하고 사장로? 이장로야 왜 갔는지 뻔한 거고, 사장로가 문제인가?"

역시 대장로답게 머리하난 기막히게 돌아간다. 마교의 이 인자 자리가 마작으로 딴 것은 아닌 모양이다. 척하면 척이니 말을 하기가 편했다.

"그렇습니다. 단순한 일이었다면 직접 오셨을 리가 없지요. 혹시 대장로님께서는 짐작가시는 것이 있으신지요?"

"클클클, 이공자는 정말 빈틈이 없구만. 나에게 온 게 정답 일걸세. 내 말해주지."

역시! 소운은 자세를 바로 하고 전홍의 말에 귀를 기울였다.

칼을 들고 싸우는 것만이 흉험한 게 아니다.

평범한 대화를 하는 도중에도 충분히 생사람을 잡을 만큼 위험한 요소가 섞여 있다.

마뇌와의 대화는 그 정도가 극단적으로 심할 것이 틀림없으니 가능한 한 준비를 해야 한다.

"그러니까, 원래 우리 천마신교는 헛된 인간관계나 출생신 분에 따라 부조리하게 지위가 결정되는 법이 없다네. 오직 실력만이 모든 것을 말하지."

"확실히 그렇습니다."

"그래서 만약 어떤 인물이 새로운 지위에 올라오게 되면 그와 비슷한 지위의 사람들이 나름대로 시험을 한다네. 자격

시험이라고나 할까? 어깨를 나란히 할 정도의 실력이 있는지를 확인하는 것이지.”

“아, 그렇다면 저도 그런 시험을 받아야 한다는 뜻이군요.”

“그렇네. 이공자는 천마의 직전 제자이고, 그 직위는 장로들도 아래로 볼 수 없는 위치에 있네. 그렇다면 그런대로 이공자가 그에 걸맞은 능력을 가졌다고 사람들에게 입증해 보여야 하는 거지.”

“흠, 그렇다면 사장로님이 저를 부르신 것이 그 이유 때문이겠군요.”

“그렇네. 원래 장로들에 대한 시험은 사장로가 내게 되어 있거든. 사장로는 머리가 좋지 않은가? 온갖 기기묘묘한 난제를 생각해 낸다네.”

“그렇습니까…….”

소운은 별로 기분이 좋지 않았다. 난데없이 시험을 받게 생긴 것이다.

‘무시를 해버릴까?

당분간 천마관에 틀어박혀 나오지 않으면 된다. 하지만 시험을 피하면 장로들은 소운을 무시할 것이다. 소운의 계획상 그것은 절대로 피해야 할 일이다.

전홍은 계속 말했다.

“대공자는 십 년 전에 십장로가 되면서 시험을 받았지. 그 결과 우리 장로들은 전원 대공자를 장로로 인정했네.”

"……."

"하지만 자네의 경우는 조금 특별하지. 그게 걱정이군."

"특별하다는 말씀의 의미를 모르겠군요?"

"마뇌는 겉으로 보기에는 중립이지만 따지고 보면 대공자와 연관이 있다고 할 수 있다네."

대장로는 말 돌리는 것을 싫어하는지 바로 마검패룡을 끄집어냈다. 그와 소운이 호형호제 하며 친하게 지낼 수 없는 사이라는 것이 당연하다는 얼굴이었다.

소운도 별로 아닌 척할 생각은 없었다. 전홍쯤 되는 사람 앞에서 헛소리를 하면 신망만 잃게 될 것이다.

"아, 대사형과 말입니까?"

"그렇지. 단지 완전히 그쪽은 아니고, 마뇌가 대공자의 야망에 흥미를 가지고 살짝 힘을 실어주는 정도이지."

"다른 두 분의 장로들과는 조금 다르군요."

"오장로와 육장로에 대해서 알고 있다면 이야기가 빠르지. 확실히 대공자는 우리 천마신교 내에 상당한 세력을 가지고 있네. 천마의 제자다운 수완과 능력이지."

말이 약간 옆으로 샜다. 소운은 다시 화제를 본론으로 돌렸다.

"그렇다면 이번에 저에게 주어질 시험에 문제가 있을 가능성이 크겠군요."

감을 잡았다는 소운의 말에 전홍은 웃으면서 고개를 끄떡였다.

"맞는 말일세. 그게 문제지."

"그럼……."

소운은 인상을 굳혔다. 기분이 좋지 않다는 감정을 솔직하게 드러냈다.

전홍은 그런 소운의 표정을 보며 이해한다는 말투로 설명을 계속했다.

"사장로가 무슨 난제를 낼지는 나도 모르네. 아주 교묘한 함정이라는 것만큼은 확신할 수 있군. 그리고 이 일에 대해 이공자가 어떻게 해결을 해야 하는지는 잘 모르겠네."

"……."

"이건 사망유희나 다름없네. 그러나 나를 비롯해 다른 장로들은 말릴 수 없지. 그저 지켜볼 뿐일세."

전홍은 그렇게 말하면서 약간은 미안해하는 표정을 지었다. 하지만 소운이 보기에 그것은 그냥 가식적인 표정관리에 불과했다. 하지만 전홍의 말에서 적어도 그가 마검패룡에게 좋은 감정을 가지고 있지 않다는 것은 느껴졌다.

잠시 고민하던 소운은 어쩔 수 없다는 듯 고개를 끄떡였다.

"시험을 피할 수는 없겠군요. 알겠습니다."

"각오를 다진 모양이군. 잘해보게."

의외로 담담한 소운의 대답에 전홍은 역시 이놈은 난 놈이야 하고 속으로 감탄을 했다. 적어도 이 정도는 되지 않으면 승산이 없는 것이다.

소운은 자리에서 일어났다. 이야기는 끝났으니 이제 자신이 할 일을 해야 했다.

"그럼 이만 가보겠습니다."

"무운을 빌겠네."

소운은 전홍의 숙소를 나왔다. 이미 밤이 다 되었다. 그는 조용히 걸음을 옮기며 생각에 잠겼다.

겉으로는 입을 다물고 생각에 잠기는 듯했지만 속으로는 온갖 욕이 다 튀어나왔다. 입을 벌리기만 하면 그것들이 그대로 입 밖으로 튀어나올지도 모른다. 그래서 입을 다물었다.

잠시 밤바람을 쐬니 열이 올랐던 머리가 차가워지고 냉정하게 일을 생각할 수 있게 되었다.

"신교 강자존! 장로들은 모두 이 장기판의 관객이군. 일을 벌이는 것도 사장로고, 책임도 모두 그에게 있지만 그들은 구경을 한다. 그리고 나름대로 나를 평가하겠지."

달을 보며 소운은 중얼거렸다.

"재미있군. 정말 재미있어."

소운은 미소를 지었다. 울 수 없으니 웃어야 했다.

피할 곳은 없다. 시험을 받아야 한다. 하지만 소운은 직감적으로 깨닫고 있었다.

"마뇌를 만나 문제를 듣는 순간 난 패하는 거다. 그는 이미 준비를 해 놓았고, 나는 지금까지 대비를 하지 않았다."

빠져나갈 수 없는 함정은 이미 준비가 되었을 것이다.

"사망유희라. 대장로의 말대로야."

달이 밝다. 소운은 멍하니 그것을 보았다. 그리고는 모든 생각이 정리되자 다시 걸음을 옮기기 시작했다.

"놀아주지. 하지만 문제를 내게 하지는 않겠다. 내가 먼저 해답을 내야 그대는 문제를 낼 수 있다. 즉, 내 해답에 맞는 문제만을 내게 하겠다."

반대로 말하면 소운이 문제를 내고, 마녀가 답을 말하게 해야 한다. 소운은 그렇게 결심했다.

*　　　*　　　*

소운은 혈장천마의 두 번째 제자이지만 아직 천마신교 내에서 공식적으로 맡고 있는 역할은 없었다. 하다못해 직속의 수하조차 없었는데, 굳이 따지자면 자룡원의 하인과 하녀들만이 소운의 휘하세력이라고 할 수 있었다.

하지만 아무도 모르는 소운의 직함이 하나 있었다. 천마가 직접 임명한 비밀의 직함.

그것은 바로 천목밀혼단주!

천목밀혼단은 교주직속의 비밀감찰단이다. 어떤 직속상관도 없이 교내외의 정보를 교주에게 직접 전한다. 조직체계나 구성원의 숫자는 때에 따라 변한다.

그 존재 자체가 비밀에 가려져 있기에 십대 장로들도 이들의 존재를 확신하지 못한다. 그저 교주에게 직속 수하가 있다고만 알 뿐이다.

그런데 혈장천마가 독인이 되어 천마관에 들게 되자, 그들은 보고를 할 대상을 잃었다. 이에 혈장천마는 명을 내려 소운을 새로운 천목밀혼단주로 임명하고 그를 통해 모든 보고를 하게 했다.

여태까지 천목밀혼단을 지휘하던 자들은 두 명인데, 그들은 각각 대내와 대외의 일을 담당하고 있었다.

대내감찰단주는 마왕부 철횡, 대외감찰단주는 환영루주 천설화다.

그들이 소운의 지휘를 받게 되었다. 워낙 상명하복의 규칙이 철저한 곳이라 별 불만은 없는 듯했다.

그곳을 통해 소운은 천마신교 내부와 외부의 수많은 정보를 얻고 있었다.

그 외에 천마혈영대도 있다. 천마를 경호하는 조직. 그러나 그곳은 소운이 직접 지시를 내릴 수는 없다. 오직 천마의 이름을 빌려서만이 그들을 움직일 수 있다.

어쨌거나 천마신교 내에서 소운이 가진 힘은 그들이 전부라 할 수 있었다.

"날이 밝기 전에 천마신교의 세력구도를 뒤집어야 한다."

소운은 자신에게 단 하룻밤의 여유가 있다고 판단했다. 날이 밝으면 사장로인 경천마뇌의 거처를 방문해야 하는 것이다.

소운은 즉시 천마관으로 돌아갔다. 그 안에 있는 소운의 방에는 그동안 소운이 준비해 놓은 모든 것이 있었다.

소운은 그중에서 하나의 작은 상자를 꺼내 뚜껑을 열었다. 검은 환약 하나가 그 안에 담겨 있었다.

"다행히도 이게 완성이 되었지."

바쁜 수련 중에서도 이 환약을 만들기 위한 노력은 빼놓지 않았다. 이 환약이야말로 소운이 천마신교 내에서 자리를 잡는데 가장 확실한 무기라고 할 수 있었다.

소운은 조용히 환약을 가지고 천마관을 나섰다. 그는 그 길로 자룡원에 들러 한 가지 요리를 만들기 시작했다.

중원의 의술은 보약을 따로 만들지 않는다. 영약을 재료로 한 영단 이외에는 대부분 상처나 병을 치료하기 위해서만 약을 만들 뿐이다.

멀쩡한 사람은 약을 먹지 않는다. 단지 그들은 음식으로 몸을 보하게 만든다.

약전요리라는 것이다. 그래서 소운도 요리를 잘한다. 전문적으로 요리를 배운 숙수만은 못해도, 약전요리에 대해서는 나름대로의 비결을 가지고 따로 시간을 들여 연습을 했다.

곧 소운은 하나의 탕을 만들 수 있었다.

오향취복탕. 튀기고 볶는 요리가 대부분인 중원에서 드물게 보는 탕요리이다. 몸을 따뜻하게 하고 정신을 맑게 하는 효능이 있다.

무엇보다 소운이 할 수 있는 요리 중 가장 맛이 있다. 사천 지방의 매운 고추기름이 들어간 국물에서는 다섯 가지 향채의 향이 은은하게 배어 나왔다.

소운은 사기로 된 그릇에 그것을 담고 미리 가져온 환약을 넣었다. 환약은 물에 닿자 금세 풀어져 흔적도 없이 사라졌다. 그 뒤에 소운은 뚜껑을 덮었다.

자룡원을 나온 소운은 살짝 경공을 사용하여 서둘러 이동했다. 음식이 식기 전에 용건을 끝내야 한다.

그가 간 곳은 육장로인 고목신군 제건의 숙소였다.

자정이 가까운 시각이다. 그러나 고목신군은 거의 잠을 자지 않고 생활을 한다고 알려져 있다.

소운은 입구를 지키고 있는 자에게 말했다.

"육장로님 계십니까?"

"이공자님이 아니십니까? 곧 장로님께 알리겠습니다."

곧 고목신군 제건이 나왔다.

소운은 두 손에 사기그릇을 들고 있었기에 허리를 살짝 굽혀 인사를 했다.

"아니, 이공자께서 이런 한밤중에 어쩐 일로 오셨소?"

그는 소운의 예고 없는 방문이 그다지 반갑지 않은 듯했다. 사실 고목신군이 마검패룡의 편을 들고 있다는 것은 이미 잘

알려져 있는 사실인데, 그렇게 보면 소운은 적이나 다름없었
다.

고목신군은 그런 자신의 감정을 숨기지 않았다. 대놓고 기
분 나쁜 표정을 지었다. 마교의 장로답지 않은 솔직한 자기표
현이었다.

'과연 평판대로군. 고목신군은 성격이 곧은 편이라 흑과
백을 가리고 절대 흑을 백이라 말하지 않는다고 했지.'

그런 강직한 성품을 뒷받침해 주는 것은 그의 무공실력이
다. 그래서 많은 무사들이 고목신군을 존경하고 있다고 한다.

소운은 고목신군이 마음에 들었다.

"사부님의 명으로 육장로님께 전할 것이 있습니다."

"천마께서? 일단 안으로 드시오."

천마의 이름을 들은 이상 소운을 안으로 들일 수밖에 없다.
두 사람은 같이 안으로 들어갔다.

고목신군은 소운을 자신의 서재로 안내했다. 두 명의 하인
겸 무사가 그곳에 대기하고 있었다.

소운은 그들을 보고 고목신군에게 말했다.

"제가 전할 것은 육장로님만 보셔야 하는 물건입니다."

"흠? 알았소. 너희들은 나가 있어라."

고목신군의 표정이 더욱 차가워졌다.

이런 식으로 두 사람만 남아 밀어를 나누면 나중에 어떤 소
문이 퍼질지 아무도 모른다. 고목신군이 가장 싫어하는 것이

바로 구설수에 오르는 것이다.

하지만 소운은 태연하게 자신이 든 사기그릇을 서탁 위에 내려놓았다.

"이것이 무엇이오?"

소운은 뚜껑을 열었다. 그러자 음식의 향기가 서재에 퍼졌다.

"사부님께서 육장로님의 노고를 치하하기 위해 특별히 내리신 음식입니다. 다행히도 아직 식지 않았으니 천천히 맛을 음미하실 수 있을 것입니다."

"나에게 음식을 내렸다고? 천마께서?"

순간적으로 고목신군의 눈빛이 날카로워졌다. 더할 나위 없이 강렬한 살기가 고목신군의 전신에서 뿜어져 나왔다.

"거짓일 것이다."

고목신군은 이 음식이 천마가 내린 것이 아니라 소운이 임의로 벌인 일이라고 확신하는 듯했다.

살기는 보이지 않는 밧줄처럼 소운의 전신을 조여 왔다. 과연 절정을 넘어 초절정의 벽에 도달한 사람다운 살기였다.

소운은 내공을 끌어올려 그 기운에 대항했다. 그리고는 여전히 태연한 표정으로 말했다.

"육장로님이 음식의 맛을 느끼지 못한다는 것은 저도 압니다."

"그렇다면 내가 나에게 음식 냄새를 풍긴 자를 용서하지 않는다는 것도 알겠군.”

“그거야 잘 압니다만, 일단 음식을 드셔야 하지 않겠습니까? 뚜껑을 열었으니 곧 식어버릴 겁니다.”

“웃기지 마라!”

“사부님께서 직접 내리신 음식입니다.”

“크윽. 네놈이!”

고목신군은 분노로 거의 이성을 잃을 뻔했다. 그러나 그의 연륜이 그것을 막았다.

‘이것은 함정이다. 내가 분노하여 이 음식을 먹지 않고 쳐내기라도 하면 난 천마불복죄로 걸려들 수 있다.’

그렇게 생각하니 소운이 노리는 것이 무엇인지를 알 것 같았다.

‘네놈이 나를 이렇게 모욕하다니! 일부러 가장 싫어하는 일을 강요함으로써 천마를 거역하게 하려는 것이냐? 이놈!’

태어나서 이렇게 화가 난 적이 몇 번이나 있을까? 미각을 잃었을 때를 제외하고는 없었다.

고목신군은 이를 갈았다. 너무 강하게 갈아서 잇몸에서 피가 흐를 정도였다.

그러나 그는 곧 자리에 앉아 음식 그릇을 자신의 앞으로 당겼다.

“천마께서 내리신 것이라고 하니, 먹겠다!”

고목신군은 말을 끝내자마자 그릇과 같이 놓인 사기로 된

숟가락을 들고 오향취복탕을 떠서 입에 넣었다. 굳어진 얼굴을 한 채 기계적으로 국물을 입에 넣고는 그대로 삼키는 것이다.

사기열전을 보면 전국시대 때 전쟁에서 이기기 위해 자신의 아들로 만든 요리를 먹은 사람이 있다. 고목신군의 심정은 바로 그런 것이었다.

혀는 맛을 느끼지 못해도 코는 향기를 맡는다. 그는 이 음식이 아주 맛있을 것이라고 생각했다. 그래서 더욱 분노를 했다.

이정도면 고목신군과는 씻을 수 없는 원한관계를 맺었다고 할 수 있다.

실제로 고목신군은 음식을 모두 먹은 후 소운을 때려죽일 생각을 하고 있었다. 나중에 무슨 문책을 받더라도 이런 모욕을 당하고는 참을 수 없다고 생각했다.

그러나 소운은 그렇게 생각하지 않았다.

"맛이 어떻습니까?"

거의 절반을 먹었을 무렵, 소운은 고목신군에게 물었다.

"크크크크. 맛이 어떤가를 묻는가?"

고목신군은 웃었다. 기가 막혀 다른 말을 할 수가 없었다. 그런데 막상 소운의 말을 듣고 보니 혀끝이 짜릿했다.

"어?"

고목신군은 당황한 표정을 지었다. 지난 사십 년간 그는 혀에서 어떤 자극도 느끼지 못했다. 아마 혀를 잘라내도 고통이 느껴지지 않으리라 생각할 정도이다.

그런데 지금 짜릿한 느낌이 느껴졌다.

이런 느낌은 정말 오랜만이다.

기억을 더듬어보니 그것은 짠맛이었다. 소금의 맛이 매운 고추기름에 의해 더욱 매력적인 짠맛을 내고 있었다.

"이것은!"

고목신군은 다시 숟가락을 들고 허겁지겁 오향취복탕을 먹기 시작했다. 이제는 음식을 입에 넣자마자 목구멍 속으로 삼키지 않았다. 입에 머금고 혀를 굴려 국물의 맛을 느끼려 시도했다.

"아아아! 이럴 수가! 맛이! 맛이 느껴진다!"

혀끝에 감도는 향긋한 기운은 고목신군에게 있어서 천상의 쾌락과도 같은 것이었다.

소운은 그것을 보고 미소를 지었다.

'다행이군. 너무 오래돼서 신경이 완전히 죽었을까 하고 걱정했는데 효과가 있었어.'

"입맛에 맞으신다니 정말 다행입니다."

"어떻게 된 건가, 이공자?"

고목신군은 흥분을 감추지 못하고 소리를 지르다가 소운에게 물었다. 그의 눈에서는 진한 두 줄기의 눈물이 흐르고 있었다.

"저도 잘 모릅니다. 단지 사부님께서는 한 알의 약을 주시며 맛있는 음식에 넣어 육장로님께 전하라고 하셨을 뿐입니다."

"그런가? 그런 것인가?"

고목신군은 멍하니 창밖을 보며 중얼거렸다. 천마관이 있는 방향이었다.

"과연 천마시로군. 이런 때를 위해 준비를 해 놓았다는 것인가? 이미 천마께서는 모든 것을 결정하신 거로군."

고목신군은 한숨을 쉬며 고개를 저었다. 이미 아까의 살기는 씻은 듯이 사라져 버렸다.

고목신군은 자리에서 일어나 소운을 보고 말했다.

"이공자도 알고 있겠지만 나는 원래 대공자를 지지하고 있었네. 왜냐하면 내가 원래 중원 출신인데 대공자는 지난 십년 동안 외총단을 맡아 운영하며 나에게 향수가 느낄 만한 선물을 보내주기 때문일세."

"……."

"또한 대공자는 우리 천마신교가 중원으로 나아갈 때, 나를 선봉으로 내세우겠다고 약속했네. 난 중원에 복수를 하고 싶었지."

"……."

상대가 마음속의 말을 할 때에는 가만히 들어주는 것이 상책이다. 소운은 그걸 지켰다.

"하지만 대공자의 어떤 선물도 내 마음속의 갈증을 풀어줄 수는 없었네. 내 생애의 가장 큰 슬픔은 바로 미각을 상실한 것 아니겠나? 음식을 먹어도 맛을 느끼지 못하는 심정을 이공자는 모를 것일세."

"휴우, 저도 먹는 것을 좋아하기는 하지만, 직접 경험하지 못한 이상 육장로님의 심정을 안다고 말할 수는 없지요."

"그렇지. 나는 그때 거의 반 미친 상태로 중원을 떠돌았네. 그러다가 결국 무림에서 공적으로 몰리기까지 했지."

고목신군 제건의 말은 사실이었다.

그는 원래 중원의 사파쪽에서 가장 촉망받는 기재였다. 그런데 전대의 고목신군이 그의 재능을 보고 욕심을 부려 제건을 제자로 들이고 싶어 했다.

고목신군이란 고목신공을 이은 자를 의미한다. 일인전승으로 이어지는 사파의 최고 무공 중 하나! 그 위력은 가히 최고라 할 수 있다.

전대의 고목신군은 재질이 모자라서 그 무공의 열에 하나도 제대로 익히지 못했다. 그래도 거의 절정고수의 수준이지만 그는 만족할 수 없었다.

자신의 제자만큼은 최고의 재능을 가진 자로 맞이하여 고목신공이 얼마나 뛰어난 무공인지를 천하에 알리고 싶었다.

하지만 제건은 그걸 거절했다. 천하의 모든 무공을 익힐 수 있어도 고목신공만큼은 절대로 익힐 수 없다고 여기던 그였다.

그는 원래 세상이 알아주는 미식가였다. 맛있는 음식을 먹는 것이 바로 제건의 인생목표라 할 수 있었다.

그런데 고목신공이라는 무공은 무공이 완성될 때까지 특수한 벽곡단과 맹물 이외에는 아무것도 먹지 못하는 특징이 있다. 제건에게는 그야말로 죽으면 죽었지 익힐 수 없는 무공인 것이다.

"차라리 소림동자공을 익히겠소. 비록 고목신공이 희대의 절학인 것은 아나 나에게 그것을 강요하지는 마시오."

제건은 이렇게까지 말하며 거절했다.

그러나 전대의 고목신군은 호락호락한 인물이 아니었다.

그는 어디서 구해왔는지 모르는 독을 제건의 음식에 풀었다. 그 독은 그야말로 지독해서 제건은 음식을 먹자마자 쓰러져 삼 일간 끙끙 앓아누웠다.

그리고 그 후에는 어떤 음식을 먹어도 맛을 느끼지 못하는 몸이 되었다.

제건은 음식을 먹고도 맛을 알 수 없자 기가 막혀 기절을 했다. 그리고 깨어나서 꿈인가 하고 다시 음식을 먹고 좌절감에 피를 토했다.

그때 전대 고목신군이 나타나 웃으며 말했다.

"하하하, 어떠냐? 무사에게 맛있고 기름진 음식은 독과 같다. 넌 이제 꼼짝없이 고목신공을 익혀야만 할 것이다!"

"으으으, 그대가!"

제건의 눈이 돌아갔다. 그의 평생에 가장 분노했던 순간이 바로 그 순간이었다.

무공으로는 아무래도 제건이 전대 고수인 고목신군을 따를 수 없었다. 그러나 제건에게는 젊은 나이로 죽은 아내가 남긴 천하의 금용암기인 부골쇄혈침이 있었다.

작은 원통 속에 무려 백팔 개의 독침이 들어 있다가 단추를 누르면 기관의 힘으로 일순간에 발사되는 무서운 암기였다. 단지 제작방법이 소실되고 침을 재장전 할 수도 없게 되어 있어 한번 사용하면 다시는 쓸 수 없는 것이 단점이다.

비장의 무기로 남겨 두었던 것인데, 그걸 고독신군에게 써 버렸다.

웃느라 반응이 약간 늦었던 고목신군은 완벽하게 피하지 못하고 세 대의 부골쇄혈침에 얻어맞았다. 그 상태로 목숨을 걸고 달려드는 제건과 싸워야 했다. 설상가상, 제건의 무공은 고목신군이 생각하던 것보다 훨씬 뛰어났다.

결국 제건은 고목신군을 죽이고야 말았다. 그러나 고목신군을 죽였다고 해서 잃었던 미각이 돌아오지는 않았다. 몸을 뒤졌지만 해독약도 나오지 않았다.

"으아아아아! 나의 미각! 나의 미각을 돌려다오!"

제건은 반쯤 미친 상태로 세상을 돌아다니며 만나는 의원들을 붙잡고 그렇게 요구했다. 그리고 치료를 하지 못하면 의원들을 때려 죽였다.

얼마 못가 제건은 무림에서 공적으로 지목되었다. 충격에서 벗어나 정신을 차리기는 했는데 그동안 흘린 무고한 피가 너무 많았다.

이미 무림맹에서 척살대가 형성되어 그를 잡으러 나왔다.

어쩔 수 없이 제건은 목숨을 걸고 옥문관을 넘었다. 그리고 신강 지역의 패자인 천마신교에 몸을 던지게 되었다.

그 뒤로 제건은 고목신공을 익히기 시작했다. 미각을 잃은 이상 벽곡단을 먹든 산해진미를 먹든 느끼는 것은 다르지 않았다.

오히려 맛있는 음식의 향긋한 냄새가 그를 더욱 괴롭혔다.

죽은 전대 고목신군의 의도대로인지는 몰라도 제건에게는 고목신공을 익히는 길만이 남아 있었던 것이다.

"십 년 동안 수련하여 고목신공을 대성할 수 있었지. 절정고수의 경지를 지나 마침내 더 높은 단계로 나아갈 수 있는 문턱에까지 도달한 걸세. 천하가 넓다고 해도 나보다 높은 경지에 도달한 사람이 몇이나 되겠는가? 천마께서 계시고, 정파에 쌍성이 있고, 또 해남도의 남도왕이 있을 뿐이지. 하지만 난 결코 기쁘지 않았네. 모든 것이 허무했지……."

고목신군은 그렇게 말하고는 잠시 입을 다물고 소운을 보았다. 그리고는 무엇인가를 결심한 듯 고개를 끄떡였다.

"내 일찍이 선언한 것이 있네. 누군가가 내 미각을 되찾아줄 수만 있다면 난 그의 부하가 되어 평생 충성을 다하겠다고 했지. 하지만 아무도 나의 미각을 되찾아주지 못했네. 심지어 는 독심약왕도 실패했지.”

독심약왕이 실패했다고 하면 이미 길은 없다고 봐야 한다. 고목신군은 결국 포기할 수밖에 없었다. 그런데 본인도 포기 한 것을 천마는 포기하지 않았나 보다. 그리고 결국 방법을 찾은 것이다.

“신교의 장로가 된 이후, 천마께 충성을 맹세하면서 그걸 잊었지만 알고 보니 천마께서는 그때의 일을 잊지 않고 계셨 던 모양일세.”

고목신군은 한숨을 쉬었다.

배를 갈아타는 것은 그의 성격에 맞지 않는다. 지금까지 대 공자의 편을 들다가 갑자기 이공자의 편을 드는 것은 배반행 위와도 같다는 느낌이 들었다. 그러나 이렇게 되면 어쩔 수가 없다.

혈장천마가 이공자를 시켜 미각을 되찾게 해주는 약과 음 식을 전한 것에는 이유가 있을 것이다. 그게 무엇을 뜻하는 지는 뻔하다.

무엇보다 고목신군 제건이 충성을 맹세한 대상은 대공자 가 아니라 혈장천마다.

마음을 굳힌 고목신군은 소운에게 말했다.

“지금부터 나를 이공자의 사람이라 생각해 주시오. 천마의 뜻을 안 이상, 앞으로는 이공자를 돕겠소.”

“육장로님의 호의에 감사드립니다.”

소운은 정중하게 인사를 했다. 이렇게 마검패룡의 가장 가까운 측근 중 한 명이 하룻밤 사이에 이공자 편으로 돌아섰다.

소운은 자신의 생각대로 일이 되자 마음속으로 회심의 미소를 지었다.

사실 고목신군의 미각을 잃게 한 독은 다름 아닌 독존의 박미단이다.

그것을 제작한 것은 초대 활선문주인 활선무량 황보진이었다. 그는 전대 고목신군이 그런 효능이 있는 약을 찾고 있다는 소문을 듣고 신분을 감춘 채 그것을 팔았다.

원래 황보진은 독존경의 존재를 숨기고 절대로 그 안에 있는 내용을 이용해 무엇을 행하지 않았다. 하지만 말년에 제자에게 문주 자리를 넘기고는 다시 독존경을 보면서 시험 삼아 몇 가지 독단을 제조했었다.

그리고 그중 하나를 시험 삼아 외부에 유출한 것이다.

이 박미단은 사람을 죽이는 약이 아니라 단지 미각만을 빼앗을 뿐이라 마음에 크게 거리끼는 것이 없었던 모양이다. 만약 그게 문제가 되면 복용자에게 해독약을 팔면 된다고 생각했다고 한다.

그런데 일이 커지고, 박미단을 먹은 새로운 고목신군이 무림의 공적으로 몰리게 되었다. 해독약을 팔아먹을 기회조차 없었다.

황보진은 제자인 천부선인 유운에게 와서 말했다.

"내 한때의 호기심으로 한 사람의 장래를 망쳤다. 넌 앞으로 이런 일은 하지 마라. 최소한의 상도의를 지키는 것이 오래 해먹는 바른 길이다."

그렇게 활선문의 비리는 어둠 속에 묻히고, 고독신군은 마교에 투신하게 되었다.

소운이 천마신교에 들어와 십대 장로를 만났을 때, 그 안에 고목신군이 있는 것을 보고 얼마나 놀랐는가는 말할 필요조차 없다.

소운은 그야말로 사면초가 상태에서 구원군을 만난 기분을 느꼈다. 그리하여 그는 즉시 박미단의 해독약 제조에 착수했다. 자연스럽게 이걸 사용할 기회를 노리고 있었는데, 이번에 내친김에 천마를 팔아 해독약을 사용했다.

기묘한 인연을 완벽한 작전으로 승화시켰다!

"이제 첫걸음을 디뎠다."

소운은 고목신군의 거처를 나오며 그렇게 중얼거렸다.

*　　　*　　　*

머리를 써서 일을 꾸미는 것이 항상 좋다고는 볼 수 없다. 삼국시대의 일화를 보면 그 일이 나온다.

손견이 유표를 칠 때, 첫 출전한 장남 손책과 주유가 강 건너편에 있는 적의 진지를 치는 계략을 냈다. 그 계략은 정말로 뛰어나 그야말로 아군의 손실을 최소한으로 줄이면서 필승을 다짐할 수 있는 것이었다.

손견은 그걸 듣고 주유의 군사적 재능을 크게 칭찬하고 장래 뛰어난 군사가 될 것이라고 평했다. 하지만 손견은 그 작전을 채택하지 않았다.

실전에서 손견이 행한 것은 '무조건 돌격' 이었다.

적의 진지를 향해 도강을 해서 돌격하는 일은 전술전략을 하루만 공부해도 절대로 하지 않는 일이다.

아군에게 백 가지 불리한 점이 있고, 반대로 장점은 없다.

그런데 막상 전투가 벌어지자, 손견과 그를 따르는 부장들은 가장 앞에 서서 돌진을 하여 누구보다도 먼저 적의 진지를 타고 넘었다.

미쳤다고 밖에 할 수 없는 강행돌파! 그 기백에 아군 병사들은 이성으로 따질 수 없는 투지를 얻었고, 적은 공포에 질려 무너졌다.

결국 손견군은 승리를 했고, 이 승리는 비단 그 전투뿐만 아니라 차후의 모든 전투에 영향을 끼쳤다. 유표군은 손견군을 보기만 해도 사기가 떨어져 산산이 흩어지게 된 것이다.

이처럼 앞뒤 가리지 않고 돌진하는 맹호는 그 무엇보다 무섭다.

천마신교 내에서 그런 인물을 찾으라고 하면 바로 오장로인 혈해광투 조산이다.

그는 머리가 좋지 않다. 음모와 계략으로 따지면 장로는커녕 최하급무사보다 오히려 밑에 있을 것이다. 하지만 그는 모든 것을 몸으로 때웠다.

천마신교 내에서 가장 싸움을 많이 경험한 자, 그리고 가장 많은 살인을 한 자가 바로 그이다.

조산은 장인이다. 마병전의 전주인데, 그는 자신이 만든 무기를 가지고 싸운다. 그러나 정말 목숨을 걸고 싸울 때에는 무기가 아닌 장법을 쓴다.

또한 장인정신으로 무장하여 한번 시작하면 결코 어설프게 끝내지 않는다. 상대의 육체가 완전히 뭉그러질 때까지 장을 쳐낸다.

조산은 싸울 때 상대의 강함과 약함을 따지지 않는다. 시비를 가리지도 않는다. 기분이 내키면 가볍게 중상을 입힐 정도로만 싸우고, 배알이 뒤틀리면 그냥 살수를 쓴다.

결정적으로 곤란한 건 그가 바로 마검패룡을 적극적으로 지지하고 있다는 점이다.

천목밀혼단의 정보에 의하면 마검패룡은 아주 오래전부터 조산에게 눈독을 들이고 그가 사고를 칠 때마다 항상 변호를 해 주었다고 한다. 때로는 일부러 사고를 치게 조장을 하고는 뒤처리를 해준 적도 있다.

"단순한 만큼 환심을 사기도 쉬웠을 테지."

소운은 걸음을 옮기며 한숨을 쉬었다. 시간을 들여 세뇌를 한 셈인데, 이 정도면 어떤 설명을 해도 절대로 들으려 하지 않을 것이다.

그래서 소운은 그동안 가능하면 그자 곁에 가지 않으려고 했다. 자칫 잘못하면 문답무용으로 싸우게 될 가능성이 가장 높은 자이기 때문이다.

'골통장로(骨桶長老)'라는 별명은 괜히 얻은 게 아니다. 같이 죽자고 덤비면 정말 죽는 수가 발생한다.

그러나 오늘은 끝장을 봐야 한다.

"누구냐! 아, 이공자."

마병전의 입구를 지키고 있던 무사가 소운을 알아보고는 급히 허리를 굽혔다.

"오장로께 만나 뵙고 싶다고 말씀드려 주게."

"알겠습니다."

곧 안에서 혈해광투가 달려 나왔다. 그는 소운을 보자마자 제대로 인사도 하지 않고 대뜸 말했다.

"늦은 시각이지만 잘 왔네. 내 그렇지 않아도 이공자의 무공을 한번 견식하고 싶었지."

'보자마자 싸우자는 것인가? 과연 혈해광투로군.'

소운은 쓸쓸한 미소를 지었다. 그리고는 말했다.

"길에서 하실 겁니까? 일단 안으로 들어가지요."

"오호, 나름대로 각오를 하고 온 모양이군. 잘되었네. 들어오게."

혈해광투 조산은 대답을 기다리지도 않고 몸을 돌려 안으로 들어갔다. 소운도 그 뒤를 따랐다.

조산이 소운을 데리고 간 곳은 건물 안쪽이 아니라 뒤쪽의 연무장이었다. 몇몇 무사들이 달빛을 받으며 무공을 수련하고 있었다.

"모두 비켜라."

조산이 소리치자 무사들은 수련을 중지하고 모두 연무장 밖으로 나갔다.

"자, 이곳이라면 남의 눈을 신경 쓰지 않고 피터지게 싸워볼 수 있지. 어떤가, 이공자?"

"나쁘지 않습니다."

"좋아. 그럼 먼저 시작하게."

아무래도 소운이 혈해광투보다 하수이니 선수를 양보하는가 보다.

소운은 검을 뽑아 자신의 뒤쪽 땅에 박았다. 그리고 옆으로 주욱 그었다.

땅에는 한일자로 선이 그어졌고, 소운은 그 앞에 섰다.

"그게 뭔가?"

조산은 이해할 수 없다는 듯 얼굴을 찡그리며 물었다.

소운은 심호흡을 한 번 하여 마음의 준비를 하고는 말했다.

"오장로님의 장력이 강맹하기가 천하일절이라 사부님을 제외하고는 아무도 막을 수 없다고 들었습니다. 오늘 그걸 견식하고 싶군요."

"쿵, 내 장력을 맛보고 싶다고? 근데 그 선이 뭐냐고 물었는데?"

"제가 생각하기에 오장로님의 장력으로는 저를 이 선 뒤로 밀어낼 수 없을 것 같습니다."

"뭐라고? 크하하하하. 그것 참 재미있군."

조산은 웃었다. 그러나 그것은 기쁘거나 재미있어서 웃는 것이 아니라 기가 막히고 화가 나서 나오는 웃음이었다.

그것을 증명이라도 하듯 연무장 주변에서 울고 있던 귀뚜라미가 모두 울음을 멈추었다.

어느새 혈해광투의 전신에서는 폭풍 같은 기세가 일어나고 있었다. 그의 앞에서 이렇게 노골적으로 도발을 한 사람은 아무도 없었다.

"정말 그렇게 생각하나?"

조산의 눈에서 파란 인광이 흘러 나왔다. 명부에서 튀어나온 지옥사자와도 같은 눈빛이었다.

하지만 소운은 이미 각오를 굳혔다.

"날이 밝을 때까지는 충분히 버틸 수 있을 것 같습니다."

"흐흐흐, 과연. 그러니까 내가 날이 밝을 때까지 이공자에게 마음껏 손을 써도 된다는 의미겠지?"

“물론입니다. 저는 원래 검을 쓰지만 이번에 사부님께 배운 장법이 하나 있는데, 그걸 한번 시험해 보고 싶었습니다.”

“과연! 천마께서 직접 전수하신 장법이라면 나도 꼭 보고 싶다!”

위잉.

말이 끝남과 동시에 조산은 즉시 손을 썼다. 장이 가까이 오기도 전에 거센 압력이 느껴졌다.

투마귀혈장!

처음부터 끝까지 패도살초로만 이루어져 있다는 혈해광투의 독문장법이다.

소운은 두 다리를 벌리고 무릎을 약간 굽혀 기마자세를 취했다.

상대의 공격을 선 자리에서 받아내겠다는 의지!

소운은 조산의 장이 바로 앞까지 다가왔을 때 살짝 두 손을 들어 쌍장으로 그것을 받아냈다.

쾅!

“크윽!”

신음소리가 저절로 나왔다.

‘역시 이론과 실제는 다르군.’

이론적으로는 내공이 비슷하면 상대의 공격을 완벽하게 막아낼 수 있는 것이 바로 벽뢰장이다.

그러나 이번 일 장으로 소운이 받은 충격은 적지 않다. 가

슴속에서 뜨거운 것이 올라오는 것을 억지로 삼켰다. 심하지
는 않지만 내상을 입은 것 같았다.

상대의 힘을 완전히 소화하지 못하고 그 여파로 상체가 크
게 흔들렸다.

내공 수위는 비슷해도 장에 대한 숙련도와 이해도가 전혀
다른 것이다.

하지만 어쨌거나 소운은 한 발자국도 움직이지 않았다.

"벽뢰장! 과연 네놈이 큰소리 칠 만하군."

조산의 눈썹이 역팔자로 휘고, 눈동자 주변에 붉은 핏줄이
가득 일어났다.

벽뢰장은 번개를 막아낸다는 이름처럼 천하의 장법 중에
서도 가장 방어력이 뛰어난 장이다. 여기에는 상대의 모든 공
격을 쌍장으로 해소시키는 묘용이 있다. 단지 변화가 막측한
공격에는 상대적으로 약한 면을 보인다.

소운이 벽뢰장을 펼쳐 자신의 투마귀혈장을 막아내자 조
산은 크게 자존심이 상했다.

"좋다. 네놈의 얕은 생각이 얼마나 잘못된 것인지를 알게
해주지!"

조산은 크게 외치며 한 손으로 뒷짐을 지고 옆으로 반 걸음
내딛으며 손을 뻗었다. 마치 산책을 하던 농부가 파리를 쫓는
동작과도 같았다.

무음붕산.

투마귀혈장답지 않은 조용한 초식, 하지만 그 안에는 상대를 산산조각 내는 거대한 경력이 담겨 있었다.

기파가 소운을 중심으로 회오리처럼 감았고, 그 기파를 따라 조산의 손바닥이 소운의 가슴을 노리고 들어왔다.

'우웃!'

소운은 전신의 내공을 극도로 끌어올려 다시 벽뢰장을 펼쳤다. 소운의 벽뢰장과 조산의 무음붕산이 허공에서 부딪치자 주변의 기류가 팍 하고 흩어졌다. 그러나 충돌음은 들리지 않았다.

소리가 난다는 것은 이미 힘이 분산된다는 걸 의미한다. 상대가 장에 맞고 뒤로 튕겨난다면 그만큼 충격이 해소된다. 무음붕산은 그 모든 것을 허용하지 않는다. 그만큼 위력이 강하다.

소운의 입가에서 한줄기 피가 흘러내렸다. 내부의 충격으로 인해 결국 입으로 피가 넘어온 것이다.

그러자 조산은 다시 몸을 비틀며 뒷짐을 진 손을 채찍처럼 휘둘렀다. 그는 실전승부사, 상대가 약세를 보이면 더욱 철저하게 몰아붙인다.

"죽어랏!"

펑!

소운은 다시 쌍장으로 그걸 막았다. 이단 공격이 들어온다는 것은 이미 알고 있었기에 전의 충격에도 불구하고 정신을 흐트러뜨리지 않을 수 있었다.

조산은 이를 보이며 웃었다.

"흐, 과연 삼 장으로 끝나진 않는군."

"해가 뜰 때까지라면 적어도 삼백 초는 싸울 수 있지 않겠소?"

소운은 오히려 담담하게 대답했다. 이 정도의 공격은 얼마든지 받아낼 수 있다는 투였다.

"그런가? 알았다. 생각해 보니 꼭 빨리 선 밖으로 밀어낼 필요는 없군. 삼백 초라, 내 장을 삼백 번 얻어맞고 그대가 어떤 모습이 될지 보겠다!"

조산은 그렇게 말하고는 한 걸음 물러서서 내력을 운기하기 시작했다.

정말로 소운이 삼백 초를 버틸 것이라고는 생각하지 않지만, 제대로 싸우려면 내력을 운기하여 전신의 기운을 일깨우는 게 좋다. 그래야 싸우다가 힘이 빠지는 불상사가 사라지는 것이다.

소운 역시 그런 조산의 모습을 보며 다시 호흡을 조절했다. 일단 내력을 운기하니 내상이 조금은 가라앉는 듯했다.

'지금까지는 예상대로라 할 수 있다. 혈장천마가 말한 대로 저자는 자존심이 강하여 자신보다 아래배분의 사람에겐 허초를 쓰지 않는다.'

소운은 생각했다.

그동안 어떻게 하면 천마신교 내에서 대사형을 몰아내고 자리를 잡을까 고민하면서 가장 신경을 쓴 사람이 바로 혈해광투다. 그에겐 어떤 계략도 소용이 없다는 것을 소운은 직감적으로 알 수 있었다.

남은 것은 오직 하나, 힘으로 누르는 것이다.

문제는 혈해광투가 소운보다 강하다는 점에 있다.

고민하던 소운은 그래도 두 가지는 자신에게 유리한 점이 있다는 것을 알았다.

하나는 소운의 배분이 혈해광투보다 두 단계나 아래라는 것. 그리고 다른 하나는 혈장천마의 설명에 의해 혈해광투의 무공이 가지는 장점과 단점을 모두 알 수 있다는 것이다.

그리고 소운 자신이 가진 장점이 두 가지 더 있었다.

혈해광투에 뒤떨어지지 않는 내공, 그리고 의원으로서의 실력!

단점을 따지자면 끝도 없이 많지만, 소운은 자신의 장점을 극한으로 끌어올려 조산과 상대할 계획을 세웠다.

조산의 내공운기가 끝나간다.

소운은 때가 되었음을 알고 입속에 미리 물고 있던 하나의 단약을 깨어먹었다. 단단한 성질의 껍질이 깨어지자 그 안에 있던 액체성분의 약이 그대로 소운의 목구멍을 타고 넘어갔다.

'크으으!'

곧 뱃속에서 불이 나는 것처럼 뜨거운 기운이 일어나 소운의 전신 경맥을 타고 퍼져 나갔다. 그리고 단전에 찢어질 듯한 고통이 느껴지며 사지백해에 무서운 힘이 생겨났다.

소혼칠웅단! 천마신교에서도 가장 독한 성분을 가진 단약 중 하나다.

일단 복용을 하면 삼 각 동안은 전신의 고통을 잊고 내력이 급증하지만 그 뒤에 전신의 기혈이 뒤틀리고 고통이 일거에 몰려와 주화입마에 빠져 버린다. 만약 목숨을 건지면 다행이지만, 고통을 참지 못하고 자살하는 경우가 대부분이다.

소운은 그걸 먹었다. 먹는 순간 최소한 폐인이라는 마약을!

'내가 바로 활선문 문주다!'

소운은 전신의 내력이 크게 증가하는 것을 느끼며 마음속으로 외쳤다.

"이놈! 이걸 받아봐라!"

혈해광투 조산은 허리를 굽히고 고개를 앞으로 숙인 채 두 팔을 내뻗었다. 황소가 뿔로 사람을 들이받는 듯한 자세다.

발산붕천! 산을 밀어내고 하늘을 붕괴시킨다!

'왔다!'

소운은 조산의 무공초식을 알아보았다. 혈장천마가 말하기를 발산붕천이 조산의 장법 중 가장 위력이 강하다고 했다.

아무래도 조산은 일 장으로 소운의 내외부를 모두 부순 다음 죽거나 완전히 전신이 뭉그러져 병신이 될 때까지 두들겨

펠 생각인 것 같았다.

그러나 이 초식은 극강을 추구하여 변화가 적다. 피할 수는 없다. 기세가 사방을 둘러싸고 오히려 소운의 몸을 조산의 장 쪽으로 밀었다.

소운은 짧게 숨을 들이쉬고는 조산과 마찬가지로 허리를 굽히고 고개를 숙였다. 그리고 똑같이 쌍장을 앞으로 뻗었다.

조산이 펼친 발산붕천을 똑같이 펼친 것이다!

발끝에서부터 모든 경력이 하나로 뭉쳐 장을 통해 상대를 덮친다. 다른 곳은 전혀 신경 쓰지 않고 오직 전면의 모든 것을 파괴하기 위해 만들어진 장법이다.

그것이 두 사람에 의해 펼쳐져 서로 부딪쳤다.

쩡.

공기를 찢는 소리와 함께 두 사람의 장이 부르르 떨렸다. 싸움소 두 마리가 서로의 뿔로 상대의 머리를 찍은 채 힘으로 버티는 형국!

소운의 입에서 피가 울컥울컥 배어 나왔다. 그러나 그는 미소를 짓고 있었다.

반면에 조산은 두 눈을 크게 뜨고 믿을 수 없다는 표정을 지었다.

"우욱."

조산은 입을 벌려 피를 토했다. 그리고는 소운을 보며 입을 벙긋했다. 말이 나오지를 않는 모양이다. 그러나 소운은 조산의 입술모양을 보고 그가 무슨 말을 하는지 알 수 있었다.

'어, 어떻게?

소운은 대답을 했다.

"방금 소혼칠웅단을 먹었소. 그리고 내가 사부님께 청해 배운 장법은 바로 혈해광투의 장법 중 가장 위력이 강한 초식, 즉 발산붕천이오."

조산의 눈이 더욱 커졌다. 그의 몸이 스르르 무너져 내렸다. 무릎이 땅에 닿고, 그 다음에는 얼굴도 허물어지듯 땅에 박혔다.

그때 조산은 겨우 말문이 트였는지 쓰러진 채 말했다.

"그걸 먹었다고? 미친…… 새끼!"

그 말을 끝으로 조산은 정신을 잃었다.

소운은 그 말에 자신도 모르게 한숨을 내쉬었다.

"나도 미쳤다고 생각했소. 하지만 미친 자를 상대하려면 나도 미쳐야 하는 것 아니겠소?"

아직 소혼칠웅단의 효력이 유지되고 있기에 소운은 몸의 고통을 전혀 느끼지 못했다.

하지만 실제로 소운은 거의 죽을 정도로 큰 내상을 입었다. 비록 일시적으로 내력이 급증하여 장력으로 조산을 압도할 수 있었지만, 조산의 장력은 하루아침에 이루어진 것이 아니다.

실제로는 거의 양패구상을 했다고 봐야 했다.

이제 이 각 정도만 더 있으면 조산의 발산붕천에 입은 내상의 고통이 한꺼번에 밀려올 것이다.

"서둘러야겠군."

소운은 몸을 돌려 마병전 밖으로 나갔다.

주변의 무사들이 소운을 보았지만 소운은 태연한 표정으로 조산이 연무장에 쓰러져 있음을 알렸다.

마병전 안은 크게 소란이 일었고, 소운은 그 길로 천마관에 들어갔다.

다음 날 아침, 소운은 경천마뇌 제갈은을 만나러 가지 않았다. 단지 미리 준비되었던 소운의 편지가 그에게 전해졌을 뿐이다.

…(전략)… 본인이 그 동안 수련을 한 보람이 있어 어제 밤 약간의 깨달음을 얻게 되었소. 그래서 그걸 시험하기 위해 심야에 실례를 무릅쓰고 오장로님과 비무를 한 결과, 나름대로 성과는 얻었으나 심한 내상을 입어 어쩔 수 없이…(후략)…….

완벽한 변명이었다.

경천마뇌는 더 이상 할 말이 없었다. 그 역시 천밀단의 보고에 의해 소운이 혈해광투와 싸웠다는 것은 알고 있었다. 그리고 놀랍게도 결과가 혈해광투의 패배라는 것도!

지금 혈해광투는 아직도 의식을 되찾지 못했다. 거의 죽을 뻔한 상황에서 독심약왕의 손에 의해 목숨만은 건진 상태이다.

그래서 혈해광투는 지금 약왕전에 입원을 해 있다.

독심약왕의 진단에 따르면 앞으로 육 개월 동안은 몸을 제대로 움직이기도 힘들고, 완치를 하는 데에는 일 년 이상 걸릴 것이라고 한다.

소운의 경우는 얼마나 심한 부상을 당했는지 아무도 모른다. 비무가 끝난 뒤, 그대로 천마관에 들어갔으니 알 수가 없다.

"무서운 놈, 어떻게 그럴 수가 있지?"

경천마뇌는 이 일에 무언가 비리가 있다는 것을 확신할 수 있었다. 하지만 과정이 어떻든 간에 이공자는 혈해광투에게 정식으로 도전을 해서 그를 전치 일 년이라는 중상에 빠뜨렸다. 하지만 영문을 알 수는 없었다.

시간이 흘러 혈해광투가 깨어났을 때, 사람들은 혈해광투에게 어떻게 된 것인지를 물었다. 그러나 혈해광투는 그날 있었던 일에 대해 아무에게도 말을 해주지 않았다.

"정당한 승부였다. 그 미친 새끼에게 내가 패했을 뿐이다."

그는 그렇게만 말했다. 그리고 스스로에게 다짐하듯 이를 갈며 중얼거렸다.

"으드득, 다음번엔 나도 먹는다!"

그는 그러다가도 질린 표정을 지으며 고개를 저었다.

"미친 새끼, 제대로 미친 새끼."

어쨌거나 혈해광투 조산은 곧 동물적인 야성으로 빠른 회복을 하기 시작했다.

그런데 며칠 후 더욱 놀라운 일이 일어났다. 정기 장로회의에서 고목신군이 마검패룡에 대해 발언을 한 것이다.

"십장로의 직책은 외총단의 단주이니 더 이상 내단에 머무는 것은 옳지 않은 듯하오. 이만 중원으로 돌아가 직무를 수행함이 어떻겠소?"

모든 장로들의 안색이 변했다.

마검패룡은 요즘 다른 장로들을 포섭하기 위해 촌각을 아끼며 움직이던 중이었다.

일단 중원으로 돌아가면 다른 장로들과 만날 기회가 거의 없기 때문에 지금처럼 내단으로 들어왔을 때에 세력을 확장해야 한다.

그런데 마검패룡을 내단에서 나가라고 하다니? 그것도 지금까지 대놓고 그를 지지하던 고목신군이!

"그 말이 진심이오, 육장로?"

마검패룡 진곡이 눈을 날카롭게 뜨고 확인하듯 물었다. 그러나 고목신군은 담담한 어투로 다시 말했다.

"본인은 그대를 생각해서 한 말이오. 이 말이 만약 삼장로의 입에서 나온다면 십장로가 곤란하지 않겠소?"

"……."

마검패룡은 더 이상 말을 할 수 없었다.

사실 그가 지금까지 내단에 머물고 있는 것은 규율위반이라고 할 수 있었다.

삼장로인 무언교수 갈웅은 집법당주이기 때문에 마검패룡을 문책할 자격이 있다.

물론 실제로는 같은 장로이자 천마의 대제자인 그를 건드릴 생각은 없다. 하지만 고목신군이 이렇게 말한 이상 규율을 따져야 하게 생겼다.

"크하하하하, 과연! 육장로의 마음은 잘 알겠소. 내 오늘 당장 중원으로 떠나겠소."

결국 마검패룡은 광소를 터뜨리며 회의장을 나서고야 말았다. 극도의 분노와 배신감으로 인해 그는 천마신교를 떠날 때까지 한 번도 입을 열지 않았다.

이로 인해 사람들은 알게 되었다. 고목신군이 이공자의 편으로 돌아섰다!

무슨 이유인지는 아무도 알지 못했다.

고목신군이 아무도 모르게 가끔씩 수하를 시켜 밤에 음식을 먹는다는 사실이 알려진 것은 그 후 한참 시간이 흐른 뒤였다.

어쨌거나 사람들은 더 이상 소운에게 이공자로서의 자격

을 묻지 않았다.

경천마뇌 역시 더 이상 마검패룡을 비호하지 않았다. 원래 그는 완전히 마검패룡의 편을 든 것이 아니다. 저울추가 약간 기울 듯 마검패룡에게 호의적으로 대하는 정도였다.

하지만 이제는 그것마저 하지 않았다. 마검패룡이 일단 중원으로 들어간 이상 천마의 허락을 받거나 직위가 바뀌기 전에는 신강으로 들어오지 못한다.

말하자면 그는 밀려난 것이다. 천마도 아닌 이공자 서정에 의해!

"이공자는 스스로 자격시험을 치렀군. 더할 나위 없이 당당한 방법으로, 또 가장 무서운 지모로……."

경천마뇌는 자신의 방으로 들어가 그렇게 중얼거리며 그가 준비한 이공자의 자격시험을 적은 종이를 보았다.

소운은 마검패룡의 사람 두 명 중 한 명을 힘으로 누르고, 다른 한 명은 회유를 해 보였다.

경천마뇌는 자신이 낸 시험문제가 소운이 해낸 일들에 비해 한참 못 미친다는 것을 인정했다.

"무서운 자로군, 이공자는……. 그라면 자격이 있다."

그는 손에 든 시험문제를 찢어버려 불에 태웠다. 그리고는 다시 천밀단의 보고서를 읽고 장로의 일에 전념하기 시작했다.

그 후로 천마신교 내의 모든 사람들은 소운을 실질적인 천마의 후계자로 인정했다.

고목신군의 제의에 의해 소운 직속의 전투조직인 청운전병대도 만들어지고, 자룡원은 하나의 부서로 인정되어 기존보다 몇 배나 많은 예산이 책정되었다. 그리고 소운은 장로회의에 특별 참석하여 자신의 의견을 말할 권리를 얻었다.

말하자면 준장로 대우였다.

*   *   *

한편, 혈해광투를 패퇴시키고 천마관으로 돌아온 소운은 서둘러 자신의 방으로 들어갔다. 그리고는 좌정을 하고 품속에서 하나의 단약을 꺼냈다.

"흐흐흐, 이걸 만들어 내지 못했다면 난 오늘의 위기를 넘길 수 없었겠지."

시간이 얼마 남지 않았다. 소운은 즉시 그 단약을 삼켰다.

그가 삼킨 단약은 다름 아닌 소혼칠웅단의 해약이다.

혈해광투에 대한 대책을 생각하던 소운은 보통의 방법으로는 안 된다는 것을 깨닫고 소혼칠웅단을 연구하여 마침내 이 해약을 만들어 내었다!

물론 완벽하게 부작용을 막아주는 것은 아니다. 독성을 약간 이나마 중화시켜 피해를 줄여주는 것에 불과하다.

수많은 약재를 들여 만들었지만 역시 마약을 완전히 중화시킬 수는 없었다. 이 정도나마 만들어냈다는 것은 소운의 의술이 천하를 흔들 정도라는 것을 증명해 주는 것이다.

적어도 주화입마에 걸려 폐인이 되거나 죽는 것만큼은 확실하게 벗어날 수 있을 것이다.

"크윽, 시작되는군!"

소혼칠웅단의 약효가 떨어지자 소운은 전신을 부들부들 떨며 식은땀을 흘리기 시작했다.

약으로 인해 느끼지 못했던 고통이 일시에 몰려왔다. 소운은 미리 준비해 놓은 나뭇조각을 입에 물었다. 고통에 이를 너무 세게 물면 이빨이 부서져 버린다. 그것을 막기 위해서 부드러운 나뭇조각에 비단을 감은 것을 물어야 한다.

"으으으으!"

결국 소운은 자세를 유지하지 못하고 바닥을 구르기 시작했다. 그러나 그는 곧 두 손으로 의자의 다리를 잡고 버티기 시작했다. 부지직 하고 의자의 다리가 부스러지자 다시 탁자의 다리를 잡았다.

입과 코, 그리고 눈과 귀에서도 피가 흘러 나왔다. 고통을 못 이겨 자살을 한다더니 정말 당장 칼로 스스로의 목을 찌르고 싶을 정도였다.

그러나 소운은 버텼다. 방 안의 모든 집기를 다 부수면서도 스스로를 해하지는 않았다.

'내 죽는 한이 있어도 다시는 소혼칠웅단을 먹지 않으리라!'

소운은 마음속으로 수천 번이나 그렇게 부르짖었다. 그리고 나중에는 다시 결심했다.

'내 철천지원수를 만나면 꼭 소혼칠웅단을 먹이리라!'

소운은 최고의 고문법을 찾아냈다.

후일 소운은 이것을 깊이 연구하여 마침내 소혼칠웅단과 해약을 같이 섞은 고문약을 만들어내게 되었다.

이 단약은 소혼칠웅단 속에 해약을 찐빵에 단팥 속처럼 넣은 형태를 하고 있는데, 일단 사람이 복용하면 그 즉시 소혼칠웅단이 녹아 전신에 기혈이 들끓는다. 그 직후 해약이 몸에 퍼져 마약기운을 강제로 해독하게 하는데, 이것이 인간으로서는 참기 어려운 고통을 주게 되는 것이다.

소운은 이 단약을 '분골착근단' 이라 명명했다.

第七章

청운전병(青雲戰兵)

한신이 말했다. '다다익선!'

南斗延壽保兩時老君告天師曰
大八會之真文三洞三清之上
彙道元始天尊昔經歷于億萬劫天地始終
太上說南斗延壽保兩

安真經太上說南斗
此經乃九天八
熙衰而人倫五運遷變萬彙道

청운전병(靑雲戰兵)

한신이 말했다. '다다익선!' 하나가 둘이 되고 둘이 넷이
된다

　교주의 대제자인 마검패룡 진곡은 현재 십장로의 직위를
가지고 있다.

　그는 십 년 전 삼십대의 나이에 장로들과 어깨를 나란히 했
을 정도로 무공이 뛰어나다. 현재 그의 무공은 교를 통틀어도
천마를 제외하고는 거의 최고라 할 수 있었다.

　또한 십 년간 외단을 총괄하여 중원에 나가 있었는데도 교
내의 기반을 잃기는커녕 착실히 자신의 지지자를 늘릴 정도
로 수완도 좋았다. 진곡에게 협력하는 장로가 둘이나 있었던
것이다.

　진곡은 어렸을 때부터 신분상승의 욕구가 지극히 강했다.

언제나 일인자의 자리를 꿈꿨다.

그래서 천마가 쓰러지자 사부인 교주를 대신해서 내단을 총괄하겠다고 주장하기도 했다. 그야말로 교주가 깨어나지 못하면 그대로 뒤를 잇겠다는 노골적인 의사표현이었다.

천마의 대제자라는 대의명분, 무공, 세력이 모두 충실하니 틀림없이 내단으로 돌아가 교주의 대리를 수행할 수 있다고 믿었다. 수석장로가 조금 걸리기는 해도 그도 결국 양보할 것이라고 믿었다.

그런데 결과는 어떤가? 이렇게 비참하게 내단에서 쫓겨나게 되다니!

"크윽!"

쾅!

진곡은 참지 못하고 주먹으로 책상을 쳤다. 책상은 단번에 산산조각이 나서 방 안에 흩어졌다.

"사부! 그대가!"

진곡은 자신의 사제인 서정을 인정하지 않았다.

그의 자존심이 그걸 거부하게 했다. 냉정하게 생각해 봐도 고목신군이 그렇게 갑자기 자신을 배반하게 된 데에는 천마의 입김이 있을 것이다.

혈해광투와 싸워 이겼다는 사실도 서정 개인의 힘으로는 불가능한 결과이다. 결국 그의 사부는 서정을 후계자로 정하고 전력으로 밀고 있는 것이다.

이미 사부에 대한 정은 조금도 남아 있지 않았다.

그를 배반하는 순간 원수가 되었다. 그것이 진곡의 성격이었다.

"차라리 그대로 죽어버릴 것이지. 어떻게 주화입마를……."

주화입마는 무섭다. 아무리 강한 자라고 해도 일단 빠지면 무사하기는 힘든 것이다.

오히려 강한 자일수록 더욱 죽을 가능성이 높다. 외부의 요인이 아닌 자신의 힘이 폭주하는 것이기 때문이다. 또한 강한 자는 외부의 도움을 기대하기도 힘들다.

주화입마를 치료하는 가장 좋은 방법은 환자보다 내공이 훨씬 높은 자가 추궁과혈을 해서 흐트러진 내기를 바로잡는 것인데, 천마보다 내공이 높은 사람은 세상에 없지 않겠는가?

지극히 정순한 정파의 무공이라면 몰라도 마교의 무공을 수련한 사람이 주화입마에 빠지면 거의 죽었다고 봐야 한다.

그런데 혈장천마는 그 무섭다는 주화입마를 스스로 빠져나왔다고 한다.

그리고 둘째 제자를 장로들 앞에 내놓았다!

미칠 노릇이다.

진곡은 이를 갈며 방 안을 이리저리 걸었다.

화를 삭임과 동시에 앞으로의 일에 대해 생각을 해야 했다. 그러나 뾰족한 수가 날 리 없다. 천마가 깨어나고 또 한 명의 천마지재가 나타난 이상 교주의 자리는 영원히 그의 것이 되지 않을 것이다.

사실 둘째 사제인 서정은 어떻게든 할 수 있다. 아무리 뛰어난 자질을 타고났어도 아직 그가 천마의 경지에 도달한 것은 아니다. 암살할 방법은 수도 없이 많다.

하지만 천마는…….

"나와 천마의 나이 차이는 이십 년. 무공이 마신의 경지에 도달한 천마가 나보다 일찍 죽을 리는 없다. 나는 이대로 장로로 평생을 살다가 결국 원로원으로 들어가게 되겠지. 아니, 그 전에 제거되겠지!"

부드득.

보통은 장로만 해도 큰 출세라고 생각하겠지만 진곡은 이미 십 년 전에 장로가 되었다. 그리고 장로가 되자마자 사부에게 내쳐져 십 년 동안 총단에 들어가지 못하고 외단에 머물렀다.

필사적으로 외단을 십 배 이상 키웠는데 지금에 와서 생각하면 모두 이용당한 셈이다.

어디서부터 잘못된 것일까?

천마가 그를 가차없이 이용했으니 앞으로는 목숨이 위험할 지도 모른다. 그렇게 생각했기에 회의가 끝나자마자 고목신군이 말한 대로 교를 떠나 원래의 거처로 돌아온 것이다.

"곡랑, 무엇을 그리 고민하세요?"

문 쪽에서 들려오는 목소리에 진곡은 고개를 돌렸다.

여인은 아름다웠다. 아담한 키에 완벽에 가까운 몸매, 그리고 길게 늘어뜨려진 머리카락은 촉촉하게 젖은 비단처럼 윤기가 흘렀다. 무엇보다 크고 검은 눈가에는 짙은 먹이 발려 있어 색기를 더했다.

중원의 여인은 아니다.

서장의 피가 섞여 있는 듯 눈이 크고 코가 높았다. 그러면서도 피부색은 하얗지 않고 약간 짙은 색이었는데 그 이국적인 느낌이 사람의 마음을 취하게 만드는 매력이 있었다.

여인은 그의 시선을 받자마자 손을 뻗어 문턱을 살짝 잡고는 몸을 약간 비틀었다.

사내를 유혹하는 고혹적인 몸짓, 타고난 재능에 오랜 세월 동안 철저하게 교육을 받지 않으면 나오기 힘든 감각적인 자극이 그녀의 몸에서 느껴졌다.

"유라사인가."

진곡은 후우, 하고 한숨을 내쉬고는 말없이 그녀에게 다가갔다. 그리고는 손을 뻗어 머리카락을 잡아 코앞에 댔다.

유라사라는 여인은 조금도 움직이지 않고 미소 띤 얼굴로 진곡이 하는 것을 지켜보았다.

흐읍, 하고 숨을 들이쉬자 여인의 머리카락으로부터 은은한 향기가 전해졌다.

말리꽃의 향기! 청초한 향이 오히려 진곡의 몸을 흥분시

컸다.

그는 유라사의 어깨를 잡고 고개를 숙여 그녀의 목 사이에 묻었다. 다시 숨을 들이쉬니 몸에서 느껴지는 향기가 최혼향과도 같이 느껴졌다.

유라사는 두 팔을 들어 진곡의 목을 감싸 안았다.

"안아줘요."

"후후후, 그래. 그렇게 하지."

진곡은 뭐가 그리 좋은지 나직하게 웃은 뒤 갑자기 유라사를 끌어안고 격렬하게 입을 맞추었다. 그리고는 생각이 났다는 듯 말했다.

"혈불께 전해라. 제안을 받아들이겠다고."

"나중에요. 천천히 전해도 되잖아요."

"그래, 지금은 중요한 게 그게 아니지."

혈불의 전령이자 진곡에게 바쳐진 예물인 유라사는 완벽하게 남자를 위해 살아가는 그야말로 우물이라 할 수 있었다.

처음 중원에 나가 신분을 감추고 비무행을 할 때, 유라사는 어떻게 알았는지 그의 정체를 알고 찾아왔다.

그 뒤로 진곡은 그녀에게서 만족할 만한 쾌락을 얻고 있었다. 물론 그렇다고 해서 여인 때문에 대의를 그르칠 정도로 진곡은 순진하지 않다.

단지 신강과 중원에 천마가 있듯 서장에 혈불이 있다는 것을 알기에 일단 거두고 정보를 주고받으며 이용할 속셈이었다. 때가 되면 언제든지 희생시킬 수 있는 제물에 불과하다.

사실 이번에 천마를 만나면 이 일에 대해 보고를 하려 했는데, 둘째 사제가 나타난 순간 입을 다물어 버렸다.

그리고는 드디어 혈불의 제안에 대해 진지하게 생각하기 시작했다.

'과연 혈불이 천마를 죽일 수 있을까?

혈불은 제안했다.

그 자신이 당당하게 무공으로 천마를 죽이겠다고!

그가 원한 것은 중원의 정복이 아니다. 서장하고 중원의 거리가 얼마인데 그런 일을 하겠는가?

그는 이미 서장의 절대자이고 원하는 것은 모두 얻을 수 있는 지위이다.

혈불이 원한 것은 단 하나이다.

서신은 혈불의 친필로 써 있었다.

노납은 육대천마를 죽일 수 있다. 그리고 그대를 칠대천마로 만들 수도 있다. 그대는 천마로서 신강과 중원을 다스려라! 그대가로 단 하나만을 인정하면 된다.

천마는 혈불보다 아래에 있다고!

그의 단 하나의 목적은 천마가 스스로 혈불에게 굴복하는 것이다. 그것은 바로 서장의 무림이 중원보다 뛰어나다는 것을 증명하는 일이기도 하다.

당시에 진곡은 말도 되지 않는다고 생각했다.

서신을 전한 유라사를 그 자리에서 죽이지 않은 것은 유라사가 이미 수십 번에 걸쳐 그에게 봉사를 한 후이기 때문이다. 유라사는 정말 편지의 내용조차 모르는 예물에 불과했다.

그러나 이제는 혈불의 도움이 필요하다.

진곡은 유라사와 함께 침실로 들어가면서도 앞으로의 일들에 대해 생각했다.

쾌락은 쾌락, 야망은 야망, 그는 단 하나도 놓치기 싫었다.

＊　　　　＊　　　　＊

천마신교에는 세상이 두려워하는 몇 개의 전투 집단이 존재한다. 정확하게 말하자면 사대 전투 집단이다.

수라혈살대. 신교 공인 최강 전투조직으로 일백 명의 절정고수들로 이루어져 있다. 수석장로인 백면살마 전홍이 관리한다.

자성기마대. 고원지대이며 사막과 초원이 대부분을 이루고 있는 신강에서 가장 무서운 위력을 발휘하는 것은 바로 기마대이다. 일천 명의 기마병과 이천의 보급대로 이루어져 있는 거의 군대에 가까운 조직이다.

몽골이나 흉노의 기마병들에 비견해도 기마술이 뒤떨어지

지 않는다. 오히려 무공을 익혀 그 파괴력은 다른 어떤 전투부대보다 뛰어나다. 오장로인 혈해광투 조산이 항상 선두에 서서 그들을 이끈다.

독혈마혼대. 독과 암기에 능하며 조직적인 협공에 주력하여 절정고수를 상대로 뛰어난 살상력을 발휘한다. 단, 절정고수들의 손에 죽을 가능성도 높기에 주로 소모품들을 마약으로 길들여 반강제적으로 가입시킨다. 전체 인원은 삼백.

명을 받으면 어떤 더러운 짓이라도 하는 극악의 살인부대이다. 육장로인 고목신군 제건이 대주로 있다.

마인전사대. 중원에 잠입한 대외총단의 주요무력이다. 총인원은 삼천. 평소에는 백여 명으로 구성된 실전대대 삼십 개로 나뉘어 각지에 흩어져 있다. 십장로인 마검패룡 진곡이 관리한다.

원래 혈장천마의 대제자인 진곡은 이들 사대 전투조직 중 세 곳에 영향력을 행사할 수 있었다. 그렇기에 다른 장로들도 마검패룡의 힘을 인정할 수밖에 없었다.

그러나 소운의 음모에 말려 고목신군이 그의 지지를 철회하고, 혈해광투는 쓰러져 거동이 불가능하다.

마검패룡이 꼼짝없이 중원으로 떠난 데에는 천마신교 내의 무력기반이 모두 사라진 이유도 있었다.

반면에 천마신교 내에서 새롭게 떠오르는 별 소운은 새로이 하나의 전투조직을 결성할 수 있게 되었다. 이것은 소운의

부탁으로 고목신군이 장로회의에서 강력하게 주장한 덕분이
다.

　이는 겉으로 보기엔 아주 좋은 일이라 할 수 있다. 원래 정
식 전투조직은 장로급들만 관리를 할 수 있는데 약식이나마
소운의 직속 부대가 생긴다는 것은 그야말로 특혜라 할 수 있
었다.

　하지만 실제로는 그렇게까지 좋기만 한 일은 아니다. 몇 가
지 문제를 해결하지 못하면 빛 좋은 개살구가 될 수 있다.

　그중 하나는 구성원이다.

　전투조직이 어느 날 갑자기 만든다고 해서 하늘에서 뚝 하
고 떨어지는 것이 아니니만큼 실전에서 사용될 만한 고수는
이미 모두 어딘가에 속해 있다고 봐야 했다.

　그러니 소운의 전투조직에 들어올 수 있는 자들은 어딘가
문제가 있는 자들이거나 무공이 낮아 실전부대에 편입될 수
없는 최하급 무사나 수련생뿐이다.

　둘째는 실질적인 관리자다. 소운은 기본적으로 시간이 별
로 없기에 그를 대신해서 조직을 관리하고 구성원들을 훈련
시킬 사람이 필요하다.

　결국 새로운 전투조직을 구성해도 그것은 외양일 뿐, 실제
로 어떤 기능을 하려면 십 년은 걸린다고 봐야 했다.

　"차라리 정식 전투조직이 아니라 친위대 형식의 직속 수하
몇 명만을 거두는 게 어떻겠나? 내 독혈마혼대 대원 중 쓰고

버리기에는 아까운 자들을 몇 명 보내주겠네.”

고목신군은 소운에게 그렇게 말했다. 그러나 소운은 단순히 자기 수하로 쓸 몇 명의 사람만을 원한 것이 아니다.

“정식 전투조직을 보유한다는 것이 중요합니다. 제가 사사로이 심복무사를 키우면 그 비용은 모두 제가 부담해야 합니다. 하지만 아무리 약한 조직이라고 해도 정규조직이라면 예산이 나오지 않습니까?”

“오, 예산! 그게 그렇게 되는군.”

“그리고 예산이 있으면 약한 조직도 강하게 키울 수 있을 겁니다. 그러니 이 일을 추진해 주십시오.”

“알겠네.”

소운의 주장에 고목신군은 더 이상 반론을 펼치지 않았다. 그 결과 천마신교의 새로운 전투조직인 청운전병대가 결성되었다.

대주는 이공자 서정, 즉 소운이다.

그리고 부대주는 고목신군의 수제자인 철성권 무절이 맡기로 했다.

그는 아직 절정은 아니지만 일류고수를 넘어선 지는 오래되었다. 몇 년 안으로 절정고수의 대열에 들어갈 것이 거의 확실해 보였다.

그리고 무엇보다 고목신군 밑에서 오랫동안 독혈마혼대의 운영을 도왔기에 소운을 대신해서 청운전병대의 실질적인 업무를 맡기에 적합했다.

그러나 그 다음이 문제다.

청운전병대에는 고목신군에게 말했던 것과는 정반대로 상당한 무인들이 모였다. 철성권 무절이 가져온 가입후보 인명록을 보면 일급 고수도 꽤 많았다.

누가 뭐래도 미래의 실세가 될 가능성이 높은 이공자의 직속수하가 되는 것은 커다란 기회인 것이다.

그 덕분에 청운전병대는 급조한 전투부대치고는 시작부터 상당한 위용을 발휘할 것이라고 사람들은 생각하고 있었다.

그러나 소운의 관점으로는 전혀 그렇지 않았다.

쓸 만한 자들 대부분이 다른 장로들의 제자나 숨겨진 심복이다. 말하자면 소운에게 진정으로 충성을 바칠 수 없는 자들이다. 오히려 무슨 일이 생기면 바로 배반을 하고 원래 자신이 속했던 곳으로 돌아갈 가능성이 무척 높았다.

말하자면 청운전병대는 사실상 다른 장로들이 거의 공동소유를 하고 겉으로만 소운이 지휘를 하게 되는 셈이다.

"예상대로 다들 신경을 써 주시는군."

소운은 목록을 보면서 피식 하고 웃었다.

아직 다른 사람들은 소운이 천목밀혼단의 단주가 되었다는 사실을 모른다. 천목밀혼단 존재 자체가 비밀인 것이다.

소운에게 있어서 천마신교 내 인물의 뒷조사 능력은 경천마뇌에 비견해도 결코 뒤떨어지지 않는다고 할 수 있었다.

"계획대로 모든 사람들이 도와 준 덕분에 외양은 갖췄군."

소운은 이런 것을 예측하고 사람을 모았다.

"남의 힘을 이용해서 나의 것을 만드는 거지."

소운은 그렇게 중얼거리고는 명단 중에서 청운전병대에 받아들일 자들 오십 명을 골랐다. 그리고 그들의 이름을 종이에 적은 후 밖에서 대기하고 있는 무절을 불러 말했다.

"청운전병대는 다섯 개의 조로 구성한다. 각 조의 인원은 열 명으로 하고, 구성원은 이렇게 한다. 나머지 사람들은 일단 모두 돌려보내라."

"그러면 전부 오십 명이군요. 그 정도면 관리를 하기에 편할 것입니다."

무절은 소운이 소수정예의 전투 집단을 원한다고 판단했다. 오십 명 정도라면 관리하기에 딱 좋은 수다.

소운은 설명을 계속했다.

"일단 각 조는 무공의 순위대로 열 명씩을 넣었다. 즉, 일 조는 가장 강한 자들, 이 조는 그다음, 이런 식이다."

"확실히 그렇군요."

"무공은 떨어지나 나이가 젊고 재능이 있어 보이는 자는 따로 오 조로 넣었다."

"예."

무절은 명단을 확인하며 대답했다. 그러나 그의 얼굴에는 약간 석연치 않다는 표정이 드러나 있었다.

“의견이 있나?”

“다른 네 개 조는 문제점이 없습니다만, 오 조의 경우에는 탈락한 자들 중에도 지금의 인원보다 더 뛰어나 보이는 자들이 있는 것 같습니다.”

“확실히 그렇지.”

소운은 순순히 무절의 말을 인정했다.

사실 오 조에 적힌 열 명은 지원자 명단에서도 상당히 수준이 떨어지는 자들이다. 이들 대부분은 겨우 하급무사를 면하거나 아니면 아예 하급에 속해 있는 자들이었다.

단지 나이가 상당히 젊다는 특징은 있지만 그 점을 감안한다 해도 탈락자 중에 훨씬 쓸 만한 사람들이 많았다.

“그럼에도 불구하고 이들을 뽑은 이유가 따로 있습니까?”

“딱 잘라 말할 수는 없다. 오 조의 경우는 나의 취향이랄까, 소개서를 보고 뭔가 인연이 있어 보이는 자들로 뽑았다.”

인연이란다. 이렇게 말하면 어떤 반론도 있을 수 없다. 무절은 묵묵히 고개를 끄떡였다.

어차피 전투력은 앞의 일 조부터 사 조에 몰려 있으니 오 조 정도는 이공자가 하인으로 쓴다고 해도 충분하다고 생각했다.

하지만 소운은 속으로 쓴웃음을 지었다.

‘그게 말이지. 남의 손 안 탄 사람들 중 그나마 가능성이 있는 사람이 딱 그 열 명 뿐이라네. 그래도 열 명이 있는 게 어딘가?

　말하자면 오 조에 속한 사람은 아직 젊고 출신도 빈약하여 어느 장로의 세력에도 속해 있지 않은 사람들이었다. 이대로라면 십중팔구는 하급무사로 평생을 보내거나 전투가 벌어지면 가장 앞에 배치되어 희생되어질 자들이다.

　그러나 그런 자들 중에서도 독종은 있다. 소운이 고른 자들은 말하자면 연줄 없고 능력도 모자라지만 성격은 독한 자들이다.

　소운은 다시 말했다.

　"일 조부터 사 조까지는 서로 신분의 차이가 있다. 일 조가 이 조보다 높고, 이 조가 삼 조보다 높다. 반년마다 각 대원의 역량을 시험하여 실력이 뛰어난 자는 위로 올리고 모자란 자는 아래로 내린다."

　"음, 그렇다면 경쟁을 시키겠다는 뜻이시군요."

　"그게 당연하지 않은가? 천마신교는 강자존 약자종의 규율이 살아 있는 곳이다. 어설프게 해서는 소외되어 버릴 뿐이다."

　"지당하신 말씀이십니다."

　"하지만 오 조는 따로 관리한다. 이들은 기본적으로 자룡원의 소일을 거들며 따로 훈련을 한다."

　"예."

　"그럼 그렇게 일을 추진하도록 하게. 서류를 준비해 주면 다음 주에 있을 장로회의에 내가 정식으로 제출하겠네.”

“알겠습니다.”

이로써 새로운 조직에 대한 논의는 끝났다. 무절은 명단을 들고 밖으로 나갔고, 소운은 잠시 머릿속을 정리한 다음 다시 짐을 싸서 천마관으로 들어갔다.

일주일이 지나 장로회의 시간이 되었다. 소운은 청운전병대의 구성원 명단과 조직체계 등을 정리한 서류를 들고 장로회의에 참석했다.

그리고 그 자리에서 다른 장로들에게 말했다.

“사부님께는 허락을 받았습니다. 성화각 삼 층에 있는 무공비급 중 다섯 가지를 골라 청운전병대의 전용무공으로 쓰겠습니다.”

“뭐라고? 그게 정말인가?”

장로들은 상당히 놀랐다. 특히 팔장로인 천흉문사 황보인은 인상을 살짝 찌푸리기까지 했다.

성화각은 마교의 무공비급을 포함한 각종 서적을 보관한 곳이다. 소림의 장경각과도 비견될 정도로 방대한 양의 서적이 있다.

그중 삼 층은 절정고수만이 들어갈 수 있게 허락된 곳으로 그 안의 무공 또한 하나같이 절기다. 그런데 그걸 다섯 가지나 꺼내 새롭게 신설된 전투조직에 가르치겠다니?

그러나 소운은 태연하게 품속에서 한 장의 종이를 꺼내 사람들에게 내밀었다.

"여기 사부님의 친필 서한이 있습니다."

"으음, 틀림없군……."

대장로 전홍이 그걸 보고 고개를 끄떡였다. 서한의 아래쪽에 찍힌 직인은 교주직인이고, 그 옆에 있는 수결은 혈장천마의 독문표식인 혈장수결이다. 가짜는 있을 수 없다.

역시 교주의 친필 서한은 암행어사의 마패와 같다. 장로들은 더 이상 이 일에 대해 말하지 않았다.

그런데 전홍이 천마의 서신을 읽다가 고개를 들고는 소운에게 물었다.

"삼 층의 무공비급 다섯 권은 알겠는데, 이 아래쪽에 쓰여 있는 것은 무엇인가? 한혈보화단 오십 알?"

"아니! 한혈보화단 오십 알이라니?"

이번엔 독심약왕 무준이 놀라 외쳤다. 그는 즉시 전홍의 옆으로 와서 같이 서신을 읽었다. 전홍이 다 읽을 때까지 기다릴 수 없었던 모양이다.

"으음, 정말이군."

"이장로, 정말이라니 무슨 소리요?"

다른 사람들이 묻자 무준은 한숨을 쉬며 말했다.

"천마께서는 이번에 새로 조직되는 청운전병대에게 한혈보화단 오십 알을 내린다고 말씀하셨소."

"아! 그런!"

장로들은 잠시 말문이 막혀 소운을 바라보았다.

한혈보화단은 그렇게 수십 알씩 남에게 하사할 물건이 아니다. 한 알을 먹으면 보통 사람이 십 년간 열심히 수련한 정도의 내공증진 효과가 있는 영약이다.

그리고 이 약의 좋은 점은 다른 내공증진 단약과는 다르게 두 알을 먹으면 다시 십 년의 내공이 오르고, 세 알을 먹으면 모두 삼십 년의 내공증진 효과가 나타난다는 점이다. 약성의 손실이 거의 없는 것이다.

네 알부터는 별 효험을 못 보지만 세 알까지는 확실하다.

그야말로 대량생산이 가능한 단약 중에서는 최고라 할 만하다.

이건 원래 독심약왕이 새로 장로가 된 기념으로 만든 것이다. 약왕전의 의원들을 동원해서 신약전의 비약 중 상당한 수준의 약재들을 써가며 십여 년에 걸쳐 만든 수량이 오십 알인데, 그걸 모두 사용하겠다는 것이다.

독심약왕은 정말 아까운 표정을 숨김없이 나타냈다. 그리고 소운에게 작은 목소리로 물었다.

"꼭 한혈보화단이어야 하겠나? 수옥밀염단은 어떤가? 그게 약효는 약간 떨어지지만 비축분이 좀 있으니 육십 알 정도는 내줄 수 있네."

"이장로님께서 그렇게 말씀하시니 제가 사부님께 한번 사양을 해보겠습니다."

소운의 정중한 대답에 독심약왕은 즉시 고개를 저었다. 천마의 명에 토를 달았다는 말은 절대로 듣기 싫었다.

"허험, 아닐세. 천마께서 이미 하사하신다고 선언하시고 문서로까지 적힌 일을 내가 어찌 반대할 수 있겠나? 내 돌아가는 대로 한혈보화단 오십 알을 이공자에게 보내주지."

"감사합니다."

소운은 감사의 인사를 했다.

그 모습을 보며 다른 장로들은 묵묵히 서로 간에 시선을 교환하며 소운 몰래 전음으로 대화를 나누었다.

- 천마께서 이공자를 조금 심하게 밀어주시는구려.

- 그거야 어찌 보면 당연한 일 아니겠소?

- 아무튼 역시 애들을 들여보내기를 잘했습니다.

- 그러게 말일세. 한혈보화단 한 알을 복용하고, 절정무공을 다섯 가지나 수련할 수 있는 기회는 많지 않지. 이공자 덕분에 애들이 호강하겠구먼.

어차피 천마가 내린 무공과 단약은 그들의 수하가 얻게 되는 것이다. 장로들은 오히려 적극적으로 이 일을 찬성하고 싶은 심정이었다. 왜 미리 한 명이라도 더 보내지 못했나 하는 생각까지 할 정도였다.

그런 만큼 그 다음 소운이 요구한 각종 병기와 훈련도구, 그리고 그에 따른 부대비용 예산 청구는 무척 부드럽게 넘어갔다.

그렇게 회의는 끝났다.

소운은 독심약왕으로부터 오십 알의 한혈보화단을 받았고, 삼 일 후에는 새로 결성된 청운전병대의 대원들과 결성식을 가질 수 있었다.

모든 대원들은 이미 자신들에게 한혈보화단이 주어진다는 사실을 알았다. 그리고 절정무공 다섯 가지의 이야기도 들었다.

그들은 모두 흥분한 상태였다.

'당분간은 이곳 생활에 모든 것을 건다!'

'최소한 두 배로 강해져서 돌아간다!'

그들은 나름대로 각오를 단단히 다지고 있었다.

특히 오 조의 젊은 무사 열 명은 목숨을 걸었다. 원래 그들은 기껏해야 이류에 들까 말까한 인생. 재능이 있어도 출신성분이 뛰어나지 못하고 연줄도 없는 자들이다.

그런데 소운은 그들에게도 똑같이 한혈보화단을 지급한다고 했다. 절정무공을 수련할 기회도 준다고 한다.

'청운전병대! 나의 고향은 바로 이곳이다!'

그들은 하나같이 불타는 눈으로 그들이 이제부터 충성을 바쳐야 하는 대상인 소운을 보았다.

소운은 단상 위에 올라 그런 그들을 보았다.

'확실히 분위기가 좋군.'

그는 그렇게 속으로 중얼거리고는 사람들을 향해 일장연설을 시작했다. 청운전병대의 대주로서 첫 연설이었다.

"나는 너희들을 위해 해 줄 수 있는 모든 것을 해 줄 생각이다. 너희들은 강해져야 한다! 실전부대로서 살아남는 방법은 오직 실력을 키우는 것 이외에는 없다. 알겠나!"

"옛!"

오십 명의 무사들이 일제히 대답을 한다. 부대주인 무절이 미리 연습을 시킨 것 같았다.

소운은 잠시 뜸을 들였다가 다시 말했다.

"하지만 너희들은 아직 약하다. 앞으로 다가올 신교의 중원정벌에서 중원의 절정고수들을 상대로 싸우기에는 힘이 모자란다!"

"……."

"더 강한 힘이 필요하다! 일급고수를 단숨에 제압하고, 절정고수를 상대로도 어느 정도 버틸 수 있는 전력이 아니면 안된다! 하지만 개개인이 강해지는 것만으로는 그런 수준에 도달할 때까지 시간이 필요하다. 우리에게 주어진 시간은 그렇게 많지 않다!"

당연한 말이다. 천마가 중원으로 진군을 명할 때가 내년일지 내후년일지는 아무도 모른다.

대원들은 묵묵히 소운의 말을 들었다.

그런데 그때 소운이 엉뚱한 말을 하기 시작했다.

"내 너희들에게 명하겠다. 너희들은 지금부터 개인적으로 두 사람의 수하를 구해라. 그래서 세 명이 소분대가 되어 합격진을 연습하라! 개개인의 강함이 아닌 삼인일분대의 강함을 키워라!"

"……!"

"내가 성화각에서 가져온 다섯 권의 절정무공 중 첫 번째는 바로 수라삼재투법이다! 혼자서 수련하는 무공이 아니라 세 명이 동시에 익혀 같이 펼치는 합격진이다!"

"수라삼재투법!"

대원들 중 몇 명은 그 무공을 알고 있었다.

수라삼재투법은 아수라의 세 개의 서로 다른 얼굴과 같이 서로 다른 성질의 무공을 세 명이 익혀야 한다. 그래서 그것으로 삼재진을 펼치면 각각의 무공이 조화를 이루어 더욱 강력한 힘을 발휘하게 된다.

소규모 합격진으로는 천마신교 내에서도 최강이라고 할 만한 것이다.

소운은 확인하듯 그들의 반응을 보며 말의 매듭을 지었다.

"앞으로 반 년간 그대들은 이걸 수련해야 한다. 그리고 반 년 후에 삼대 삼으로 비무를 벌여 강한 자는 승급하고, 약한 자는 아래조로 떨어지게 될 것이다. 그게 너희들에게 내리는 나의 첫 번째 명이다! 대답하라. 너희들은 강해질 수 있는가? 반년 후에 승리할 수 있는가!"

"옛!"

모든 대원들이 목청을 돋워 대답했다. 소운의 명은 그들이 예상한 것과는 조금 다르기는 하지만 결코 이행할 수 없는 것은 아니다.

그들은 그 순간부터 머릿속으로 자신의 주변에 수하로 거둘 만한 자들을 생각하기 시작했다.

이런 식이면 혼자 강해져봐야 별 볼일 없다. 세 명이 얼마나 호흡이 잘 맞는가가 중요하다. 그런 만큼 마음에 맞는 자들을 골라 수련을 해야 효과가 뛰어나다.

'할 마음이 있군.'

소운은 그들의 얼굴표정을 보고 대충 분위기를 파악했다. 어차피 그들은 자신들이 나온 데에서 또 다른 자들을 충당할 여력이 있다.

이제 반년 후면 청운전병대는 새롭게 팔십 명의 대원을 받아들일 수 있을 것이다. 일 조부터 사 조까지는 한 조에 삼십 명의 인원으로 구성이 되어 새로운 일보를 내딛게 될 것이다.

옆에서 듣고 있던 부대주 무절은 소운을 감탄한 시선으로 보았다. 오십 명의 소수 정예 전투부대를 조직할 거라 생각했더니 오늘 듣고 보니 그게 아니다. 반년 후에는 백삼십 명이 되는 것이 아닌가?

'하나가 둘이 되고, 둘이 넷이 되는 방법인가? 도대체 이공자는 청운전병대의 규모를 어디까지 키울 생각이지?'

어쨌거나 지금 방법은 상당히 쓸 만한 것 같다고 무절은 생각했다. 그는 나름대로 각오를 다졌다.

그러나 한쪽 구석에 있는 오 조의 조원들은 전혀 달랐다.

그들은 개인적으로 수하로 받아들일 만한 사람이 거의 없다.

'내 동생이라도 데려다가 수련을 할까? 하지만 그놈은 이제 열세 살인데…….'

그들의 얼굴에 막막함이 떠올랐다.

그때 소운이 오 조의 사람들을 보고 말했다.

"그대들은 이번 명령에서 제외한다. 그대들은 당분간 기초적인 무공수련부터 하게 될 것이다. 알겠나?"

"옛!"

"오 조는 정식 대원이 아니다. 준대원으로서 차후 정식대원이 되기 위한 수련을 해야 한다. 너희들에게 기대를 하는 것은 미래다. 죽을 각오로 수련을 한다면 언젠가는 고수가 될 수 있다는 것을 명심해라!"

"명심하겠습니다!"

어차피 오 조는 다른 조와는 비교도 할 수 없는 수준이기에 경쟁을 하여 승급할 생각도 하지 못하고 있었다. 하지만 소운이 자신들을 키워 주겠다고 말하자 크게 감동했다.

소운은 다시 일 조부터 사 조까지의 조원들에게 말했다.

"좋다. 그럼 단약을 나누어 주겠다. 받는 즉시 복용하고,

이 자리에서 내공을 운기하여 단약의 기운을 흡수하라!"

"복명!"

드디어 기다리던 시간이 왔다. 일 조부터 사 조까지의 대원들은 차례로 소운에게서 단약을 받아 입에 넣었다. 그리고는 자리로 돌아가 좌정을 하고 내공으로 단약의 기운을 녹이기 시작했다.

소운은 그들에게 단약을 배분하고는 남아 있는 오 조를 보았다.

"너희들은 아직 기초내공이 약하여 단약을 완전히 녹이지 못한다. 그건 알고 있겠지?"

"……."

"따라 들어와라."

소운은 그렇게 말하고는 자룡원 안으로 걸어 들어갔다. 부대주인 무절이 자리에 남아 다른 대원들이 운기를 하는 동안 그들을 보호했다.

오 조의 조원들은 불안한 표정으로 소운을 따라 자룡원에 들어갔다.

설마 단약을 주지 않는다는 것인가? 청운전병대에 관한 소문에는 자신들이 뽑힌 이유가 자룡원의 하인으로 쓰기 위한 것이라는 이야기도 있었다. 어쩌면 정말 그럴지도 모른다.

그때, 소운이 몸을 돌려 그들에게 말했다.

"이번에는 내가 너희들을 돕겠다. 한 명씩 내실로 들어와 단약을 복용하라. 그러면 내가 직접 너희들을 추궁과혈하여 약성을 완전히 흡수할 수 있도록 하겠다.”

“아!”

추궁과혈을 하면 시전자의 내공에 손실이 있다는 것은 누구나 아는 상식이다. 그런데 소운은 그들이 한혈보화단을 흡수할 수 있도록 자신의 내공을 소모해가며 추궁과혈을 하겠다고 한다.

그들은 이제 소운이 자신들을 심복으로 삼으려는 것을 알았다. 힘없고 연줄 없는 그들을 모아 하인으로 부리려는 것이 아니라, 재능을 보고 키워서 크게 쓰려는 것이다!

“이공자님, 아니 주군! 주군께 제 목숨을 바치겠습니다.”

한 거한이 앞으로 나와 오체투지를 하며 외쳤다.

“그대의 이름은?”

“추일입니다.”

“그대가 오 조의 조장이다. 먼저 들어와라.”

“복명!”

추일은 감동에 몸을 던져 충성맹세를 하더니 갑자기 조장이 되어버렸다. 다른 조원들의 부러움에 찬 시선이 등 뒤로 느껴졌다.

추일은 어깨를 당당히 펴고 소운을 따라 내실로 들어갔다.

“이곳에 좌정을 하고 앉아라.”

소운이 바닥에 깔려 있는 비단 방석을 가리키자, 추일은 즉시 좌정을 하고 앉았다.

"그럼 이 단약을 복용하고 서서히 내공을 운기해라. 중요한 것은 내 내공을 거부하지 않아야 한다는 것이다."

"명심하겠습니다."

곧 추일은 한혈보화단을 복용했다. 그리고 내공을 일으켜 뱃속에서부터 올라오는 차갑고 뜨거운 두 가지 기운을 흡수하려 시도했다. 하지만 그의 빈약한 내공으로는 단약의 기운을 제어할 수 없었다. 단약은 그대로 몸 전체로 퍼져 나갔다. 이대로라면 몸은 건강해져도 내공에는 별로 도움이 안 되는 상황이 되어 버린다. 그러나 어느 순간 그의 등 뒤로부터 강력한 기가 흘러들어 와 약 기운을 누르기 시작했다.

'크윽!'

추일은 혈맥이 터지는 듯한 느낌을 받았지만 이를 악물고 참았다. 그리고는 정신을 집중하여 점점 단전 쪽으로 흘러들어 오는 기운을 받아들였다.

파파팍.

몸의 곳곳에서 자극이 느껴졌다. 본격적으로 추궁과혈이 시작된 모양이다.

어느덧 추일은 정신을 차릴 수 없게 되었다. 거의 반쯤 의식을 잃고 본능적으로 내공을 돌리는 상태다.

"휴우, 일단 됐군."

소운은 추일의 몸에서 손을 떼고 한 걸음 물러나 호흡을 조

절했다. 어느새 추일의 몸에는 수십 개의 금침이 박혀 있었
다.

"단약을 흡수하는데 추궁과혈까지 할 필요가 있나? 금침이
면 만사형통이지."

소운은 자신의 침술에 자부심을 느끼는 듯 미소를 지었다.
처음 몇 번을 빼고는 침으로 모든 것을 때웠기에 그는 내공의
소모가 거의 없었다.

내상으로 죽을 사람을 치료하는 것도 아니고 단약의 기운
을 단전으로 몰아넣는 데에는 이정도로 충분했다.

그러나 이것으로 끝이 아니다. 소운은 책상의 한쪽 서랍을
열고 안에서 단약 두 알을 꺼냈다.

한혈보화단! 소운이 꺼낸 단약은 한혈보화단이었다. 생긴
것도 똑같고, 겉에 금박으로 차가울 한자와 불 화자가 쓰여
있는 것도 같았다.

"후후후, 추일, 그리고 오 조의 조원들. 그대들은 정말 행
운을 만난 것이다. 한혈보화단을 세 알씩이나 복용할 수 있는
행운은 아무나 가지는 것이 아니지."

소운은 그렇게 중얼거리며 손가락으로 추일의 입을 벌리
고 한혈보화단 두 알을 넣었다. 그리고는 손바닥으로 추일의
이마를 가볍게 탁 하고 치자 단약이 꾸루룩하고 추일의 목구
멍으로 넘어갔다.

이미 의식이 없는 상태인 추일은 자신이 단약을 삼켰다는

것조차 의식하지 못했다. 소운은 이를 위해 일부러 추일을 혼미한 상태로 만들어 놓았다.

소운은 다시 금침을 놓기 시작했다. 훨씬 강한 약성을 녹여 추일의 단전으로 몰아가야 하기 때문에 이제는 시간이 조금 더 걸릴 듯했다.

얼마 후, 추일은 정신을 차렸다. 그는 자신이 정신을 잃었다는 사실도 인식하지 못했다. 이를 악물고 내공운기를 하다가 끝난 것이다.

"아! 이것은!"

추일은 경악했다. 이게 내 몸이란 말인가? 나의 내공이란 말인가! 분명히 단약을 먹으면 십 년의 내공이 상승한다고 했는데 그의 느낌으로는 그게 아니었다. 그 몇 배나 큰 효험이 있는 것 같았다.

"대, 대주님."

추일은 소운을 보았다.

단약을 먹었는데 몸에 불어난 내공은 단약의 효과를 넘어섰다.

어째서? 이유는 깊이 생각하지 않아도 짐작할 수 있다. 추궁과혈이란 것이 원래 고수가 하수의 몸에 강제로 내공을 주입하여 기혈을 뚫고 내력을 채워 주는 수법이 아닌가! 추일은 자신이 영단을 두 알이나 더 먹었다고는 추호도 생각지 못했다.

"이 은혜를 어찌……."

그때 소운이 가볍게 손을 저으며 말했다.

"나가보게. 시간이 없네. 다음 사람도 해야 하니까."

"아, 알겠습니다."

소운의 명을 추일은 감히 어길 수 없었다. 그는 방 밖으로 나가 다음 사람을 들여보냈다. 그러나 추일의 마음은 여전히 소운에게 남아 있었다.

그렇게 추일의 차례가 끝나자, 그 뒤로 다른 조원들도 하나씩 들어와 단약을 먹고 소운의 추궁과혈을 빙자한 금침대법을 받았다. 모두 한 알이 아닌 세 알의 한혈보화단을 복용할 수 있었다.

원래 소운은 오십 알의 한혈보화단을 받자 그중 스무 알을 반으로 쪼개 미리 준비해 놓았던 다른 반쪽짜리 단약과 합쳤다.

그것들은 소운이 그동안 틈틈이 만들어온 수령단으로 활선문의 지침에 따라 최저가의 재료로 쓸 만한 효과를 볼 수 있는 자양강장제이다.

원래 단약을 반으로 쪼개면 약효가 크게 떨어져 절반 이하의 효과를 내는 것이 상식이다.

그러나 수령단의 또 다른 좋은 점은 바로 다른 단약의 약효를 어느 정도 도와서 강화를 시켜준다는데 있다. 이걸 반쪽짜리 한혈보화단과 합쳤으니 최소한 절반의 효과는 나게 될 것이라고 소운은 판단했다.

그야말로 활선문 문주인 소운만이 할 수 있는 의약품사기였다.

"내공이 급증하는데 오 년이 늘어나는지 십 년이 늘어나는지 정확하게 알 수 있는 놈이 있을까? 그저 약효를 다 흡수한 후 내공이 늘고 정력도 조금 좋아지면 다들 좋아할 뿐이지."

소운은 그렇게 혼자 중얼거리며 그걸 만들었다. 그리고는 그 반쪽 한혈보화단 사십 알을 일 조부터 사 조의 사람들에게 먹였다.

남은 것은 진짜 한혈보화단 삼십 알. 소운은 그걸 오 조의 조원들에게 모두 투자한 것이다.

"네놈들은 모두 고수가 될 것이다. 가장 빠른 시일 내에 그렇게 된다. 절정무공을 전수하고, 지옥 같은 수련을 시키겠다. 무엇보다 내가 너희들의 체질의 한계까지 영약을 먹여 주겠다. 또한 활선문의 문주인 내가 직접 체질침을 놓아 몸 상태를 극한까지 끌어올려 주겠다!"

소운은 여전히 무의식적으로 운기를 하고 있는 조원 중 한 명을 보며 그렇게 중얼거렸다.

"너희 열 명은 나의 부하다. 나만의 심복이다."

소운은 다시 말했다. 그리고는 잠시 입을 다물었다가 창밖을 보았다.

"나만의 십대 고수를 만들겠다. 다른 자들은 모두 너희들

을 키우기 위한 조력자이다. 사십 명분의 약재와 무공, 병기
가 모두 너희들에게 집중될 것이다."

소운이 굳이 정식 전투조직을 만든 진정한 이유는 바로 이
것이었다!

숫자도 중요하다. 청운전병대는 앞으로도 계속 성장하여
마침내 양과 질을 겸비한 강력한 전투조직이 될 것이다. 하지
만 그 이면에 비장의 심복이 될 소수의 정예도 키운다.

한 가지 일을 행하여 두 가지의 수확을 얻는 것이 바로 일
석이조다.

그리고 남에게 한 가지 욕심을 보여 양해를 구하면서 그와
동시에 숨겨진 진정한 욕심을 채우는 것이 바로 진정한 사기
의 정수이다.

소운은 원래 이걸 좋아했다.

"그런데 반년 후에 대원 총수가 백삼십 명이 되면 무슨 약
을 요구하지? 어차피 그 중 백이십 명은 다른 장로들의 수하
나 다름없으니 크게 욕심내지만 않으면 통과를 하겠지?"

소운은 진지하게 고민했다.

"그러고 보니 독심약왕이 수옥밀염단의 재고가 많다고 그
랬지? 그게 좋겠군."

소운은 아직도 정신을 못 차리고 있는 오 조의 조원을 보았
다.

"그런데 이놈들이 그거 일곱 알을 모두 흡수할 수 있을까?

음, 그걸 위한 중화제와 보완제를 만들어 놓아야겠군.”

　소운은 곧 지필묵을 꺼내 종이에 필요한 약재를 적어 내려
가기 시작했다. 시간이 날 때마다 틈틈이 티 안 나게 모아야
하기 때문에 미리미리 정리를 해두어야 했다.

第八章

활선비원(活仙秘願)

중원의 역사에는 단 두 명의 의원만이 존재한다

南斗延壽保禳時老君告天師曰

天八會之真文三洞三清之上

彙道元始天尊昔經歷于億萬劫天地始終

太上說南斗延壽保禳

安真經太上說南斗

此經乃九天八

興衰而人倫五運遷變萬彙道

활선비원(活仙秘願)

중원의 역사에는 단 두 명의 의원만이 존재한다. 외과엔 화타, 내과엔 편작. 그들에 비하면 활선문의 이름은 보름달 아래의 반딧불과 같다

소운이 혈해광투와 싸우면서 입은 내상을 완전히 치료하는 데에는 삼 개월이란 시간이 소요되었다.

하지만 그동안에도 수련은 계속되었다. 오히려 내력을 쓰지 못하는 동안 소운은 무공에 대해 더욱 많은 생각을 하고 초식의 실과 허에 대한 많은 깨달음을 얻게 되었다.

몸이 완전히 회복되었을 무렵, 소운은 이미 혈장천마를 상대로 충분히 몸을 지킬 수 있게 되었다.

가을 낙엽이 지고 첫눈이 왔을 때에는 내공을 쓰지 않는 천마를 상대로 능히 수백 초를 겨루어 버틸 수 있게 되었다.

아직 완벽하게 전신을 관조하고 조율하는 경지에는 이르

지 못했지만 점점 완벽에 가까워지고 있는 것만큼은 확실했다.

하지만 그것으로는 부족했다.

"나는 빠른 시일 내에 마도고수로 거듭나야 한다."

소운은 목표를 정했다. 무림은 무로 모든 것을 말한다. 특히 천마신교는 강함이 곧 신앙의 대상이 되는 곳이다.

아직까지도 소운은 혈장천마에게 제대로 된 공격을 성공시켜 보지 못했다. 피할 수 없는 상황을 만들어도 금강불괴인 천마는 손으로 소운의 검을 쳐냈다.

싸우면 싸울수록 혈장천마의 수에 전혀 빈틈이 없다는 생각이 들 정도였다.

그래도 소운은 포기하지 않았다. 이제는 싸울 때에 서두르지도 않게 되었다.

심극검결이 말하는 대로 마음이 가는 대로 검을 휘두르고 찔렀다.

그렇게 시간의 흐름조차 잊고 수련을 거듭하던 소운은 어느 날 혈장천마의 왼쪽 가슴에서 작은 빈틈을 발견했다.

빈틈은 순간적으로 생겨났다가 사라져 버렸다. 미처 공격을 가할 수 없을 정도로 짧은 틈이었다.

그 날도 소운은 패했다.

그러나 그 뒤로부터는 가끔씩 혈장천마의 초식에서 빈틈을 발견할 수 있었다.

내공이 있다면 능히 막을 수 있는 틈! 그러나 내공을 전혀 쓰지 않는 이상 몸 전체를 완벽하게 막을 수 없는 모양이었다. 그러나 혈장천마는 소운이 빈틈을 공격하게 놔두지 않았다.

점점 많이 보이는 빈틈, 그러나 그것은 빈틈이라 할 수 없었다. 왜냐하면 소운이 공격을 할 수 없는 지점에 나타나기 때문이다. 혈장천마의 두 손은 마치 그물처럼 소운을 덮어 그 뒤에 있는 신체를 공격할 수 없게 했다.

'그렇군. 강기로 몸 전체를 뒤덮기 전에는 항상 틈이 있다. 그걸 상대에게 내 주는가 안 내 주는가가 실전의 요결인가?

소운은 그걸 알 수 있었다. 반대로 상대의 빈틈을 잡을 수 있으면 이기는 것이다.

소운은 묵묵히 때를 기다렸다. 점점 더 많은 빈틈이 보였고, 이제는 아슬아슬하게 소운의 검이 닿을 수 있는 곳에도 나타났다.

"차앗!"

팍!

소운의 검이 혈장천마의 목에 가 닿았다.

속도를 위해 전력을 다한 검초였는데도 혈장천마의 목을 뚫지는 못했다. 오히려 호신강기의 반탄력으로 검이 부르르 떨렸다. 부러지지 않은 것만 해도 소운이 검 전체를 기로 덮을 수 있다는 것을 말한다.

"그만!"

소운은 중지명령을 내렸다. 혈장천마는 그대로 멈췄다.

처음으로 승리했다!

찰나와도 같은 순간에 나타난 빈틈을 정확하게 찌른 것이
다.

소운의 몸은 주인이 명하지도 않았는데 부르르 떨렸다. 소
운은 검을 든 손을 위로 들어 올리며 웃었다.

"하하하하!"

웃음소리는 한참 동안 석실 안을 울렸다.

초절정고수의 몸에 나타나는 허점이란 너무나도 귀하고
또 빨리 사라진다. 이곳을 정확하게 공격할 수 있다는 것은
마치 밤하늘에 흐르는 유성이 사라지기 전에 소원을 비는 것
과 같다. 하지만 소운은 이제 그게 가능하게 되었다.

그 뒤로 소운은 열 번 싸우면 한 번 정도는 혈장천마를 이
길 수 있게 되었다.

소운이 천마신교로 들어와서 약 반년이 지난, 완전히 봄이
찾아온 시기였다.

*　　　*　　　*

"보름만인가?"

너덜너덜해진 옷을 입은 채 천마관을 나선 소운은 하늘에

뜬 구름을 보며 중얼거렸다. 약간 마른 소운의 얼굴에 햇빛이 비추었다.

확실히 봄은 좋다. 햇살이 피부와 마음을 부드럽게 어루만져 주니까.

수련은 격렬했다. 안에서는 벽곡단과 청정수 이외에는 먹을 것이 없다. 그러나 모든 것을 잊고 죽기 살기로 검을 수련하니 얻는 것이 많았다.

이제는 검기가 제법 날카롭게 사방으로 뻗어나간다. 그리고 그 이상으로 '초식'이라는 것의 의미를 알게 되었다. 심극검의 흐름에 몸을 실을 수 있게 되었다.

소운은 자신이 절정고수의 경지에 들었다는 것을 스스로 알았다. 그리고 내공은 초절정의 벽에 있는 사람들과 거의 비슷하다.

이 정도면 절정고수와 싸우면 이길 수 있고, 초절정의 벽에 도달한 사람들에게는 진다. 승부란 예측하기 어려운 것이지만 객관적인 전력이 이 정도인 것이다.

"생각해 보니 난 목숨을 걸고 무공을 수련한 적이 없었지."

소운은 씁쓸한 미소를 지었다.

반년 전까지 소운은 자신이 의원이라고 생각했었다.

금침과 진맥, 처방 등에 대한 공부에는 전심전력을 쏟았지만 무공은 그렇지 않았다. 당시에는 무공도 최선을 다해서 익혔다고 생각했는데 지금 보기엔 대충 한 셈이다.

하지만 이제는 더 이상 의술을 공부하지 않는다.

지금의 소운은 무인이다.

"내가 사라진 후 활선문은 어떻게 되었을까?"

문득 과거의 향수가 봄바람을 타고 소운의 가슴을 적셨다. 그리움이 깃든 장소와 사람들이 머릿속에 하나씩 떠올랐다.

지금쯤 난리가 났을 지도 모른다. 사저인 능아연은 필사적으로 자신을 찾을 것이다.

사저인 능아연은 소운보다 두 살이 위이다. 성품이 상냥하고 어른스러워 소운이 어렸을 때에 가장 의지하던 사람이라고 할 수 있다. 또한 천부선의가 죽고 소운이 활선문의 삼대 문주가 되었을 때도 능아연은 소운을 도왔다.

소운은 그런 능아연에게 모성애와 비슷한 감정을 느끼고 있었다.

자신이 사라진 지금, 그녀가 얼마가 걱정을 하고 있을지를 생각하면 소운은 마음이 아팠다.

"역시 유서를 보낼 걸 그랬나?"

지금이라도 유서를 보낼까? 죽었다고 생각하면 포기도 빠를 것이다. 하지만 그렇게 되면 오히려 긁어 부스럼이 날 수 있다. 비록 겉으로는 조용해 보여도 능아연은 때때로 놀랄 정도로 대담한 행동을 한다.

소운이 마교에 납치되어 죽었다는 것을 알면 무슨 짓을 할지 예상이 가지 않는다.

"역시 행방불명인 채로 놔두자. 시간이 지나면 자연스럽게 모든 일이 해결되겠지."

백약선자 능아연이라면 충분히 활선문의 새로운 문주의 역할을 할 수 있으리라.

그녀는 그야말로 의원으로서 타고난 재능이 있었다. 소운이 금침에 재능이 있다면 능아연은 단약제조에 능했다. 약초를 다루고 단약을 만들어내는 방면으로는 사부인 천부선의 유운을 넘어섰을 정도이다.

또한 활선문이 비밀리에 벌이는 사업에 대해서도 능아연은 거의 다 알고 있다.

활혼금침대법의 기본원리에 대해서도 배운 바가 있으니 언젠가는 금침대법도 다시 만들어낼 것이다. 그것이 원래의 비법과 다를 지라도 크게 상관은 없으리라.

'오히려 잘 되었지. 그녀는 독존의 비밀을 모른다. 활선문은 사저의 손에 의해 진정한 의문으로 거듭나게 될 것이다.'

생각을 하다 보니 어느새 자룡원에 도착했다. 여느 때와 같이 주련이 뛰어나와 소운을 반긴다.

소운도 이제는 주련과 어느 정도 정이 들어 자연스럽게 그녀에게 미소를 지었다. 항상 밝은 모습을 보이는 주련은 수련에 지친 몸으로 돌아오는 소운에게는 청량제와도 같은 느낌이 들게 했다.

또한 말없이 소운에게 요리와 차를 내오는 자화는 이게 내

집이구나 하는 편안함을 주었다.

"잘 지냈니?"

"예, 다른 분들 모두가 잘해 주세요. 그런데 이번에 이장로님께서 매향연화고를 보내 주셨는데 이걸 저희가 써도 좋을지 모르겠네요."

매향연화고(梅香蓮化膏)는 여인이 피부에 바르면 몸에서 매화향이 나고 피부가 목련화처럼 하얗고 곱게 변한다는 일종의 화장약재이다. 금보다 귀한 고급품인데 그걸 하녀에게 보냈다고 한다.

'크윽, 독심약왕. 무슨 생각을 하는 거냐?

주변에서 이 두 하녀와 소운의 관계를 어떻게 생각하는지 알 만했다.

"괜찮다. 주는 건 써도 된다."

"예, 감사합니다."

그녀들은 기쁨을 감추지 못하고 활짝 웃었다. 그리고는 자기로 된 주전자를 들어 소운의 찻잔에 차를 따랐다.

"참, 그리고 대장로님께서 몇 번 찾아오셨어요."

"대장로님이?"

백면살마 전홍이 한 번도 아니고 몇 번이나 왔다고 한다면 중요한 일이 있다고 봐야 한다.

소운은 찻잔을 들어 차를 한 모금 들이키고는 말했다.

"찾아뵈어야겠군."

"준비하겠습니다."

"음."

주련은 밝고 명랑하고 애교가 뛰어나다. 소운이 자룡원에 들면 그동안 있었던 일을 말하는 것은 그녀의 몫이다.

반면에 자화는 말수는 적지만 상냥한 성품이 얼굴에 드러나고 또한 착실하다. 요리도 잘해서 지금 소운이 먹은 요리의 대부분이 자화의 솜씨이다.

소운은 품속에서 하나의 작은 자기로 만든 병을 꺼내 탁자 위에 놓았다.

"이건 설삼녹각단(雪蔘鹿角丹)이다. 모두 스무 알이 있으니 둘이서 나누어 먹어라. 아침저녁으로 한 알씩 먹으면 된다."

"아! 설삼녹각단!"

주련과 자화는 설삼녹각단이 무엇인지를 알고 있었다. 영단 중에서도 상급에 해당하는 것으로 몸을 보하고 내공을 증진시켜 교내의 공로자들에게 교주가 하사하는 품목 중 하나이다.

한 번 하사할 때마다 몇 알 정도라고 알고 있는데 그걸 스무 알이나 주다니!

"가, 감사합니다, 이공자님."

너무 놀라서 잠시 대답을 잊고 있던 주련이 퍼뜩 정신이 들어 얼른 허리를 굽혔다. 자화 역시 주련을 따라 감사의 인사를 했다.

소운은 다시 두 권의 책자를 꺼냈다. 그와 함께 한쪽에 놔두었던 부채와 두 개의 단검을 집어 탁자 위에 놓았다.

"조령선법(鳥翎扇法)과 산월비검보(刪月飛劍譜)다. 여기 부채와 쌍단검이 있으니 이것으로 수련을 하도록 해라."

"이공자님……."

"시간이 나는 대로 이걸 익히도록 해라."

조령선법과 산월비검보는 천마신교의 무공 중에서도 최상급에 해당하는 것으로 하녀의 신분으로는 겉표지도 볼 수 없는 비급이라 할 수 있다.

하지만 소운이 직접 성화각에 들러 집어온 이상 아무런 문제도 될 수 없으리라.

옆에 놓인 부채와 단검은 장로들이 선물로 준 것 중 하나인데, 신병이기까지는 아니어도 교내에서 손꼽히는 마병이었다.

주련과 자화는 이 새로운 주인이 자신들에게 너무나도 큰 은혜를 베풀고 있다는 것을 깨달았다.

무공이 곧 신분인 천마신교의 상식으로 볼 때, 설삼녹각단을 수십 알이나 복용하고 상급의 무공을 수련하게 되면 그녀들은 최소한 일급고수의 대접을 받게 될 것이다.

주련과 자화는 그대로 무릎을 꿇고 엎드려 소운에게 대례를 올렸다.

"이공자께서 이렇게 저희들에게 은혜를 베푸시니 꼭 신명을 다해 공자님을 모시겠습니다."

그녀들은 감격으로 인해 울먹이고 있었다.

소운은 손을 내밀어 그녀들을 일으키며 말했다.

"내 바빠서 너희들에게 직접 무공을 가르칠 시간은 없구나. 이렇게 해라. 천마혈영대의 사월마객 태사문 대주에게 내가 부탁을 해 놓을 테니 내일 그곳 혈영대에 가서 수련을 받아라."

"명대로 따르겠습니다."

"그래, 앞으로는 내외로 많은 일들이 있을 터이다. 너희들은 언제나 조심하고 은밀하게 실력을 키워라. 어떤 일이 있어도 스스로를 지킬 수 있어야 한다."

소운이 다정하게 말을 하니 두 하녀는 더 이상 말을 잇지 못하고 고개만 숙인 채 서 있을 뿐이다.

침묵의 시간이지만 상념은 복잡하다.

사실 소운은 두 하녀들에게 그렇게 잘해줄 마음이 없었다. 환희전에서 소개를 한 여인들이니만큼 믿을 수가 없었다.

그런데 나중에 알고 보니 환희전은 다른 곳으로 하녀나 애첩을 보낼 때 결코 첩자교육을 시키지 않는다. 그리고 환희전에 충성을 맹세시키지도 않는다. 오히려 환희전과의 인연이 끊어졌다는 것을 단호하게 선언하고 새로운 주인에게 모든 것을 바치도록 충고한다.

그런 점에 있어서 환희전은 절대중립이다. 그것이 환희전이 천마신교와 오랜 역사를 같이 할 수 있었던 최고의 처세술이다.

또한 이 두 하녀는 소운이 죽으면 같이 죽어야 하는 운명이었다. 환희전에서 고위직 사람들에게 보낸 몸종은 그런 의미를 가진다.

말하자면 소운의 정체가 드러나면 그녀들도 같이 죽음을 당한다. 밀고를 한다고 해서 용서를 받을 수도 없다. 그것이 천마신교의 법이다.

그 사실을 알았을 때, 소운은 주련과 자화에게 미안한 마음이 들었다. 그래서 고심 끝에 그녀들을 거두기로 했다. 하지만 보호를 해 줄 여유는 없다. 그녀들이 강해져서 스스로를 지켜야 한다.

'어떤 상황이 올지는 몰라도 너희들은 무사했으면 좋겠구나.'

소운은 그렇게 생각을 하고는 몸을 일으켜 자룡원을 나섰다. 이미 해가 저물어 어둠이 드리워지고 달이 떴지만 백면살마 전홍이 몇 번이나 자신을 찾았다니 지체하지 않고 만나는 게 좋을 것 같았다.

여유롭게 내일 가도 되지만 소운은 자룡원에서 잠을 청할 마음이 전혀 없었다. 그래서 오늘 전홍을 만나 사정을 알아보고 바로 천마관으로 돌아가기로 했다.

백면살마 전홍은 대장로이고 대내총단주이다. 대내총단주

는 기본적으로 부교주와도 같은 위치이기 때문에 혈장천마가 폐관수련을 하는 동안 교내의 일을 총괄하고 있었다.

소운은 우선 대내총단주의 집무실인 곤마원으로 향했다. 원래 전홍은 일벌레라 밤늦게까지 집무실에 남아 있는 날이 대부분이었다.

과연 곤마원에는 아직 휘황찬란하게 불이 켜져 있었다.

입구에 지키고 있던 무사 한 명이 소운을 알아보고 예를 취했다.

"이공자를 뵙습니다."

"대장로님을 뵙고 싶다."

"즉시 안에 전갈을 하겠습니다."

짧고 굵직한 목소리에서는 상당한 내공이, 그리고 눈과 동작 속에는 엄격한 단련의 흔적이 남아 있다. 대장로 휘하의 전투조직인 수라혈살대의 일원임이 분명해 보였다.

소운은 속으로 과연 이라고 감탄하며 묵묵히 서서 기다렸다. 곧 안쪽에서 백면살마 전홍이 빠른 걸음으로 나오는 것이 보였다.

"허허허. 어서 오시게, 이공자."

반갑게 웃으며 포권을 취하는 전홍의 모습은 사람 좋은 옆집 영감님과도 같았다. 이쯤 되면 백면살마가 아닌 소면살마라고 해도 될 정도이다.

소운 역시 최대한 좋은 표정을 유지하며 예를 취했다.

“이렇게 밤늦게 찾아뵈어 죄송합니다. 대장로께서 저를 찾으셨다 하여 혹시나 하는 마음에 실례를 하게 되었습니다.”

“별말을. 우리 사이에 무슨 그런 허례를 하시는가? 어서 안으로 드시게.”

‘우리 사이가 어떤 사인데?

소운은 문득 그렇게 묻고 싶었지만 조용히 전홍의 뒤를 따라 곤마원으로 들어갔다.

차가 나오고, 다시 몇 마디의 일상적인 이야기가 오갔다.

전홍은 날이 갈수록 달라지는 소운의 기세에 감탄했다. 그는 소운의 원래 무공수준을 잘 알고 있었기에 반년 사이에 수준이 달라진 소운의 무력을 실감나게 느꼈다.

“과연 이공자는 천마께서 감탄할 만한 인재로군. 대공자나 삼소저조차 이렇게 빠른 성취를 보이지는 못했네.”

“내공의 덕을 조금 보고 있을 뿐입니다.”

“겸양의 말을 하시는군. 내공이 중요하기는 해도 전부는 아니지. 제대로 다루지 못하는 힘은 수발이 자유롭지 못하니 오히려 더 큰 위험을 부르네. 하급무사들을 상대하기에는 편할지 몰라도 내 눈에는 없는 것보다 못하게 보일 정도였지. 하지만 지금 이 공자는 주체 못할 내공에 휘둘리게는 보이지 않는군. 전신이 하나의 검과 같이 정련되어 있으니 가장 무서운 무인이라 할 만하네.”

“과찬의 말씀이십니다.”

소운은 다시 겸양의 말을 했다. 그러면서도 전홍에게 호감을 느꼈다. 전홍의 말은 칭찬임과 동시에 충고이기도 했다. 아주 은밀한 충고이기에 보통 사람은 알 수 없겠지만 소운은 충분히 느꼈다.

내공이 강해지는 것만으로는 절대로 고수가 될 수 없다. 오히려 내공의 흐름이 거칠어지고 수발이 둔해져서 허점이 커지게 된다.

공격이 아무리 강해도 피하면 그만이지만 초식이 정묘하지 못하면 단숨에 제압을 당할 수 있다. 그것이 바로 고수들의 세계이다.

하지만 내공에 어울리는 무공의 깨달음과 단련이 되어 있는 무사는 정말 강하다. 강해야 할 곳에 강함을 싣고, 부드러움으로 휘어야 할 곳에는 한없이 부드러워진다.

강력한 내공은 상대의 방어를 뚫어 없는 허점을 만들고, 기세는 곧 방패가 되어 몸을 보호한다.

소운은 이미 매가 되어 하늘을 나는 것과 같았다. 과거 땅에서 달리고 뛰고 뒹굴던 모든 것이 이제는 한 눈에 보이는 경지라 할 수 있었다.

하지만 단지 하늘을 날게 되었다고 해서 모든 것이 끝난 것은 아니다. 하늘은 끝없이 높고 땅은 평생을 살펴도 도달하지 못할 정도로 넓다.

단순히 내력을 집중하여 일 장을 부딪치는 것만으로는 눈앞의 전홍에게도 뒤지지 않을 정도로 내력이 강한 소운이다.

그러나 막상 실전으로 싸운다면 어떻게 될까?

아직 소운은 지닌바 내력만큼의 경지에 도달하지 못한 것이다.

백면살마 전홍의 말에는 수련을 계속하여 경지에 도달하라는 뜻이 숨어 있었다.

그는 진심으로 소운이 강해지기를 바라는 듯했다.

'마교는 외부의 인재를 마다하지 않는다고 했지. 확실히 그런 면이 있는가 보군.'

소운은 마교가 왜 강한 집단이 되었는지를 알 것 같은 기분이 들었다. 하는 짓은 사악하지만 패도를 추구하는 마음만큼은 누구보다 진지하다.

"그런데 말일세……."

전홍이 화두를 바꾸려는 듯 말을 꺼냈다. 소운은 다시 포권을 취하며 대답했다.

"말씀하시지요."

"아니, 그게 말일세."

뜸을 들인다. 소운은 전홍의 눈동자를 보며 그의 기색을 살폈다.

'미안해하고 있군. 좋은 얘기는 아닌가 본데?'

작은 일은 아니다! 소운은 직감적으로 느꼈다. 그렇지 않다면 대장로쯤 되는 인물이 말을 어물거리며 주저하지는 않을 것이다.

소운은 즉시 진지한 얼굴로 말했다.

"대장로님, 대장로님께서 저에게 보이신 호의가 이렇게 두 텁습니다. 혹시 안 좋은 일이 있다고 해도 저는 추호도 대장로님을 원망하지 않을 터이니 편하게 말씀해 주십시오."

소운의 노골적인 아부에 전홍은 두 손을 저으며 웃었다. 하지만 확실히 효과가 있는 듯 분위기가 약간은 가벼워졌다.

"아니, 내가 무슨 두터운 호의를 보였다고 그러시나? 아무튼 이 일은 이공자가 알아야 하는 일이니 내 말하겠네."

"경청하겠습니다."

"사실은 이번에 활선문에 일이 있어서 말일세."

"활선문에 무슨 일이 있습니까?"

소운은 안색을 굳혔다.

"그게 사실은 우리가 이공자를 데려올 때 말일세……."

전홍은 이참에 확실하게 매듭을 짓자고 생각했는지 자세한 설명을 하기 시작했다.

원래 천마신교의 세 장로가 아무도 모르게 중원에 들어와 사람을 납치한다는 것은 결코 작은 일이 아니다.

교내에 가짜를 세워 놓고, 그것도 여러 가지 핑계를 대어 총단외각으로 나가거나 폐관수련에 들어 사람들과의 접촉을 피해야 한다.

거기에 활선문의 문주를 납치한다는 일이 더해지니 정말

로 모든 일을 조심스럽게 행해야 했다. 혹시라도 신분이 드러
나면 그야말로 무림맹의 천라지망에 갇혀 생사투를 벌이게
되는 것이다.

일단 사람이 많으면 안 된다. 그렇다고 해서 달랑 세 명만
들어올 수는 없다.

"그래서 우리는 고심 끝에 수라혈살대의 단원들 열 명 만
을 대동했지. 그들이야 내 직속이고 평소에는 거의 외부와 접
촉을 안 하지 않나? 그놈들 능력은 확실한 편이고 말이야."

"확실히 수라혈살대라면 한 명만 해도 무시할 수 없지요."

마교 최고의 무력집단이라고 평가되는 수라혈살대의 단
원 열 명이면 웬만한 문파 하나와 전쟁을 벌여도 될 정도이
다.

무엇보다 평소 그들의 임무는 거의 비밀리에 진행되기 때
문에 열 명이 사라져도 아무도 알아차리지 못할 것이다.

"다행히도 일이 무사히 진행되어 이공자를 데려오는 데 성
공했지. 하지만 중요한 것은 뒤처리가 아닌가? 천마신교가
활선문 문주를 데려왔다고 소문을 낼 수는 없는 법이지."

"그렇겠지요."

소운은 눈을 빛냈다. 그냥 납치를 해 온 것이 아니라 무엇
인가 꾸몄다는 의미였다.

"그래서 내 수하들에게 활선문주의 행적을 남만 쪽으로 만
들어 놓으라고 시켰다네."

"남만이라면 운남의 아래쪽이 아닙니까?"

그곳은 그야말로 오지다. 사람이 걸어서 올라갈 수 없는 높은 고산지대가 끝없이 이어지고 그 뒤로는 세상에 알려지지 않은 독물이 모여 산다는 밀림과 늪이 이어져 있다고 한다.

"그렇지. 그러니까 활선문 문주는 신기한 약재를 채집하러 그곳으로 떠난 게 되는 것이지. 떠난다는 서신도 남겼네. 사실 수라혈살대가 전투조직이기는 해도 꼭 싸움만 하는 건 아니네. 재주 있는 사람이 많아서 이공자의 필채를 흉내 낼 수 있었네."

'아니? 이놈들이 서류조작을? 아니, 서신조작을!'

소운은 속으로 전홍에게 욕을 하기 시작했다. 그러나 겉으로는 어디까지나 태연했다.

"잘 되었군요. 쓸데없는 혼란이 줄어들었을 겁니다."

"그건 그렇지. 내가 보고받기로 그 뒤로 활선문 사람들은 상당히 당황해하기는 해도 겉으로는 정상적으로 문을 유지했다고 하네."

"그 일이라면 오히려 제가 대장로님의 배려에 감사를 드려야 하지 않겠습니까?"

"아니, 하지만 그 뒤에 말일세……."

전홍의 말은 계속되었다.

활선문 사람들이 정말 소운이 남만으로 떠난 것을 믿는지는 알 수 없다. 하지만 그게 중요한 것은 아니다. 납치되었다는 사실이 명확해지지만 않는다면 큰 소란은 일어나지 않을 테니까.

수라혈살대원들은 세 장로의 명대로 남만으로 향했다. 그러면서 가는 길목길목마다 계속해서 소운의 행적은 만들었다. 심지어는 소운과 닮은 대원이 변장을 하고 소운 행세를 하며 다른 문파를 방문하여 사람을 치료하기도 했다.

그렇게 삼 개월에 걸쳐 행로를 조작한 수라혈살대원은 남만의 밀림지대에서 가장 독한 독물을 수소문했다.

밀림의 중앙 늪지대에서 수백 년이나 살아왔다는 인면지주! 그것이 대상으로 선정되었다.

결국 소운은 인면지주의 내단을 노리고 늪지대에 들어갔다가 시체도 남기지 못하고 죽은 것으로 처리되었다.

밀림 입구의 마을 사람들이 그것을 증명했다. 그들은 소운이 떠나기 전 맡겨놓은 소지품들을 가지고 있었다.

"얼마 전에 활선문의 문도들이 그곳을 찾았네. 그리고 문주의 유물을 가지고 돌아갔지."

'유물이라고? 나 살아 있거든!'

졸지에 죽은 사람이 된 소운은 속으로 기가 막혔으나, 겉으로는 전홍의 치밀함에 감탄을 드러내며 고개를 끄떡였다.

"과연! 그 정도라면 믿지 않을 수 없겠군요."

"대충 믿게 된 모양일세. 장례식을 치루더군."

문제는 그 다음에 발생했다. 원래대로라면 전대 활선문주의 또 다른 제자인 백약선자 능아연이 대통을 이어야 한다.

실제로 대부분의 활선문 문도들은 능아연이 새로운 문주가 되는 데에 전혀 불만이 없었다.

그런데 그때 떠났던 사람이 돌아왔다.

폐심랑중(廢心郎中) 최각! 천부선의 유운의 사제였지만 의원으로서 최소한의 자긍심도 없이 나쁜 짓을 일삼아 쫓겨 난 자이다.

"아니! 그자는 삼십 년 전에 사문과 인연이 끊어진 셈인데 어찌 돌아왔답니까?"

"그러게 말일세. 마치 준비를 하고 때를 기다린 사람처럼 불시에 들이닥쳤다고 하더군. 그 바람에 활선문도들은 거의 대비를 하지 못하고 제압을 당했다고 하네."

"으음."

최각은 혼자 오지 않았다. 수십 년간 강호에서 무슨 짓을 했는지는 몰라도 상당한 고수들이 그를 도왔다.

최각 역시 적지 않은 무공을 몸에 지니고 있었기에 능아연은 기습에 당해 최각에게 제압을 당하고야 말았다.

최각은 그렇게 힘으로 활선문을 손에 넣었다. 그리고 그는 억울하게 쫓겨난 자신이 활선문 사대 문주가 되어야 한다고 주장했다.

"흥, 아무리 말해도 문도들이 인정하지 않을 겁니다."

소운은 차갑게 웃으며 말했다. 그의 몸에서 서늘한 기운이 은은하게 뿜어져 나왔다.

"그거야 그렇지. 활선문 같은 전통 있는 문파가 파문된 자를 위에 세울 리는 없지 않겠나? 하지만 최각이란 놈은 그런 상황이 되자 완전히 본색을 드러내 악랄한 방법을 선택했더군."

"악랄한 방법이라뇨?"

"그자는 삼대 문주의 제자인 백약선자와 혼례를 올리겠다고 선언했네."

"그게 정말입니까!"

일순 방 안이 소운의 기세에 후끈 달아올랐다. 참았던 분노가 터지고 얼어붙었던 공기가 급격한 온도변화에 폭풍처럼 움직였다.

최각은 활선문의 이대제자였다. 삼대인 소운이나 능아연보다 한 배분이 높은 셈이고, 능아연과는 사숙과 사질의 관계라고 할 수 있다.

나이만 해도 육십이 넘었을 터인데 아직 이십대인 능아연과 강제로 혼례를 올리겠다고 선언한 것이다.

전홍도 그 점에 대해서는 황당함을 느꼈는지 고개를 저으며 한숨을 쉬었다.

"녹림의 산적들도 아니고, 그래도 정파의 문주 자리에 앉겠다는 자가 그런 생각을 할 수 있는지 의아할 뿐이네."

"그래서 어떻게 되었습니까?"

소운은 전신에서 칼날 같은 살기를 뿜어내며 전홍에게 물었다. 항상 냉정하려 했지만 사저의 일이 눈앞에 닥치자 그것이 깨어졌다.

지금 하고 있는 이야기는 이미 벌어진 일이다. 일이 벌어졌다고 해도 막기에는 늦었다고 할 수 있다.

'사저가 그런 폐륜악적에게 강제로 당하는 일은 있을 수 없다!'

소운의 눈은 크게 흔들렸고 두 주먹은 굳게 쥐어져 부르르 떨렸다.

그 모습을 본 전홍은 급히 말했다.

"다행히도 능 소저는 최각의 금제를 풀고 도망을 쳤다고 하네. 최각 놈은 능 소저가 내공을 쓰지 못하게 혈도를 제압하여 가두어 두었는데, 능 소저가 어떤 수법을 사용했는지 몰라도 혈도를 풀고 아무도 모르게 활선문을 빠져나갔다고 하더군."

능아연이 당하지 않았다는 소리를 듣자 소운은 다시 이성을 찾았다.

"으음, 사저가 근래에 개발한 약 중에는 일시적으로 전신의 혈류를 거꾸로 흐르게 하는 것이 있습니다. 그걸 복용하면 막힌 혈도는 확실하게 풀리지요."

"그런 신기한 약도 있는가? 과연 백약선자로군."

전홍은 감탄을 했다. 하지만 소운의 마음은 결코 가볍지 않았다.

'역류해혈단은 부작용이 심하다. 사저의 몸이 크게 상했을 텐데, 또 무리를 해서 문을 탈출해야 했다니…….'

걱정이 구름처럼 일어나 머리를 가득 메웠다. 그러나 소운은 억지로 마음을 가라앉히고 계속해서 전홍의 설명을 들었다.

"능 소저가 사라지자 최각은 크게 화를 내며 사람을 풀어 찾으려 했지. 하지만 그를 돕는 사람은 많지 않아서 활선문 안을 제압하는 것만 해도 쉽지 않았지. 어쩔 수 없이 그자는 활선문의 봉문을 선언하고 대문을 걸어 잠갔다고 하더군."

"그렇게 된 것이군요."

"내 미리 말하지만 최각이란 자는 우리들과 전혀 상관이 없네. 하지만 어찌됐든 이공자의 과거 친밀했던 사람들이 적지 않은 고생을 하게 되었으니 내 사과를 하지 않을 수 없군."

전홍은 그렇게 말하며 포권을 취한 채 약간 허리를 굽혔다.

대장로인 그가 교주나 원로원의 전대 고수들 이외에 허리를 굽히는 것은 거의 있을 수 없는 일인데, 눈치를 보니 정말로 미안해하는 듯했다.

소운은 한숨을 쉬며 전홍에게 마주 포권을 취하고 사양의 말을 했다. 어느새 그의 기세는 평소와 다름없이 안으로 갈무리 되어 부드러운 분위기만 흐르고 있었다.

"말씀하신 대로 이 일은 세 분과는 관계없는 일입니다. 또

한 저는 이미 교에 몸을 담았으니 과거 문파의 일로 세 장로
님들의 심기를 불편하게 해 드릴 수는 없습니다. 하지만 만약
기회가 된 다면 최각이란 자는 꼭 만나보겠습니다."

"그렇게 말해주니 고맙군. 내 나중에 조용히 사람을 보내
그자를 잡아오도록 하겠네."

"굳이 수고를 하실 필요는 없습니다. 언젠가는 제 손으로
처리를 할 수 있을 것입니다."

"허허허, 역시 이공자는 군자로군. 어쨌거나 이공자는 이
미 우리 교의 형제이니 언제든지 필요한 일이 있으면 본 장로
를 찾게나."

"말씀만 들어도 감사합니다."

"어찌 말로만 끝나겠나?"

두 사람은 태연하게 계속해서 대화를 나누었다. 그 뒤로도
몇 가지 소소한 일들에 대해 상의를 하니 이미 자정이 가까운
시간이 되었다.

소운은 곤마원을 나섰다. 그리고 그대로 천마관으로 들어
갔다. 아무도 들어오지 못하는 이곳이야말로 마교 내에서 소
운이 마음 놓고 감정을 드러낼 수 있는 유일한 장소였다.

쾅!

소운은 주먹으로 천마전의 벽을 으스러져라 쳤다.

"백면살마! 상관이 없다고? 본의가 아니라고! 태연한 얼굴
로 그렇게 변명을 하다니!"

분노로 전신이 부들부들 떨렸다. 눈을 감지도 않았는데 그가 어린 시절부터 지내왔던 활선문의 정경이 눈앞에 떠오르고 정든 사람들이 하나씩 나타나 비명을 질렀다.

"활선문이 풍비박산이 났는데, 내 사문과 사저가 환란에 처했는데! 네놈들이 나를 납치하지 않았다면 어찌 이런 일이 일어날 수 있었단 말이냐!"

소리를 질렀다. 그렇게라도 하지 않으면 울분이 쌓여 피를 토할 것 같았다.

지금 이 순간에도 활선문의 문도들은 최각의 손에 시시각각 생명에 위협을 받고 있을 것이다.

소운이 들은 최각이라는 자의 성품으로 보아 미루어 짐작을 할 때, 활선문도들이 끝까지 그를 인정하지 않으면 무슨 짓을 할 지 모른다.

소운에게 있어 활선문은 고향이고 그곳 사람들은 가족이다.

그리고 그의 사저인 능아연은 무사히 빠져나갔다고 해도 역류혈해단의 부작용으로 고생을 하고 있음이 틀림없다.

"크으으, 사저!"

생각을 하니 가슴속에서 다시 새로운 불길이 치솟는다. 무사할까? 성치 않은 몸으로 혼자 강호로 나간 셈이다.

그나마 갈 곳은 있다.

은무곡(銀霧谷)! 사저는 그곳으로 갔을 것이다.

활선문의 비밀거점이라고 할 수 있는 그곳은 문주 이외에
는 아무도 활선문과의 관계를 모른다.

다행히도 소운은 문주가 되었을 때 사저에게 은무곡에 대
한 비밀을 밝혔다. 원래는 그녀에게도 비밀로 해야 하는 일이
지만 소운 혼자의 힘으로는 은무곡의 일들을 제대로 처리할
수가 없었다.

매년 수많은 약재가 소모되고 특수한 단약이 제조되어야
하는 곳이 바로 은무곡이기 때문이다.

또한 당시 소운은 비록 그 자신이 사저의 양보로 대통을 이
었어도 사실상 활선문은 사저와 그가 같이 이끌어 나가야 된
다고 여겼다.

사부인 천부선의가 너무 늦게 제자를 들이는 바람에 둘의
나이가 어려 의술의 모든 분야를 두루 배울 수가 없었다.

이런 이유로 소운은 금침에 주력했고, 능아연은 단약제조
에 전념했다. 따져보면 아직 소운 혼자로는 활선문의 절반에
불과한 셈이다.

사실 이렇게 생각하게 된 이면에는 능아연에 대한 소운의
감정이 개입되어 있었는데, 소운은 자각하지 못하고 있었다.
그에게 있어 능아연은 언제라도 마음을 놓고 의지할 수 있는
대상이었다.

"으음, 그러고 보니 은무곡도 문제로군."

한바탕 분노를 터뜨리니 냉정하게 생각을 정리하게 되었

다. 은무곡의 재정은 바로 활선문이 담당한다.

일 년에 네 번 문주가 직접 자금을 가지고 가서 은무곡에 전하게 되어 있다.

소운이 종적을 감춘 이후에는 아마 능아연이 그 일을 대신 했을 것이다. 은무곡에 있는 사제 서문량과도 이미 인사를 나누었으니 일은 계속해서 원만하게 진행될 터였다.

그런데 최각이 나타나 활선문을 빼앗았다! 그렇다면 그 이후로 은무곡은 어떻게 유지될 것인가?

"아직은 자금이 남아 있겠지. 서문 사제는 재정관리도 잘하니까. 하지만 연구와 치료는 더 이상 할 수 없을 것이다. 그리고 계속해서 자금이 끊긴 상태로는 결국 은무곡 자체도 사라진다."

으드득.

소운은 이가 부러져라 갈았다.

은무곡은 그대로 유지가 되어야 한다! 그곳이야말로 조사 때부터 내려온 활선문의 비원이 담겨 있는 곳이 아닌가?

과거 활선문을 세운 활선무량 황보진은 의원으로서의 자존심이 강한 사람이었다. 그는 독존경을 연구하여 거꾸로 의경을 만들어낼 정도로 재능과 끈기를 가지고 있었기에 결국 세상의 존경을 받는 천하제일의문을 세울 수 있었다.

그러나 황보진은 그것으로 만족하지 않았다. 활선문의 비전의경인 활선경의 첫머리에는 이렇게 적혀 있다.

중원의 역사에는 단 두 명의 의원만이 존재한다.

외과에는 화타. 내과에는 편작! 그 둘의 명성과 업적은 너무나도 커서 당대에 아무리 뛰어난 성취를 거두어도 결코 그들과 어깨를 나란히 할 수 없다.

활선문이 아무리 뛰어난 침술을 지니고 영험한 단약을 제조해도 화타처럼 뇌수술을 할 수는 없다. 그렇다고 해서 편작을 뛰어넘는 것도 불가능하다.

그들은 이미 신성화 되었고 사람들은 결코 인식을 바꾸려 하지 않는다.

천하제일의는 될 수 있어도 고금제일이라는 소리는 절대로 듣지 못하는 것이다.

활선무량 황보진의 욕심이 어느 정도인지를 짐작할 수 있는 구절이라 할 수 있다.

화타와 편작의 벽은 높다. 절대로 넘을 수 없을 정도로.

하지만 황보진은 포기하지 않았다. 그는 고심에 고심을 거듭한 끝에 하나의 결론을 내렸다.

천형이라는 병이 있다. 바로 문둥병이 그것이다.

한 번 걸리면 그것으로 끝이다. 몇 년에 걸쳐 천천히 전신이 썩어 들어가 마침내 죽음에 도달한다. 예외는 없다.

원인도 알 수 없다. 괴질이라는 말로도 표현이 부족해 결국 천형이라는 명칭이 붙었다.

치료법은커녕 원인도 알 수 없는 병! 세상에서 가장 참혹한 이 병은 전염성도 있기에 일단 발병하면 세상으로부터 배척받고 혈육에게조차 거부당한 채 외롭게 죽어가야 한다.

활선문의 문주된 자는 의원의 자존심을 걸고 이 병의 치료에 도전을 해야 한다. 활선문이 존재하는 이유가 바로 이것이다.

천형의 비밀을 하나라도 더 밝혀내어 마침내 치료법을 알게 될 때까지 절대로 멈추어서는 안 된다.

그리하여 천형이 천형이 아니게 될 때, 활선문의 이름은 화타와 편작의 위에 놓이게 될 것이다.

인술을 펼쳐 사람을 구하겠다는 순수한 마음으로 결정되어진 일은 아니다.

명예욕!

그것이 활선무량을 움직였고 은무곡을 만들게 했다.

은무곡은 문둥병이 걸린 사람들이 모여드는 곳이다. 그리고 그들에게 딸린 가족들이 살아가는 장소이기도 하다. 사람들은 그곳을 외면하고 가까이 가려 하지 않는다.

하지만 그곳이야말로 세상에 알려지지 않은 또 하나의 활선문이라고 할 수 있다.

활선무량 황보진은 문둥병에 걸린 자들에게 의술을 가르쳤다. 단순히 그들과 대화를 나누거나 가벼운 접촉으로는 전염이 되지 않는다는 것은 이미 알려져 있었다. 하지만 알아도 하지 않는 일이 있는데 문둥병자에 가까이 가는 일이 바로 그것이다.

황보진은 그것을 했다. 그리고 그들에게 가능한 한 편안히 여생을 살 수 있도록 보살폈다.

의술을 가르친 자들은 또 있다. 바로 병자들의 가족이다.

단, 그들 중 믿을만한 사람들만 골라서 가르쳤다. 그나마 대부분 자신들이 누구에게 의술을 배우는지도 모르게 했지만 극소수의 사람들은 스스로가 활선문도임을 알았다.

은무곡이 세워진 지 수십 년이 지난 지금까지 별다른 소득은 없었다. 단지 병자들과 그 가족들이 조금이나마 편하게 생활을 했다는 것뿐이다.

반면에 들어간 자금과 약재는 결코 적지 않다.

활선문의 수익 중 삼 할에 해당하는 자금이 그곳으로 흘러 들어 갔다. 그동안 소모된 것들을 모두 계산하면 그야말로 천문학적인 양이라 할 수 있다.

그래도 은무곡은 유지되어야 한다.

활선무량 황보진도, 천부선의 유운도, 그들의 유지를 이은 소운 역시 단 한 번도 그 점을 의심하지 않았다.

백여 년에 걸쳐 이어진 비원이고, 앞으로도 이어져 내려가야 한다고 생각했다.

결판을 볼 때까지!

환자들이 죽음이 아닌 치료로 병에서 벗어나게 될 때까지 은무곡은 존재해야 한다!

"으으으, 어떻게 하지?"

소운은 고민했다.

자금이 끊기면 은무곡은 유지되기 힘들다. 약재와 치료는 그렇다 치고 안에 있는 사람들이 먹고 사는 것도 어렵다.

반년 정도는 어떻게 될지 몰라도 그 이후에는 방법이 없다. 자금의 부족은 처음에는 약재의 부족을, 차후에는 식량의 부족을 가져올 것이 불 보듯 훤하다.

병자들이 굶주리는 순간 은무곡은 지옥이 된다. 물론 그 전에 떠날 수도 있다. 문제는 천형이라는 문둥병에 걸린 병자들의 경우 그나마 떠날 처지도 못 된다는 데 있다. 그들은 꼼짝없이 굶주림의 지옥에서 허덕여야 한다.

"이럴 줄 알았으면 조금 더 자금을 비축해 놓았어야 하는 건데!"

소운은 후회했다. 하지만 그건 말이 되지 않는다. 그동안 들어간 유지비만 해도 조달하기에 쉽지 않았는데 그 위에 여유를 둔다는 것은 결코 쉽지 않다.

"해결을 해야 한다. 이 일은 가장 급한 일이다!"

소운은 그렇게 결심을 했다.

아무리 의원의 길을 버렸다고 해도 활선문의 비원을 끊어지게 할 수는 없다. 무공을 수련하고 마교를 장악하는 것보다 더 중요한 일이 아직 남아 있었던 것이다.

그는 냉정하게 마음을 가라앉히고 앞으로 해야 할 일들을 하나하나 정리하기 시작했다.

*　　　*　　　*

교주만의 전용 수련실인 천마관은 교주를 제외하고는 아무도 내부의 구조를 정확히 모른다.

소운처럼 출입이 허락되는 자는 가끔 있지만 그런 자들도 허락된 곳까지 만을 볼 수 있을 뿐이다. 그것도 겉으로 보이는 부분만 알 수 있지 안쪽에 장치된 기관장치 같은 것은 전혀 알 수 없다.

이번에 혈장천마가 주화입마에 들었을 때에도 그가 완전히 의식을 잃기 전에 사람을 불렀기에 망정이지 안 그랬다면 안에서 아무도 모르게 죽어갔을 확률이 컸다.

그러나 소운은 이미 천마관의 가장 깊은 곳에서 수련을 하는 몸. 혈장천마로부터 이 안의 모든 비밀장치에 대해 들었다.

소운은 며칠 동안 준비를 철저히 하고는 천마가 잠드는 침상 앞에 섰다.

침상에는 기관이 있다. 그 아래쪽으로 나 있는 통로는 내단의 외곽지역까지 이어져 있다.

천마가 가끔씩 잠행을 할 때 쓰는 통로인데, 만약의 경우 몸을 피하는 데에도 쓰이는 곳이기 때문에 아주 은밀한 곳으로 출구가 나 있다.

그그그궁.

침상이 옆으로 이동하자 과연 아래로 내려가는 계단이 나타났다. 소운은 주저하지 않고 아래로 걸어 내려갔다. 그리고 계단 끝에 다다르자 있는 대로 내력을 끌어올려 마지막 계단을 강하게 밟았다.

쾅!

청석으로 된 계단이 충격을 이기지 못하고 부서져 버렸다. 그러자 위쪽에 있는 계단이 움직여 옆쪽에 나 있는 벽 속으로 들어갔다. 안쪽에는 다시 아래로 내려가는 계단이 있었다.

소운은 그곳으로 들어갔다.

잠시 후, 벽 속에서 계단이 튀어나와 원래의 모습이 되었다. 깨어진 계단도 새로 생겨나니 감쪽같이 원래의 통로로 돌아가 버렸다.

마지막 계단을 깨지 않고 앞쪽의 통로를 따라 나아가면 그 즉시 천마관의 모든 기관이 작동하여 죽음의 절지로 바뀌게 된다. 이는 만약의 경우 혹시 있을지도 모르는 추적자들을 제거하기 위한 함정이었다.

소운이 제대로 나가는 길을 열었기에 천마관은 그 상태로 유지가 되었다. 오직 천마만이 한쪽에 앉아 있을 뿐이다.

통로는 상당히 길어 소운이 경공을 써서 거의 한 시진을 나아갔는데도 끝이 나지 않았다. 그리고 전체적으로 어두웠다. 천정에 드문드문 박혀 있는 야명주가 발하는 희미한 빛이 없었다면 한 치 앞도 보이지 않을 정도였다.

그래도 통로가 있으면 출구가 있는 법, 소운은 통로가 막혀 있는 곳에 도착했다. 고개를 들어 위를 보니 두 마귀가 서로 싸우고 있는 둥근 부조가 보였다.

소운은 손을 들어 그것에 대었다. 그리고 천천히 들어올렸다. 막힌 통로의 끝, 출구는 바로 천장에 위치했다.

가뿐하게 몸을 날려 위로 올라가니 하나의 석실이었다. 특이하게도 석실 한쪽으로는 바닥이 없고 물이 차 있었다. 천마신교의 지하를 흐르는 지하수로로 이어진 수중통로이다.

앞쪽에는 관처럼 생긴 나무상자가 보였다. 그야말로 딱 사람 하나가 들어가 누울 수 있는 크기이다. 이 상자가 관과 다른 것은 바로 뚜껑의 위치였다.

길게 누인 상자의 위쪽으로는 열 수 있는 부분이 없었다. 잘 모르는 이가 보면 사방이 막힌 것처럼 보인다. 사실 정작 상자의 뚜껑은 긴 통처럼 좁은 부분에 있었다.

이 관으로 들어가 내력을 이용해 숨을 참는다면 반나절은 물속에서 버틸 수 있다. 그렇게 물의 흐름을 따라 흘러가면 천마신교에서 수백 리는 떨어진 곳으로 나오게 된다.

만약 더 기식대법을 이용해 몸을 거의 죽은 사람의 상태로 유지할 수 있다면 칠 일을 버틴다. 그럴 경우 지하수로를 타고 천산남로의 기슭까지 단숨에 이동할 수 있다고 한다.

소운은 고심한 끝에 칠 일간 버티는 쪽을 택했다.

천산남로까지 가서 그곳의 산악지역을 넘어선다면 활선문이 있는 사천성까지 가장 빠르게 이동할 수 있을 것 같았다. 또한 그곳은 워낙 고산지대이고 인적이 드문 곳이라 행적을 감추기에도 편하다.

"대장로, 뒷일을 부탁하겠소."

소운은 나무상자를 보며 나직한 목소리로 중얼거렸다. 소운이 천마신교를 빠져나간다는 사실을 아는 사람은 바로 백면살마 전홍뿐이다. 그에게는 말을 하지 않을 수 없는 게, 나중에 활선문에서 무슨 일이 일어나면 그는 틀림없이 의심을 할 것이기 때문이다.

"사부의 허락은 받았습니다. 과거의 인연을 모두 그곳에 두고 오라고 하시더군요."

소운은 전홍에게 그렇게 말했다. 전홍 역시 그게 좋다고 말했다.

사실 전홍의 경우 소운의 처지를 잘 알고 있었기에 오히려 활선문에 가는 것이 좋다고 생각했다.

이미 소운은 천마신교에 들었다. 그렇다면 활선문에 돌아가도 소용이 없다. 한번 천마신도는 영원한 천마신도인 것이다.

소운이 이번에 돌아가서 자신의 과거를 정리하고 와도 좋지만, 오히려 사람들을 구하고 오면 더 좋다.

활선문이 천마신교의 거점이 될 수도 있다!

그래서 전홍은 소운이 부탁하는 각종 물건들을 모두 준비해 주었다.

"앙금이 남지 않도록 확실하게 처리하고 오게."

"알겠습니다."

소운은 전홍에게 그렇게 대답하고는 이곳으로 왔다. 자룡원이나 청운전병대는 그가 일 년간 어느 정도 뒤를 보아줄 것이다.

"빠진 것은 없겠지."

소운은 일단 자신이 지닌 물건들을 다시 한 번 점검했다. 그리고 앞으로 해야 할 일에 대해서도 마음속으로 정리를 했다.

활선문을 구한다. 하지만 그것만으로 중원에 들어가 일 년이라는 시간을 낭비할 수는 없다. 항상 한 가지 일을 하면 두세 가지 수확을 얻어야 하는 법이다.

"좋아."

소운은 천천히 나무상자를 들어 물속에 있는 판 위에 놓고 그 속으로 들어갔다. 그리고는 안에서 뚜껑을 닫았다.

심호흡을 한 후 천근추의 수법으로 아래쪽에 압력을 가하
니 그 무게에 판이 꺾이고 나무상자는 물속으로 잠겨들기 시
작했다.

반쯤 가라앉은 나무상자는 곧바로 급류를 탔다. 교묘하게
무게가 맞추어져 있어 완전히 가라앉지도 위로 떠오르지도
않았다. 정확하게 수맥의 한가운데에 흐르는 특이한 급류를
따라 내려갔다.

소운은 천천히 숨을 쉬며 내력으로 전신의 기맥을 막았다.

"일 년 안으로 돌아와야 한다."

소운은 눈을 감으며 중얼거렸다.

지금까지도 거의 천마관에서 살다시피 한 그다. 오기 전에
무예의 관문을 넘기 위해 당분간 폐관수련을 한다고 말을 해
놓았으니 그동안은 아무도 소운을 찾지 않을 것이다.

하지만 일 년 이상이면 곤란하다. 언제 일이 터질지 알 수
없다.

천마신교의 주요 인물들은 이미 자신들이 충분한 힘을 가
지고 있다는 것을 알고 있다. 혈장천마가 정파쌍성과 남도왕
을 제압하고 천하제일고수로 인정받은 지 이미 십 년이 지났
다.

십 년간의 전쟁준비! 소운이 보기에도 이미 천마신교는 중
원을 유린할 충분한 힘이 있었다.

천마가 폐관수련에 든 것은 모두 안다.

하지만 그들은 포기하지 않고 소운을 통해 천마에게 주문
을 해댔다.

허락만 해주면 자신들의 힘으로 천마에게 중원을 바치겠
다고!

사실 소운에게 청운전병대를 허락한 것도 그가 힘을 가지
고 공명심에 이끌려 천마에게 중원을 치자고 말하게 하려는
의도가 숨어 있었다.

언제 일이 터질지 모른다.

천마가 허락하지 않는 이상 전면전은 불가능하겠지만, 외
단이 자체적으로 국지전을 벌이는 것은 가능하다. 그리고 지
금도 알게 모르게 외단 쪽으로 내단의 고수들이 하나씩 나아
가고 있다.

점점 외단의 힘이 강해지는 것이다. 어떻게 장로들을 구워
삶았는지는 몰라도 역시 마검패룡은 만만한 자가 아니라고
소운은 생각했다.

촤촤촤촤.

나무상자 밖으로부터 거친 물소리가 들려왔다. 급류를 탄
모양이다. 소운은 가슴이 약간 답답해지는 것을 느꼈다. 밀폐
된 곳이니 만큼 점점 호흡이 힘들어지는 것이 당연하다.

그래도 한계까지는 참아야 한다.

그렇게 꼬박 반나절을 흘러 한계에 도달하자 소운은 드디
어 기식대법을 시전 했다.

　심장의 박동이 점차 약해지고 그에 따라 의식이 서서히 멀어졌다.

　그렇게 소운은 천마신교에 아무도 모르게 납치되어 온 지 반년 만에 아무도 모르게 천마신교를 떠났다.

『칠대천마』 2권에 계속.